La faim des lionceaux

10 octob

HENRI TROYAT — ŒUVRES

La Lumière des justes :
I. LES COMPAGNONS DU COQUELICOT — J'ai lu 272***
II. LA BARYNIA — J'ai lu 274***
III. LA GLOIRE DES VAINCUS — J'ai lu 276***
IV. LES DAMES DE SIBÉRIE — J'ai lu 278***
V. SOPHIE OU LA FIN DES COMBATS — J'ai lu 280***
LA NEIGE EN DEUIL — J'ai lu 10*
LE GESTE D'ÈVE — J'ai lu 323*
LES AILES DU DIABLE — J'ai lu 488**
Les Eygletière :
I. LES EYGLETIÈRE — J'ai lu 344****
II. LA FAIM DES LIONCEAUX — J'ai lu 345****
III. LA MALANDRE — J'ai lu 346****
Les Héritiers de l'avenir :
I. LE CAHIER
II. CENT UN COUPS DE CANON
III. L'ÉLÉPHANT BLANC
FAUX JOUR
LE VIVIER
GRANDEUR NATURE
L'ARAIGNE
JUDITH MADRIER
LE MORT SAISIT LE VIF
LE SIGNE DU TAUREAU
LA CLEF DE VOÛTE
LA FOSSE COMMUNE
LE JUGEMENT DE DIEU
LA TÊTE SUR LES ÉPAULES
DE GRATTE-CIEL EN COCOTIER
LES PONTS DE PARIS
Tant que la terre durera :
I. TANT QUE LA TERRE DURERA
II. LE SAC ET LA CENDRE
III. ÉTRANGERS SUR LA TERRE
LA CASE DE L'ONCLE SAM
UNE EXTRÊME AMITIÉ
SAINTE RUSSIE. Réflexions et souvenirs
LES VIVANTS (théâtre)
LA VIE QUOTIDIENNE EN RUSSIE
AU TEMPS DU DERNIER TSAR
NAISSANCE D'UNE DAUPHINE
LA PIERRE, LA FEUILLE ET LES CISEAUX — J'ai lu 559**
ANNE PRÉDAILLE — J'ai lu 619**
GRIMBOSQ — J'ai lu 801***
UN SI LONG CHEMIN — J'ai lu D103**
Le Moscovite :
I. LE MOSCOVITE — J'ai lu 762**
II. LES DÉSORDRES SECRETS — J'ai lu 763**
III. LES FEUX DU MATIN — J'ai lu 764**
LE FRONT DANS LES NUAGES — J'ai lu 950**
DOSTOÏEVSKI
POUCHKINE
TOLSTOÏ
GOGOL
CATHERINE LA GRANDE — J'ai lu 1618*****
LE PRISONNIER N° 1 — J'ai lu 1117**
PIERRE LE GRAND — J'ai lu 1723****
VIOU — J'ai lu 1318**
ALEXANDRE Iᵉʳ, LE SPHINX DU NORD
LE PAIN DE L'ÉTRANGER — J'ai lu 1577**
IVAN LE TERRIBLE
LA DÉRISION — J'ai lu 1743**
MARIE KARPOVNA — J'ai lu 1925**
TCHEKHOV
LE BRUIT SOLITAIRE DU CŒUR — J'ai lu 2124** (fév. 87)

Henri Troyat
de l'Académie française

Les Eygletière - 2

La faim des lionceaux

Éditions J'ai lu

© *Flammarion, 1966*

PREMIÈRE PARTIE

1

Le passage de la lumière à l'ombre fut si rapide que Jean-Marc, étonné, se pencha vers le hublot. Après avoir lutté de vitesse avec l'avion, la clarté du jour, irrésistiblement distancée, restait en arrière. A l'ouest brillait encore un large pan de ciel bleu, tandis qu'à l'est s'épaississait la nuit. Jean-Marc regarda sa montre. Elle était à l'heure de New York. Trois heures de l'après-midi là-bas, huit heures du soir en France. Il tourna la mollette du remontoir. Bientôt, la fin du voyage. Un crépuscule mauve entrait dans la carlingue comme une fumée. Toutes les lampes s'allumèrent simultanément. Le voisin de Jean-Marc, un Américain ventru et grisonnant, avait mis bas la veste et somnolait, la nuque au dossier du fauteuil, le menton mou. A côté de lui, sa femme, imperturbable, écrivait lettre sur lettre. Elle était gauchère. Une vibration parcourut l'avion. Y avait-il un orage aux approches de l'Europe ? La voix désincarnée de l'hôtesse de l'air annonça par haut-parleur :

— Nous survolons la Manche. Dans quelques minutes, vous pourrez apercevoir les lumières de Saint-Malo à droite, celles de Cherbourg à gauche...

Cette information, répétée en anglais, tomba dans l'indifférence générale. Jean-Marc se croyait aussi blasé que les autres, mais soudain une émotion le saisit : les côtes de la France ! Il était bien placé pour les voir, juste contre le hublot. Il tendit le cou. En bas, tout était noir. L'avion perdait de l'altitude. Il dévissa, du bout des doigts, au-dessus de sa tête, la valve du système d'aération. Un souffle glacé baigna son front. L'hôtesse de l'air passa, portant un plateau de bonbons. Dans une dizaine de minutes, l'atterrissage. Il avait annoncé son arrivée par lettre. D'après ses calculs, il pourrait être à la maison vers onze heures.

Un virage sur l'aile. Les lumières d'en bas remplacèrent les étoiles dans la partie supérieure du hublot. Puis l'avion retrouva son équilibre, les roues entrèrent en contact avec un sol dur. Freiné en plein élan, l'appareil protestait, grondait, s'arrêtait, tremblant de fureur. D'un bout à l'autre de la cabine, les voyageurs se dressèrent, engourdis et chargés de menus bagages. Jamais Jean-Marc n'aurait cru qu'il y eût tant de monde à bord.

Il emboîta le pas à la colonne qui se dirigeait,

clopin-clopant, vers le bâtiment éclairé de l'aéroport.

Dans l'immense galerie vitrée, un souvenir le frappa à l'improviste. Il se revit épiant Carole, venue attendre son père, à la descente de l'avion. Comme il avait souffert à cette même place ! Il y avait un siècle de cela.

Le douanier, un Noir à l'aspect débonnaire, ne lui demanda même pas d'ouvrir ses valises. Il monta dans l'autocar d'Air France. La voiture s'emplit de passagers aux faces de somnambules. Le vol majestueux s'achevait en un trimbalement sans gloire. Sous l'éclairage blanc des lampadaires, l'autoroute du Sud n'était qu'une copie dérisoire des autoroutes américaines. On n'avait pas eu assez d'étoffe pour tailler large. Et l'entrée dans Paris, ces rues encaissées, ces maisons basses, cet air provincial, poussiéreux, étriqué ! Quel recul dans le temps ! L'autocar roulait à travers la nuit, virait court, s'enfonçait dans une verdure électrique.

A l'aérogare des Invalides, Jean-Marc prit un taxi pour se faire conduire à la maison. Des autos dormaient de part et d'autre de la rue Bonaparte, deux roues sur la chaussée, deux roues sur le trottoir. Le chauffeur pestait contre l'exiguïté du passage. Il était vieux, moustachu. Au moment de le régler, Jean-Marc s'aperçut que des pièces de dix cents s'étaient mélangées dans sa poche avec des pièces françaises. Il paya, empoigna ses valises, traversa la cour pleine de voitures et s'engouffra dans l'ascenseur. En appuyant sur le bouton du second étage, il ne put réprimer un sourire. Qu'y avait-il de commun entre cette misérable cabine de planches qui s'élevait dans les airs avec lenteur, en craquant de toutes ses jointures, et les ascenseurs de New York, vastes, hermétiques, climatisés, dont la vitesse vous coupait le souffle, tandis qu'un haut-parleur diffusait une musique lénitive à vos oreilles ?

Ce fut son père qui lui ouvrit la porte, les bras écartés dans un geste de bienvenue tellement conventionnel qu'il en était comique :

— Salut, mon vieux ! Bon voyage ?

Et, aussitôt après :

— Carole n'est pas avec toi ?

— Carole ? Non ! dit Jean-Marc. Pourquoi ?

— Elle voulait passer te prendre à Orly !

Une ombre traversa l'esprit de Jean-Marc. Pourquoi Carole était-elle allée à sa rencontre ?

— Elle a dû partir trop tard, comme d'habitude ! reprit Philippe.

Il rit, d'un air fort, satisfait et tranquille. Jean-Marc le suivit au salon. Son regard amusé salua l'immuable conjugaison des meubles anciens avec le grand tapis chinois aux dessins géométriques, des murs rose saumon avec les tableaux sombres, dans leurs cadres de bois doré... Des glaçons tintèrent en tombant dans son verre. Ce bruit léger le rejeta dans un bar enfumé de New York. Son père lui offrait un « scotch ». Ils burent, face à face, les yeux dans les yeux. « Si seulement Carole pouvait ne pas revenir ! » pensa Jean-Marc rapidement.

— Alors, raconte ! dit Philippe. Comment as-tu trouvé l'Amérique ?

— Formidable ! dit Jean-Marc.

— Ça ne veut rien dire : formidable !

— Pour moi, si. Vivre quelques semaines là-bas, ça vous met une autre dimension dans la tête !

— Didier Coppelin est revenu avec toi ?

— Non, il a quitté New York il y a quinze jours.

Jean-Marc sourit, regarda le fond de son verre et ajouta :

— Il était complètement à sec ! Au début, il avait essayé de donner des leçons de français, mais ses élèves se défilaient l'un après l'autre.

— Et toi, ça a marché avec Crawford ?

— Très bien. Je passais mon temps à dépouiller et à classer des publications juridiques françaises...

Les bureaux de Hugh D. Crawford étaient perchés au soixante-troisième étage de l'immeuble de la Chase Manhattan Bank. Air conditionné, interphone et vue vertigineuse sur le canyon de Wall Street, la brume du large et la statue de la Liberté. Cent vingt-cinq avocats travaillaient sous les ordres de ce personnage cordial et rude, au faciès raboteux et aux cheveux de lin blanc.

— Quel type, le vieux Crawford ! soupira Jean-Marc. Et ses bureaux !... Si tu voyais ça !

— Mais je les ai vus, dit Philippe.

Jean-Marc buta sur cette phrase et se tut. Tout plein de ses souvenirs personnels, il avait oublié que son père était allé plus de dix fois à New York. Subitement, cela lui ôtait l'envie de décrire ses impressions de voyage. Mais Philippe insistait :

— C'est un pays écrasant de richesse, de brutalité, d'efficacité, de cynisme, non ?

— Oui...

— A la longue, un Européen y perd confiance...

— Tu trouves ?

— Si on te proposait de t'installer pour toujours à New York, accepterais-tu ?

— Pourquoi pas ?

Philippe hocha la tête :

— Eh bien ! tu me surprends ! D'ici que Daniel m'annonce qu'il préfère la Côte-d'Ivoire à la France !...

Ils éclatèrent de rire.

— Il rentre bientôt ? demanda Jean-Marc.

— A la fin du mois, je pense.

— Et Françoise ? Elle est encore à Touques ?

— Oui.

La porte d'entrée se referma en claquant. Philippe posa son verre sur la table basse et dit :

— Ah ! c'est Carole !

Ils se dressèrent tous deux, d'un même mouvement. Carole parut, essoufflée, agitée, les yeux brillants dans un petit visage aigu et hâlé.

— Jean-Marc! dit-elle. C'est trop bête! Je reviens d'Orly! Je t'ai manqué de cinq minutes!

Cette arrivée était tellement dans le style de Carole que Jean-Marc ne put s'empêcher d'admirer la fidélité de cette femme à son personnage. Elle l'embrassa avec légèreté. Il respira son parfum au vol. Déjà, elle s'écartait de lui.

— Montre-toi! dit-elle. Tu es en pleine forme, mon vieux!

Il ne se souvenait pas d'avoir pensé à elle durant leur séparation. Et pourtant, il la retrouvait sans surprise, comme s'il n'eût cessé de l'avoir sous les yeux. Elle avait minci, bruni. Régime et bains de soleil sur le bateau. Le ton ambré de sa peau donnait plus d'éclat, par contraste, à ses larges prunelles, à ses dents que découvrait un sourire.

— Tu as faim? dit-elle. Je t'ai fait préparer un plateau par Agnès...

— Merci, j'ai dîné en avion.

Elle s'assit près de son mari sur le divan aux coussins multicolores. Philippe l'attira contre lui et passa le bras droit autour de ses épaules. Elle paraissait heureuse, avec cette main d'homme qui pendait le long de son cou. Mais son regard restait fixé sur Jean-Marc avec une curiosité ironique. Elle voulut tout savoir de la vie qu'il avait menée aux Etats-Unis. Il dut lui décrire la chambre qu'il louait avec Didier Coppelin dans l'appartement d'un collaborateur de Crawford, son emploi du temps, ses sorties...

— Les femmes, dit Carole, que penses-tu des femmes américaines ?

Cette question, venant d'elle, le gêna. Il n'avait eu aucune aventure sentimentale importante à New York.

— Elles sont comme les femmes françaises, dit-il. Il y en a de moches, il y en a de bien.

Et, pour couper court, il demanda :

— Et vous ? Cette croisière en Grèce ?

Elle leva les yeux au plafond : un désastre ! Il avait fait trop chaud, le bateau ne tenait pas la mer et Colette Duhourion avait réussi à brouiller entre eux tous les ménages.

— Nous aurions mieux fait d'aller avec toi aux Etats-Unis ! dit Philippe.

Il s'étira, la bouche ouverte dans un bâillement royal :

— Je tombe de sommeil !

— C'est drôle, dit Jean-Marc, moi, avec le décalage d'heure, je n'ai pas du tout envie de dormir !

— Tu couches à la maison, décréta Carole. Rien n'est prêt, chez toi, rue d'Assas. Agnès n'a même pas fait le ménage...

Il accepta, mi-contrarié, mi-satisfait, cette solution confortable. Son père et Carole se retirèrent après lui avoir souhaité une bonne nuit. Ils avaient l'air d'un ménage heureux. S'étaient-ils rapprochés pendant leur croisière en Grèce ?

Dans la chambre de Jean-Marc, rien n'avait changé. Les meubles Charles X en bois blond, les estampes grisâtres aux murs, quelques livres sur les rayons de la bibliothèque vitrée, le lit ouvert, des serviettes propres posées au bord du lavabo, — il fut sur le point de s'attendrir. Mais ses yeux s'arrêtèrent sur trois roses rouges, épanouies dans un vase, et, instantanément, sa pensée se glaça. Ces trois roses rouges étaient la marque de Carole, un signe de connivence, un rappel à l'ordre. Ce n'était pas par hasard qu'elle les avait placées là, mais sans doute, pour ranimer en lui un sentiment dont il eût voulu effacer jusqu'au souvenir. Eh bien ! elle perdait son temps si elle croyait le troubler par cette manœuvre. Son voyage l'avait renouvelé, rafraîchi, aguerri. Débarrassé de son passé, il ne craignait plus rien ni personne.

Soudain, il eut l'impression d'étouffer entre ces quatre murs. Le mouvement qui l'avait porté d'un continent à l'autre se poursuivait au-dedans de lui-même. Pas question de se coucher. Il s'assura qu'il avait la clef de l'appartement dans sa poche et sortit.

La nuit de septembre était tiède et sombre. Place Saint-Germain-des-Prés, les cafés regorgeaient de consommateurs. Jean-Marc s'assit à la terrasse des « Deux-Magots », commanda un demi et regretta d'être seul. Il eût aimé échanger ses impressions avec un ami. Demain, il verrait Didier Coppelin. Mais Didier ne comprenait pas l'Amérique comme lui. Un groupe de garçons et de filles passa en discutant. On se serait cru à Greenwich Village. « Tous les jeunes se ressemblent, décida Jean-Marc. A cette différence près que ceux de là-bas appartiennent à une grande nation, prospère, optimiste, dont la langue est parlée par la moitié du monde civilisé, et que ceux d'ici appartiennent à une nation fragile, tout empêtrée de passé et incapable d'étendre son influence au-delà des pays voisins. » Jamais la petitesse, la faiblesse de la France ne lui étaient apparues avec autant de netteté. Comment pouvait-on être français, au XXe siècle ? Il se le demandait et caressait du regard, machinalement, les platanes du boulevard Saint-Germain. Il avait perdu l'habitude des arbres à New York. Ceux-ci étaient drus, robustes, gonflés de sève. Des ballons de feuillage, des cumulus de verdure s'épanouissaient devant les façades revêches. Rien qu'à les contempler, il vous venait une fraîcheur amère dans la bouche. Un éclairage très étudié prenait le clocher par en bas, à rebrousse-pierre. Des maisons trapues, pleines de bourgeois couche-tôt, entouraient la place. Les autos roulaient, en flot continu, dans un scintillement d'écailles. Feux de signalisation, feux des enseignes lumineuses, feux des lampadaires — dans cet entrecroisement de rayons, se glissaient des ombres humaines, s'échangeaient des promesses, mûrissaient des drames. Peu à peu, Jean-Marc sentait sourdre en lui un acquiescement silencieux à tout ce qu'il voyait. Etait-ce l'équilibre de ces vieilles pierres et de cette jeune verdure, de ce passé et de ce présent, qui lui procurait une telle impression de bien-être ? Il calcula que, en ce moment, le crépuscule obscurcissait à peine le ciel au-dessus de Manhattan. La fatigue, le dépaysement entretenaient en lui une ivresse agréable. Il se leva, marcha dans les rues, sans but, flairant l'odeur de Paris, regardant les passants droit au visage comme il n'eût jamais osé le faire à New York. Et soudain, d'une manière absolument inexplicable, il fut heureux d'être rentré chez lui, heureux de baigner de nouveau dans la musique de sa langue. Peu importait que la France fût moins riche, moins vaste, moins nombreuse, moins puissante, moins organisée que les Etats-Unis ! C'était ici, et nulle part ailleurs, qu'il devait livrer son combat d'homme.

Il poussa la porte du « club privé » « La Lanterne », dont il connaissait le patron, et reçut en pleine face une vague noire, chaude et bruyante. Assourdi, aveuglé, il se fraya un chemin vers le bar, serra la main de deux types qu'il eût été incapable de nommer, prit appui d'une fesse sur un tabouret. Devant lui, des gens se trémoussaient dans la pénombre avec la gravité de gymnastes à l'entraînement. Il n'avait jamais aimé la danse pour elle-même. Et, ce soir, les filles étaient toutes minables. La tête dans les épaules, les cheveux dans les yeux et les bras agités en ailerons. C'était la clientèle du samedi. Découragé, il battit en retraite. Au « Seven Two », même cohue et public aussi peu relevé. Mais le choix des disques y était excellent. Jean-Marc écouta quelques airs nostalgiques, un peu dépassés, avala un *daiquiri*, et sortit à l'air libre pour reprendre sa respiration après la plongée.

Deux heures du matin. Il ne savait plus où aller. Le chemin de la maison. Il remettait les pas dans des traces anciennes. Attention ! Il changea de trottoir. Ce n'était rien, et pourtant il avait la sensation de couper une trame, de brouiller les fils de l'habitude, de conjurer quelque sombre manigance. Surtout, tenir bon. Nier le passé en bloc. Haïr et détruire celui qu'il avait été.

Une peur l'effleura au moment où il pénétrait dans l'appartement : ce parfum, ce silence lourd, c'était agréable comme le souvenir d'un médicament très sucré qu'il absorbait dans son enfance. Il ouvrit, avec précaution, la porte de sa chambre, tourna le commutateur. Les trois roses rouges dans leur vase. Elles éclataient de vie. Il s'efforça de ne plus les regarder, s'assit au bord du lit et délaça ses chaussures. « Demain matin, je téléphonerai à Françoise », pensa-t-il.

2

Trouant la *Symphonie Pastorale,* le téléphone sonna. Madeleine se dressa sur un coude et regarda du côté de l'appareil : c'était sûrement son confrère Balmorat, de Caen, qui téléphonait pour le secrétaire Louis XVI. Il devait la rappeler si son client acceptait le prix. Six ou sept mètres la séparaient du petit placard, à la porte de bois sculpté, où se cachait le récepteur. Un désert à franchir avec sa patte en capilotade. Arriverait-elle à temps ? Comme elle se levait, la sonnerie se tut. Elle se recoucha, furieuse, le buste soutenu par des coussins, la jambe allongée. Quelle idiotie ! Les gens normaux se cassaient le péroné en faisant des prouesses à ski, elle, c'était en glissant sur le carrelage de sa cuisine. Un carrelage qu'elle avait assemblé autrefois avec tant d'amour — rose et blond, ancien, usé, luisant, irrégulier, amical ! Encore heureux que Françoise eût été là pour la relever ! Depuis huit jours qu'elle était dans le plâtre, le Dr Jouatte lui interdisait de marcher.

Il exagérait, celui-là ! Elle s'était installée au rez-de-chaussée, sur le divan. Disques, livres, tapisserie, journaux, tout était à portée de sa main. Tout, sauf le téléphone. Elle s'ennuyait. Après-demain, elle aurait son plâtre de marche et louerait des béquilles ! Alors, la vie redeviendrait supportable. Françoise la remplaçait au magasin, de l'autre côté de la rue. Des clients de passage étaient venus la chercher. Elle avait pris goût au métier, en quelques semaines. Madeleine lui avait enseigné des trucs de brocante et l'avait emmenée à des ventes aux enchères, dans la région. Françoise aimait les vieux objets sans maître, aux surfaces blessées, au passé mystérieux. Et puis cette occupation la distrayait. Elle ne parlait plus jamais de son désarroi à Madeleine. Pourtant, même quand elle souriait, son regard était voilé de tristesse. De nouveau, le téléphone. Cette fois, il fallait, coûte que coûte, prendre la communication. Madeleine pivota sur son séant et posa le pied droit sur le carrelage. Des fourmis brûlantes montèrent dans son mollet engourdi. Elle se dressa sur sa jambe valide, le pied gauche suspendu à cinq centimètres du sol dans sa gangue de plâtre, et s'appuya au dossier d'une chaise pour ne pas tomber. Poussant le siège devant elle, par saccades, elle s'avança jusqu'à la niche du téléphone. Comme elle décrochait le combiné, le timbre s'arrêta.

— Merde ! dit-elle.

Son pied pesait lourd. Pourtant elle ne voulait pas retourner au divan : Balmorat pouvait revenir à la charge. Elle attendit, l'épaule au mur. Evidemment, rien ne l'empêchait de téléphoner à son confrère pour lui demander si c'était lui qui l'avait appelée à l'instant. Mais il en eût déduit qu'elle était impatiente d'avoir une réponse. Mieux valait laisser croire qu'elle n'était pas embarrassée de vendre son secrétaire. Devant elle, une glace ancienne, dans un cadre de bois doré, lui renvoya l'image d'une femme trapue, aux hanches épaisses, en jupe bleue et chemisier blanc, un pied chaussé d'une pantoufle et l'autre enfermé dans une botte de pierre. Une cigarette fumait au coin de sa bouche. Et Beethoven qui s'exaltait, avec tous ses violons, dans sa boîte ! « Ah ! j'ai l'air fin ! » pensa-t-elle. De la cendre tomba sur son chemisier. Comme le téléphone faisait le mort, elle repartit en sautillant à cloche-pied. Elle était au milieu de son trajet, quand quelqu'un frappa à la porte.

— Entrez ! dit-elle.

Mais personne n'entra. Ce devait être la femme de ménage. Sourde comme un pot, la vieille Mélie ! Enflant la voix, Madeleine hurla à la volée :

— Entrez, quoi !

Et elle fit un petit bond en avant, avec sa chaise. La porte s'ouvrit. Un homme parut. Madeleine s'immobilisa dans une pose d'échassier.

— Monsieur ? dit-elle.

En même temps, elle pensa : « Je le connais, celui-là ! » Et elle se sentit prodigieusement ridicule, avec son regard interrogateur et son pied dans le plâtre.

— Je ne sais si vous vous souvenez de moi... dit l'homme.

— Comment donc ! dit Madeleine. Monsieur Kozlov, n'est-ce pas ?

Il s'inclina légèrement. Elle s'exhortait au calme. Mais ses idées tournoyaient.

— Vous êtes blessée ? dit-il.

— Ce n'est rien, murmura Madeleine. Je me suis cassé la jambe, bêtement !

Il l'aida à se traîner jusqu'au divan. Elle eût voulu refuser son aide, mais c'était impossible. Une main forte et chaude comprimait son avant-bras à travers la manche du chemisier.

— Merci, dit-elle en s'asseyant.

Et elle étendit sa jambe raide sur un coussin.

— Je suis de passage dans la région, annonça-t-il. On m'a dit, à Paris, que Françoise était en vacances chez vous...

— Oui.

— Comment va-t-elle ?

— Très bien.

— Je suis désolé qu'elle ait abandonné ses études. Elle était l'une de mes meilleures élèves...

Madeleine écrasa son mégot dans une soucoupe et ralluma nerveusement une cigarette. Françoise pouvait rentrer d'une seconde à l'autre. Il ne fallait à aucun prix qu'elle rencontrât cet homme. Lui, cependant, paraissait très à l'aise. A croire qu'il n'avait rien à se reprocher. Elle l'observa à la dérobée. Il était plus jeune que dans son souvenir. Un visage asymétrique, au regard sombre, arrogant et tendre à la fois.

— Je suis heureux de voir votre maison, reprit-il. Françoise m'en avait tellement parlé ! C'est vraiment très beau ! On change de siècle, on a envie de vivre plus lentement. Ah ! voilà le fameux automate !...

Il s'approcha du nègre-fumeur qui trônait sur un guéridon.

— Merveilleux ! dit-il.

Madeleine sentit que, si elle n'intervenait pas rapidement, il allait s'asseoir, s'incruster, qu'elle ne pourrait plus le mettre à la porte.

— Il est du XVIIIe siècle ? demanda-t-il.

— Oui.

— Et il marche ?

— Oui.

Il hocha la tête :

— Très bien, très bien...

Un silence s'établit entre eux. Puis Alexandre Kozlov se pencha vers Madeleine et dit doucement :

— Françoise n'est pas là ?

— Non.

— J'aurais aimé la voir.

— Il ne faut surtout pas que vous la voyiez !

— Pourquoi ?
— Vous lui avez fait assez de mal comme ça !
Il feignit l'étonnement :
— Moi ?
— Oui, gronda Madeleine, je suis au courant, de... de...

Elle ne sut comment continuer sa phrase, barbota un instant dans la colère et finit par prononcer, à contrecœur :
— ... de votre liaison !

Aussitôt, elle regretta ce mot démodé, empesé, ridicule. Alexandre Kozlov eut un sourire :
— Une liaison ? Oh ! madame ! Je vous assure qu'il s'agissait plutôt entre nous d'une tendre amitié, d'une mutuelle estime...
— Une amitié et une estime qui ont failli coûter la vie à cette enfant !
— N'exagérons pas !

Elle eut un haut-le-corps : qu'avait-il osé dire ?
— Vous oubliez qu'elle a tenté de se suicider à cause de vous !

Les yeux d'Alexandre Kozlov se fixèrent, s'obscurcirent soudain, ses traits se tendirent comme s'il se fût opposé, de toute sa volonté, à une pensée désagréable.
— Quoi ? s'écria-t-il. Non, je ne le savais pas...

Manifestement, il était sincère. Cette constatation dérouta Madeleine et, inexplicablement, augmenta sa fureur. « J'aurais mieux fait de me taire ! » songea-t-elle avec dépit.

— Eh bien ! maintenant que vous le savez, répliqua-t-elle, vous conviendrez avec moi que votre présence ici est tout à fait déplacée. Partez vite !

Il restait sur place, abasourdi.

— C'est insensé ! grommela-t-il. Pourquoi a-t-elle fait ça ?

— Vous devez bien vous en douter un peu !

Elle s'était à demi dressée sur son séant. Flamme par le regard et statue par le pied. Il soupira ; il paraissait sortir d'un nuage.

— Je vous prie de m'excuser, dit-il. Sans doute vaut-il mieux, en effet, que Françoise ignore ma visite.

Madeleine acquiesça du menton. Décidément, cet homme avait l'art de mettre de la loyauté dans sa crapulerie. On pouvait l'accuser de tout, sauf de mauvaise foi. Et puis, il y avait dans ses yeux une telle chaleur, une telle insistance ! Rien d'étonnant que Françoise...

— Adieu, madame.

Madeleine ressentit un pincement romanesque dans la région du cœur. « Pauvre petite ! » pensa-t-elle. Et son regard s'agrandit. Ce qu'elle redoutait le plus était en train de se produire. Derrière Alexandre Kozlov, la porte s'ouvrait. Un courant d'air souleva une page de journal sur la table. Une voix joyeuse cria :

— Ça y est, Madou ! J'ai vendu les deux petites verseuses en porcelaine de Sèvres !

Françoise, debout sur le seuil, brandissait des

billets de banque dans sa main. La fin de sa phrase tomba, fauchée. Elle abaissa le bras. Une stupéfaction douloureuse marqua son visage. Madeleine, oppressée, ne savait qu'entreprendre pour conjurer le désastre. Au bout d'un long moment, Françoise balbutia :

— Oh !... C'est vous...
— Bonjour, Françoise, dit Alexandre Kozlov.

Elle serra machinalement la main qu'il lui tendait, fit quelques pas, posa l'argent sur un guéridon. Madeleine, qui la voyait de dos maintenant, en était réduite aux conjectures. Tout à coup Françoise se retourna et une gaieté insolite brilla dans ses yeux.

— C'est drôle de vous voir ici ! dit-elle d'une voix tremblante en regardant Alexandre Kozlov au visage.

— J'allais partir, marmonna-t-il.

Et il glissa un coup d'œil indécis à Madeleine.

— Déjà ? s'écria Françoise. Vous avez bien une minute ! J'ai tant de choses à vous dire ! Vous savez, je suis furieuse de n'avoir pas pu me présenter à mon examen ? Mais j'ai été très, très malade...

« Sûrement, c'est elle que Kozlov va croire, et non moi avec mon histoire de suicide ! » pensa Madeleine. Elle était fâchée d'être ainsi convaincue d'exagération. N'avait-elle pas rêvé cette aventure entre sa nièce et le professeur de russe ?

— Asseyez-vous donc ! dit Françoise.

Elle virevoltait, souriait, désignait un siège, tirait des verres d'un placard. Avant d'avoir pu reprendre ses esprits, Madeleine eut sous les yeux un homme casé dans le meilleur fauteuil de la maison (la bergère à gondole, à haut dossier, début XIXe), tenant un verre de porto à la main et disant d'un ton de conversation amicale :

— Mes amis habitent Honfleur... Un petit hôtel du XVIIIe, tout à fait charmant... Enfin, je crois... je n'y connais pas grand-chose... Et vous, ça fait très longtemps, il me semble, que vous êtes à Touques ?

— Oui ! J'adore ce pays, dit Françoise. Et je m'entends si bien avec ma tante !

Madeleine eut un sourire crispé. Ce genre de gentillesse la mettait au supplice.

— Mais vous allez, j'espère, reprendre vos cours aux Langues O, à la rentrée !

— Bien sûr ! dit Françoise.

Avait-elle formé ce projet depuis longtemps ou venait-elle de se décider en voyant Kozlov ? La vitesse à laquelle évoluait la situation effrayait Madeleine. Elle cherchait à capter l'attention de sa nièce, mais celle-ci évitait son regard.

— De toute manière, il faudra que vous redoubliez votre première année, dit Alexandre Kozlov.

— Eh ! oui, dit Françoise. C'est trop bête !...

— Avez-vous un peu travaillé votre russe, cet été ?

— Même pas ! Je suis d'une paresse !...

Elle rit faiblement et demanda :
— Vous êtes ici pour quelques jours ?
— Non. Je repars demain pour Paris.
— Et ce soir, que faites-vous ?
Madeleine eut très peur.
— Je dîne avec mes amis, dit-il.
Au même instant, le téléphone sonna. Françoise courut vers l'appareil.
— C'est sûrement Balmorat ! dit Madeleine.
Mais Françoise, serrant le récepteur contre sa joue, laissait paraître une joie qui ne pouvait être inspirée par le vieil antiquaire.
— Jean-Marc ! s'écria-t-elle. Ça alors !... D'où téléphones-tu ?... De Paris ?... C'est merveilleux !... Moi, ça va très bien !... Non, je ne rentrerai pas avant la fin de septembre... Mais toi, tu devrais venir ici !...
Assise au bord du divan, Madeleine faisait signe qu'elle voulait prendre l'appareil.
— Attends ! dit Françoise. Madou veut te parler.. Tu ne sais pas ?... elle a eu un accident... Elle s'est cassé le péroné, en glissant sur le carrelage de sa cuisine... Non, ce n'est pas trop grave, mais elle est furieuse... Elle peut à peine bouger...
Madeleine se dressa péniblement et dut accepter le bras d'Alexandre Kozlov. Françoise accourut pour la soutenir de l'autre côté.
— Il dit qu'il a téléphoné deux fois cet après-midi et que personne n'a répondu ! précisa Françoise.

— Ah ! c'était donc lui ! souffla Madeleine en sautillant lourdement.

Elle l'avait oublié, celui-là ! Quelle catastrophe allait-il encore lui apprendre ? On lui avança une chaise. Elle s'assit, empoigna l'appareil et dit :

— Allô ! Jean-Marc ! Je suis bien contente de t'entendre ! Alors, ces Etats-Unis ?...

— Sensationnels ! dit-il. Je te raconterai plus tard. Mais dis-moi, ta patte, c'est idiot !

— Complètement idiot !

— Ça t'apprendra à trop cirer ton carrelage !

Il rit.

— Tu n'es pas drôle ! dit-elle. Pas drôle du tout !... Comment ça va, à la maison ?

— Très bien.

Le ton posé de cette voix la rassura. Jean-Marc devait avoir retrouvé son équilibre. Pour combien de temps ? Elle observa Françoise qui s'était réfugiée dans l'embrasure de la fenêtre avec Alexandre Kozlov. Il dominait la jeune fille de la tête et lui parlait tout bas. Elle souriait mélancoliquement. Impossible d'entendre ce qu'ils disaient. Madeleine regretta que Jean-Marc la retînt au téléphone alors que des événements graves requéraient son attention. A deux ou trois reprises, elle lui répondit à côté, distraite par un geste de sa nièce, par un mot saisi au vol et mal interprété. Quand elle raccrocha l'appareil, Françoise annonça :

— Monsieur Kozlov est obligé de partir.

— Ah ! dit Madeleine, subitement soulagée.

— Oui, dit-il. Mes amis m'attendent. Il est déjà sept heures !

Elle le regarda, désinvolte, mince, inquiétant. Il portait une chemise à carreaux et des pantalons de grosse toile brune. Que pensait-il d'elle ? Une toquée qui inventait des histoires à dormir debout pour préserver la vertu de sa nièce ! Elle revint au divan, toujours aidée de Françoise et d'Alexandre Kozlov, s'assit, écrasa les coussins sous le poids de son dos. Françoise raccompagna Kozlov jusqu'à la porte.

— Je compte absolument sur vous à la rentrée, dit-il encore.

Elle inclina la tête dans un mouvement de petit cheval.

Quand il fut parti, elle rangea les verres, la bouteille, sans dire un mot, repoussa les sièges à leur place habituelle, prit l'argent de la vente qu'elle avait posé sur le guéridon et le tendit à Madeleine :

— Deux cent cinquante francs ! C'est ce que tu m'avais dit, n'est-ce pas ? Ils ont marchandé tant qu'ils ont pu, mais j'ai tenu bon !

— Bravo ! dit Madeleine.

Françoise s'assit près d'elle. Il faisait déjà presque sombre dans la pièce. Madeleine étendit la main pour allumer une lampe. Un cri étouffé l'arrêta :

— Non !

La seconde d'après, elle recevait sur son épaule la tête de Françoise. Un halètement chaud se logea dans le creux de son cou. Elle passa une main douce sur les cheveux de la jeune fille, descendit le long de sa joue mouillée de larmes, effleura de l'index le bord de ses lèvres fiévreuses, entrouvertes dans un gémissement.

— Françoise, ma petite Françoise, tu l'aimes encore ? dit-elle.

— Non.

— Mais tu es heureuse de l'avoir revu !

— Je ne sais pas...

— Pourquoi as-tu décidé de reprendre tes cours ?

Françoise se raidit de tous ses muscles, de toute sa tête, et s'écarta légèrement. Elle ne pleurait plus.

— Et pourquoi pas ? dit-elle.

— Il me semble que... que c'est dangereux pour toi...

— Ce qui est dangereux, c'est de rester à l'écart du monde comme je le fais maintenant ! Tu me l'as assez dit toi-même !

— Oui, bien sûr... En un certain sens...

— Sais-tu quand je l'ai compris ?

— Non.

— Il y a quelques minutes, quand je l'ai vu ici... Pourquoi crois-tu qu'il est venu ? Par curiosité ? Par désœuvrement ? Parce qu'il se trouvait dans les parages et avait une heure à perdre ?... Non, Madou... Il est venu parce qu'il ne pouvait pas ne pas venir. Une force le poussait dans le dos...

Les yeux de Françoise étincelèrent dans la pénombre. Elle se leva, fit quelques pas en rond dans la pièce, puis se retourna brusquement et reprit d'une voix plus basse :

— Si la première fois notre rencontre avait été, peut-être, due au hasard, cette fois-ci, indiscutablement, c'est Dieu qui me l'a envoyé. Pour me permettre de me reprendre, de me racheter... Je suis si coupable !

— Coupable ? Toi ? murmura Madeleine.

— Oui. Puisque cet homme était plein de défauts, j'aurais dû consacrer tous mes efforts à le supporter, à l'éclairer, à tenter de le rendre meilleur.

— Tu as essayé !

— A peine !... Et Carole, et mon père, et ma mère, et Jean-Marc... C'est la même chose... Je n'ai su que les condamner !... A la première désillusion, je leur ai tourné le dos !... Je n'ai pensé qu'à moi !... A mon petit confort moral !... Ne dis pas non !... J'ai trahi Dieu doublement : en renonçant par lâcheté à secourir des âmes sur lesquelles je pouvais avoir une influence même légère et en voulant me tuer ! Crime contre l'amour et crime contre Dieu !... Avant, c'étaient les autres qui me dégoûtaient, maintenant c'est moi qui me dégoûte ! Parce que j'ai osé juger les autres au lieu de les aider ! Parce que j'ai démissionné devant la vie !

Elle se tut. Sa silhouette se détachait en noir sur la fenêtre aux transparences grises. Madeleine se demanda quelle était la part de la sincérité et celle — inconsciente — de la rouerie dans cette profession de foi. Françoise ne cherchait-elle pas à justifier par des motifs chrétiens son désir de renouer avec Alexandre Kozlov ? De toute façon, il ne pouvait être question de la contredire dans l'état d'exaltation où elle se trouvait. Il fallait abonder dans son sens en essayant de la mettre en garde contre les excès de son imagination.

— Quel jour est-on, Madou ? demanda Françoise.

— Le 7 septembre. Pourquoi ?

— Pour rien...

Et Madeleine ne douta plus que, en reparaissant, Alexandre Kozlov eût repris tout son ascendant sur sa nièce. Elle lutterait, elle résisterait, elle lui échapperait peut-être. En tout cas, elle serait malheureuse. Mais ne valait-il pas mieux souffrir par un homme que s'en passer ?

— Je vais préparer le dîner, dit Françoise.

Elle alluma la lampe.

Dans l'encadrement de la fenêtre, se dressait le clocher dont les ardoises luisaient au clair de lune. Il était vieux et calme, désaffecté. Françoise le regardait, de son lit, et se sentait mystérieusement alliée à cette décrépitude et à cet abandon. La ruine et son angoisse ne faisaient qu'un. Il fallait qu'elle sortît d'un seul coup du malheur ou bien elle allait, elle aussi, devenir un monument, quelque chose de lourd et d'enraciné. Tout à l'heure, devant Madeleine, elle avait réellement cru qu'elle aurait la force d'affronter de nouveau tous ceux qu'elle avait fuis. Et voici que la peur la reprenait, la peur de la route, la peur des visages, la peur des gestes... « Accepter ce qui vient à moi, ne rien esquiver, construire... » Le plus difficile, bien sûr, ce serait d'établir des rapports de camaraderie et de confiance avec Alexandre Koslov. Elle aurait plus de pouvoir sur lui en le revoyant de temps à autre, par amitié, qu'en redevenant sa maîtresse. Pour rien au monde elle ne voulait revivre la honte de certains attouchements. Elle s'étendit sur le dos et aussitôt un corps d'homme fut sur elle. Il sortait du passé, chaud et dur. La précision de ce souvenir était telle qu'elle en perdit presque la conscience. Tout s'engloutissait dans le noir et, en même temps, elle savait qu'elle accomplissait ce pour quoi elle était née, que cette joie qui l'envahissait elle ne la payerait jamais trop cher. Elle s'assit dans son lit, secoua la tête, et sa folie tomba en morceaux autour d'elle. Pas ça ! En tout cas, pas avec lui. Plus tard, quand elle aimerait vraiment. Un autre homme. Son mari devant Dieu. Elle se répéta ces mots avec une ivresse mélancolique. Un jour viendrait, proche peut-être, où les pensées qui la tourmentaient aujourd'hui n'auraient plus de poids. Dans cette perspective sage, l'inconnu était plus rassurant que le connu. Elle deviendrait Mme Un Tel. Ses enfants lui donneraient des soucis. Elle téléphonerait pendant des heures à des amies qui, elles aussi, auraient des enfants. Elle rentrerait dans le rang. Elle s'abolirait dans la foule. Elle tressaillit. Le froid pénétrait par la fenêtre ouverte. La lune s'était cachée. Il ne restait plus du clocher qu'une vague idée verticale. Madeleine s'était-elle endormie ? Non, elle devait lire encore. Un instant, Françoise fut tentée de descendre pour reprendre la conversation avec elle. Puis elle se retint. A quoi bon ? Elles s'étaient tout dit. « Maintenant, c'est à moi d'agir. A moi seule. » Un chien aboya dans la rue. Françoise appuya sa tête, de profil, sur l'oreiller. La fraîcheur du tissu se communiqua de sa joue à ses pensées.

3

— Vous êtes demandé en P.C.V., de Châteaudun, par M. Daniel Eygletière, dit la téléphoniste. Acceptez-vous de payer la communication ?

— Oui, dit Jean-Marc.

Et, se tournant vers son père, il cria :

— C'est Daniel qui téléphone en P.C.V., de Châteaudun !

— De Châteaudun ? répéta Philippe stupéfait. Passe-moi l'appareil !

Il se leva vivement de son fauteuil et traversa le salon en trois enjambées. Jean-Marc lui tendit le combiné, mais garda l'écouteur libre contre son oreille. Au bout d'un long moment, il entendit la téléphoniste qui disait : « Demande acceptée », et la voix de Daniel, lointaine, flottante, coupée de grésillements :

— Allô, papa ? Ici, Daniel... Excuse-moi de ne pas vous avoir prévenus de mon arrivée, mais les télégrammes coûtent cher... Ne t'en fais surtout pas !... Tout va très bien !... Le voyage a été tonitruant !...

— Qu'est-ce que tu fous à Châteaudun ? demanda Philippe.

— T'en as de bonnes, toi ! J'ai pas pu aller plus loin. Le cargo m'a débarqué à Bordeaux. Là, j'ai gratté tout ce que j'avais d'argent pour prendre le train. Résultat : Châteaudun ! Terminus ! Tout le monde descend !

Jean-Marc et Philippe éclatèrent de rire.

— J'ai bien essayé de faire de l'auto-stop, reprit Daniel, mais personne ne veut de moi, à cause de mes bagages !

— A quel hôtel es-tu descendu ? demanda Philippe qui avait repris son sérieux.

— Un hôtel ? Tu rigoles ! Je me suis installé à la gare, dans la salle d'attente. J'y ai même piqué un petit roupillon.

Philippe haussa les épaules :

— Tout cela est absurde ! Tu vas prendre une chambre dans un hôtel convenable et je t'enverrai un mandat télégraphique pour te dépanner.

— Mais c'est contraire au règlement, papa !

— Quel règlement ?

— Celui des bourses Zellidja. Je te l'ai déjà dit : nous devons nous débrouiller pour gagner en travaillant l'argent dont nous avons besoin pendant le voyage. Autrement, ce serait trop facile !

— Alors, quoi ? Tu vas te faire embaucher comme manœuvre à Châteaudun pour ramasser les quatre sous qui te manquent ? C'est ridicule !

— Mais non, papa ! Je finirai bien par trouver un camion qui me remontera à Paris ! Y a pas de problème !... Je te téléphonais simplement pour te dire que j'étais en France, quoi ! que c'était O.K. !

— Attends un moment ! dit Philippe.

Il se pencha vers Jean-Marc et lui dit à mi-voix :

— Si tu allais chercher ton frère en voiture ? Ce n'est pas loin, Châteaudun !

Jean-Marc accepta. Il était heureux à la fois de retrouver Daniel qu'il n'avait pas vu depuis deux mois et demi et de conduire la nouvelle Citroën que son père avait achetée à son retour de Grèce.

Philippe annonça dans le téléphone :

— Eh bien ! voilà, c'est arrangé. Jean-Marc passera te prendre là-bas en voiture.

— Ah ! non ! Ce ne serait pas régulier non plus ! dit Daniel.

— Là, tu exagères ! s'écria Philippe. Suppose que tu arrêtes une bagnole sur la route et que, comme par hasard, ton frère soit au volant, tu refuserais de monter ?

— Non, bien sûr ! marmonna Daniel. Mais ce n'est pas le cas. Jean-Marc viendrait exprès...

— Pas du tout ! Il a affaire dans la région !

— Tu parles !

— Alors tu refuses ? Tant d'histoires pour une centaine de kilomètres !

— Cent trente-neuf.

— Ça suffit comme ça, Daniel. Jean-Marc est ravi d'aller te cueillir ! Il aura la nouvelle D.S.

— Ah ! oui ?

La voix de Daniel mollissait.

— Bon, dit-il enfin. Alors je l'attends devant la gare. A quelle heure sera-t-il là ?

— Le temps d'y aller. Vers cinq heures, je pense. Malheureusement, je ne te verrai pas à votre retour. Je pars pour Londres dans une heure. Mais je n'y resterai pas plus de trois jours. A bientôt !

Philippe raccrocha, le visage radieux. Comme toujours, il ignorait le doute, l'inquiétude. Il avait d'avance résolu tous les problèmes.

— Quel type, ce Daniel ! dit-il gaiement.

— Je me demande dans quel état nous allons le retrouver ! dit Carole.

Ils avaient juste fini de déjeuner. Mercédès, hiératique et hostile, entra dans le salon et posa le plateau avec la cafetière et les tasses sur la petite table, devant le divan.

— C'est bête que je sois obligé de partir ! soupira Philippe en se rasseyant. Je serais allé avec toi !

— Moi, j'irai ! dit Carole en versant le café dans les tasses. Tu m'acceptes, Jean-Marc ?

— Pourquoi veux-tu qu'il ne t'accepte pas ? demanda Philippe.

Elle plissa les yeux dans une grimace qui lui était familière :

— Je ne sais pas, moi, il aurait peut-être préféré emmener un copain !

Jean-Marc se contracta sous l'effet d'une crainte vague.

— Mais non, dit-il, je suis ravi !

Il porta la tasse de café à ses lèvres, trop rapidement, et se brûla.

— Mes enfants, dit Philippe, dans vingt-cinq minutes, je vous quitte !

En attendant, il se carrait dans son fauteuil, humait son café, regardait sa femme.

— Tiens, voilà les clefs, mon vieux, dit-il. Ne va pas trop vite : elle est encore en rodage...

Jean-Marc inclina la tête. A l'intérieur de sa joue gauche, une parcelle de muqueuse brûlée pendait comme un petit chiffon. Il la touchait avec sa langue endolorie. La perspective de ce voyage avec Carole l'irritait de plus en plus.

★

Le plaisir de prendre le volant, avec une femme assise à son côté, lui fit oublier sa mauvaise humeur. La sortie de Paris n'était pas trop encombrée. Bien que le moteur fût bridé, la D.S. roulait avec une aisance nerveuse. L'intérieur sentait la matière plastique et le vernis. Il faisait beau. De part et d'autre, s'étalait une campagne sage, divisée, ratissée, peignée à la française. De petits champs, coupés de petits chemins, veillés, de loin en loin, par de petits villages. Jean-Marc évoqua les immenses espaces américains. Là-bas le bonheur, c'était une terre sans limite, ici, c'était un enclos. Il suffisait de tendre la main pour toucher le mur. « En fin de compte, chez nous, tout se ramène à des procès de mitoyenneté », décida-t-il. Et il sourit.

— A quoi penses-tu ? demanda Carole.
— Aux Etats-Unis.
— Encore ! Tu ne peux décidément pas les oublier !
— Je ne *veux* pas les oublier, dit-il.
— Tu y as donc été si heureux ?
— Assez... oui...
— A cause de quoi ?
— De rien... du changement, peut-être...
— Serais-tu tombé amoureux, là-bas ?

Elle l'interrogeait, le menton tendu, l'œil émerillonné, tellement fine, sûre d'elle, insolente, qu'il se mit sur ses gardes.

— Non, murmura-t-il.
— Quoi ? Personne ?
— Personne !
— C'est gentil pour moi, ça !

Il ne répondit pas, agacé qu'elle interprétât tout ce qu'il disait à son avantage. Une voiture roulait devant lui. Il accéléra, la doubla en la frôlant presque et se rabattit trop vite sur la droite. Imprudence voulue. Cela détendait les nerfs. Il souffla longuement. Ce lambeau de peau morte dans sa bouche, quelle sottise !

— Tu aurais pu m'écrire ! reprit Carole.
— A quoi bon ?
— Tu n'avais rien à me dire ?
— Non.

L'obligation de regarder la route le dispensait de la regarder, elle, mais il devinait sa présence, ses mouvements, sa respiration, sa chaleur. Toute la vie de la peau sous la robe. Des souvenirs se levaient dans sa tête. Plus il essayait de les chasser, plus ils gagnaient en précision. Elle toucha sa main sur le volant. Il eut envie d'elle et se contraignit. Avec un grand effort sur lui-même, il prit cette main légère, douce, caressante, et l'écarta.

— Qu'y a-t-il, Jean-Marc ?

Il grommela :

— C'est fini, Carole. Il ne faut plus jamais. Ce qui s'est passé entre toi et moi...

— Ce qui s'est passé entre toi et moi, dit-elle vivement, tu auras beau faire, tu ne l'effaceras pas ! Crois-tu que je n'aie pas essayé, moi-même ? Cet été, loin de toi, j'ai fait un voyage dans un pays merveilleux, et je n'ai rien vu... rien vu à cause de toi, de nous... Oh ! Jean-Marc !...

Sa voix basse, veloutée, était émouvante. Elle prit son sac, en tira machinalement son poudrier, fit jouer le fermoir dans un claquement sec. Il respira son parfum. Elle se taisait. Sa bouche devait être entrouverte, ses yeux embués. Il avait peur de la voir. Il s'était cru très fort en revenant des Etats-Unis. Invulnérable, incorruptible, parce qu'il avait passé ses vacances loin d'elle. Et, à la première occasion, il retombait sous son charme. Toute la saleté allait reprendre. Il ravala sa salive. L'intérieur de sa bouche brûlait.

— Tu ne peux pas t'arrêter une minute ? dit-elle. J'ai mal à la tête.

Six heures et demie et pas de Jean-Marc ! Daniel n'y comprenait rien. Il aurait bien retéléphoné en P.C.V. à Paris pour savoir si son frère était parti depuis longtemps, mais il ne voulait pas quitter son poste d'observation à l'entrée de la gare de Châteaudun. Du reste, il n'était nullement inquiet. Optimiste par caractère et par raisonnement, il refusait d'envisager les catastrophes avant d'avoir le nez dessus. Sans doute Jean-Marc avait-il été retardé par quelque ennui mécanique. Fatigué de se promener de long en large, Daniel s'assit sur sa valise, bourrée à bloc et ceinturée avec des ficelles. Il était sale, il tombait de sommeil et il n'avait rien dans le ventre depuis la tasse de café avalée ce matin, au buffet de la gare. Sept centimes en poche. Il débarquerait à Paris avec ça. Un tour de force ! Du bout des doigts, il caressa, à travers un sac de toile posé par terre, les deux fennecs qu'il ramenait de voyage. Un ancien légionnaire les lui avait vendus sur le bateau pour dix francs : un mâle et une femelle. Ils étaient tout apprivoisés, ils ne mordaient pas, ils ne cherchaient pas à fuir... Mais eux aussi avaient faim, les pauvres ! Il ouvrit le sac. Deux petites têtes apparurent. Oreilles énormes, prunelles affolées, truffe tremblante. Il voulut leur gratter le museau ; ils se recroquevillèrent, terrifiés. Il referma le sac et pensa avec désespoir : « Je ne pourrai jamais les garder à la maison. Carole n'en voudra pas. Il faudrait les refiler à tante Madou. » Des gens envahirent l'esplanade. Un porteur passa, traînant des valises. Daniel s'adossa au mur et fléchit les épaules. Au-dessus de sa tête, une affiche qu'il connaissait par cœur : « Visitez les châteaux de la Loire. » C'était comique ! Et tous ces visages blancs ! Il en avait bien vu un certain nombre sur le cargo, mais, à terre, l'impression était plus saisissante. Cet air maladif et préoccupé qu'ils avaient tous ! L'insouciance était-elle l'apanage des Noirs ? Même dans la misère ils paraissaient détendus et heureux. Ils collaient à la nature. Ici, la nature, on ne savait plus ce que c'était ! Daniel sentit qu'il approchait là d'une grande idée ; mais, chaque fois qu'il était sur le point de la saisir dans son ensemble, elle lui échappait, vive et brillante, tel ce serpent qu'il avait aperçu à l'entrée de sa case, quelque part au nord de Bondoukou. Il tenta de se rappeler le nom du village. Peine perdue. Le sommeil lui brouillait le cerveau. Dès que ses paupières se fermaient, il revoyait la brousse, des pistes noyées de pluie, un vol de papillons géants autour d'une lampe tempête, des cancrelats sur les murs lépreux d'un hôpital, un chirurgien penché sur une table, le front suant sous la calotte blanche, du sang rouge sur une peau d'ébène. Quelle différence entre l'Afrique qu'il avait rêvée et celle qu'il avait connue ! Moins de pittoresque et plus de mystère. Il avait laissé des amis là-bas : le Dr Poirier, le Dr Lecochel, Tugadou, un ancien gendarme établi épicier à Kalamon, le chauffeur indigène Issiaka, qui riait à pleines dents en conduisant la jeep à travers les marigots infestés de mouches tsé-tsé... Les reverrait-il jamais ? Ces deux mois pesaient plus dans sa tête que tout le reste de sa vie. Maintenant, il était sûr d'avoir le droit de parler en homme. Et il allait rentrer au lycée dans quinze jours ! Quelle dérision ! Un haut-parleur enroué annonçait l'arrivée et le départ de petits trains sans histoire. Sept heures moins cinq ! « Qu'est-ce qu'il fout ? » grogna Daniel en se dressant sur ses jambes. Au même moment, il avisa une D.S. bleu nuit qui fonçait vers la gare. Au volant, Jean-Marc. Prêt à hurler de joie, Daniel se retint, par dignité, et prit un air de détachement viril.

— Salut, vieux, dit Jean-Marc en descendant de voiture.

Ils se serrèrent la main avec force.

— C'est ça, la nouvelle bagnole ? demanda Daniel. Elle est chouette !

— Pas mal, oui. Tu m'attends depuis longtemps ?

— Ben, assez...

— C'est idiot ! J'étais parti avec Carole et, en cours de route, elle a eu un malaise... Oh ! rien de grave !...

— Je m'en doute, dit Daniel. Les malaises de Carole ne sont jamais graves, mais elle emmerde tout le monde avec !

— J'ai dû la ramener à Paris. Puis, en repartant, je suis tombé dans un embouteillage... Tous les pépins, quoi ! Tu ne t'es pas trop inquiété au moins ?

— J'en ai vu d'autres en Côte-d'Ivoire ! dit Daniel avec un grand rire de broussard.

Et il empoigna sa valise. Jean-Marc, de son côté, prit le sac et le reposa aussitôt :

— Qu'est-ce qu'il y a là-dedans ? Ça remue !

— Ça remue parce que c'est vivant ! dit Daniel. N'ouvre pas, ils vont se carapater. Ce sont des fennecs.

— Des fennecs ? répéta Jean-Marc ahuri.

— Oui, un cadeau pour tante Madou.

— Je ne sais pas si elle appréciera beaucoup !

— Mais si ! dit Daniel. C'est affectueux, ces petites bêtes ! Ça se nourrit de rien...

Il installa le sac et la valise sur le siège arrière. Restait une grande boîte en carton.

— Celle-là, dit-il, elle est très lourde. Tu vas me donner un coup de main.

— Ça contient quoi ?

— Un souvenir pour Carole. J'en ai bavé pour le trimbaler jusqu'ici, je te prie de le croire ! Vingt fois, j'ai voulu le larguer en cours de route. Mais ç'aurait été dommage. Tu verras !

Il avait tant de choses à montrer, tant de choses à raconter, que le sentiment de sa richesse lui enfiévrait la tête. S'il ne parlait pas tout de suite de son voyage, il allait éclater. Pourtant un décrochement au creux de l'estomac coupa son élan. La boîte en carton casée dans le coffre arrière, il s'affala à côté de Jean-Marc dans la voiture et dit :

— Ça ne t'ennuierait pas qu'on casse la croûte avant de partir ?

La brasserie était aux trois quarts vide. Un garçon désabusé bavardait avec la caissière. Assis au fond de la salle, Daniel dévorait une énorme choucroute. En face de lui, Jean-Marc laissait refroidir, dans son assiette, une escalope viennoise dont il avait déchiqueté les bords. Fatigué, écœuré, il admirait son frère, qui mangeait, buvait, parlait avec un entrain égal. Incontestablement, Daniel avait mûri durant ce voyage. Mais quelle allure de clochard ! Ses cheveux blonds pendaient en mèches ternes sur son front, sur ses oreilles ; sa chemise, élimée et sale, bâillait autour de son cou ; il avait des ongles noirs, un coup de soleil sur le nez, une écorchure au coin de la lèvre ; et pas un bouton à sa veste ! Comment savoir si tout ce qu'il racontait était vrai ? La bouche pleine, les yeux brillants, il évoquait la visite d'une léproserie, une cérémonie fétichiste dans un village perdu, des expéditions périlleuses, en jeep, à travers la brousse, en compagnie d'un médecin...

— Tout à coup voilà que notre bagnole s'embourbe sur le passage d'une colonie de fourmis carnassières. Elles s'étalent en nappes, cernent des troupeaux, bouffent tout ce qui leur tombe sous les mandibules : hyène, buffle ou panthère... Nous avons lutté contre elles pendant plus d'une heure... Il fallait les arracher une à une de notre peau... Ça saignait, ah ! mon vieux !... Quel carnage !...

Jean-Marc hochait la tête, marmonnait, de temps en temps, un mot d'interrogation polie et tâtait de la langue le bout de peau morte au creux de sa joue. Ces histoires de boy-scout l'ennuyaient. La gaieté, la naïveté, l'appétit de son frère, joints à la laideur de cette salle de restaurant, étaient, à la longue, insupportables. Une tristesse froide pesait sur son cœur, si lourdement que, par instants, il en éprouvait comme une gêne respiratoire. Pourtant il aurait dû être heureux d'en avoir fini avec Carole. Jamais il n'aurait cru qu'il trouverait le courage de lui parler comme il l'avait fait, après avoir arrêté la voiture. C'était elle qui, sans le savoir, l'avait incité à la dureté. Sa pâleur, son regard implorant : « Jean-Marc... Tu ne peux pas avoir tout oublié !... Ou alors il y a des choses que j'ignore... Tu me dois une explication... Quelqu'un t'a-t-il détourné de moi ? Ai-je fait quoi que ce soit qui t'ait déplu ? T'ai-je choqué ? N'as-tu plus de goût pour notre amour ? Tu n'es pas malade, au moins ?... » Tout en parlant, elle s'était tournée vers lui et lui avait retiré des lèvres la cigarette qu'il était en train de fumer : « Embrasse-moi, Jean-Marc. » Une main sur la nuque. Un visage qui se rapproche. Et toujours cette brûlure bête dans sa bouche. C'était impossible. Impossible à cause de son père, à cause de Daniel, à cause de la brûlure.

— Quand nous sommes sortis du marigot, Issiaka m'a dit : « Toi vrai chef de chef. » Issiaka c'est notre chauffeur. Un type merveilleux. Un peu sorcier sur les bords. Il me faisait des plats de son pays. J'ai mangé des chenilles grillées. Ce n'est pas mauvais...

Il s'était reculé instinctivement. Et, tout à coup, la colère l'avait pris à la gorge. Il la détestait d'être si désirable. Que lui avait-il dit ? Des phrases insensées : « Ecoute, Carole, ça suffit comme ça !... J'en ai assez de toutes ces histoires !... J'ai tourné une page, tu n'as qu'à en faire autant !... Sinon, je ne remets plus les pieds à la maison !... » Le garçon vint changer les assiettes. Mais Daniel garda le reste de l'escalope et l'enveloppa dans une serviette en papier. Ce serait le dîner des fennecs ; il le leur donnerait ce soir, à la maison. Pour lui-même, il avait commandé un steak au poivre après la choucroute.

— Tu vas éclater ! lui dit Jean-Marc.

— T'en fais pas ! J'ai un sérieux retard à combler. Et toi, tu ne prends plus rien ?

— Un café.

— Qu'est-ce qu'on se tapait, là-bas, comme café !... Frappé, bien entendu... Café frappé et rhum !...

Déjà, il repartait dans ses souvenirs. Il n'avait même pas demandé à Jean-Marc comment s'était passé son voyage aux Etats-Unis. Egoïsme, sottise, manque d'éducation ? Plutôt une prodigieuse incapacité à concevoir que ses proches pussent avoir des intérêts et des soucis autres que les siens.

— Le steak au poivre est fameux ! Tu veux goûter ?

Jean-Marc refusa et alluma une cigarette. Devant lui, Daniel mangeait vite. Bientôt ils pourraient repartir pour Paris. Carole était capable de les avoir attendus. De quel air accueillerait-elle Daniel ? L'angoisse de Jean-Marc s'amplifia. Elle avait eu pour lui un regard de haine froide qu'il n'oublierait jamais. Après qu'il l'eût menacée de ne plus remettre les pieds à la maison, elle s'était écriée, le visage blanc, les yeux secs : « Ramène-moi à Paris tout de suite ! » Il avait protesté : « Nous devons aller chercher Daniel. » — « Tu iras seul après ! Il attendra !... » Pendant tout le trajet du retour, elle n'avait pas desserré les dents. Il conduisait avec, à côté de lui, un mannequin de la colère. Belle et monstrueuse. Parfaitement insensible. Pleine de calculs silencieux. En arrivant à Paris, au premier feu rouge, elle était descendue de voiture et avait claqué la portière derrière elle. Il l'avait vue monter dans un taxi.

— Ça t'ennuie si je prends de la tarte ? demanda Daniel.

— Non, mais je ne voudrais pas partir trop tard.

— Moi non plus. Depuis ce matin, je rêve de mon plumard. A propos, pour les fennecs, faudra rien dire à Carole. Je les garderai dans ma chambre, cette nuit. Et, demain, je téléphonerai à Madou.

Jean-Marc commanda la tarte.

— T'as de quoi payer au moins ? s'enquit Daniel.

— Bien sûr ! dit Jean-Marc.

Son père lui avait laissé de l'argent.

— Parce que, moi, j'ai sept centimes en tout et

pour tout, dit Daniel avec fierté. J'ai fait de ces trucs pour gagner ma vie là-bas, c'est pas croyable ! Je vais tout raconter dans mon rapport. Ça fera du bruit ! Peut-être que j'aurai un prix, ou une bourse de second voyage... Tu verras les photos. J'en ai pris des flopées. Surtout dans les villages de brousse, pour montrer les mauvaises conditions d'hygiène où vivent ces gars-là. C'est d'ailleurs le sujet de mon compte rendu : éducation sanitaire en Côte-d'Ivoire. Tu sais que j'ai assisté à un accouchement ?

Il rayonnait : « Je... je... je... » Jean-Marc vida sa tasse de café. Trop chaud, évidemment. La brûlure se raviva dans sa bouche.

— Pas beau, un accouchement ! reprit Daniel en plissant les lèvres avec dégoût. T'en as déjà vu, toi ?

— Non.

— Qu'est-ce qu'elles dégustent, les bonnes femmes !

Il y eut un silence. Daniel était devenu songeur. Sa fourchette cassa un morceau de tarte dans son assiette.

— Et toi, dit-il soudain, ton voyage aux Etats-Unis ?

Jean-Marc le regarda avec ironie. « Ah ! tout de même, il s'en est souvenu ! » Mais le bavardage de Daniel lui avait ôté tout désir de raconter ses propres impressions. Il était gavé de paroles comme Daniel de nourriture.

— Je te dirai plus tard, marmonna-t-il.

Daniel n'insista pas, trop content de reprendre le dé de la conversation :

— Les hôpitaux, là-bas, c'est une honte !... Ils font ce qu'ils peuvent, mais vraiment !... Moi, j'ai aidé le Dr Poirier, un jour qu'il opérait un Noir d'un cal osseux au genou. Il était sûr que j'allais tourner de l'œil. Pas du tout...

— On y va ? demanda Jean-Marc après avoir réglé l'addition.

— Je reprendrais bien de la tarte, dit Daniel.

Le garçon apporta une seconde portion, plus volumineuse que la première. Des abricots, noyés dans un sirop mordoré, débordaient le triangle de pâte. Au lieu de manger assis, Daniel se leva, saisit le morceau de tarte entre le pouce et l'index, et se dirigea vers la porte en mastiquant de grandes bouchées. Jean-Marc le suivit, gêné par la liberté de ses manières. En passant, il régla le supplément à la caisse et fit un sourire d'excuse au garçon. Il se reprocha aussitôt, du reste, cette petite bassesse. Que lui importait l'opinion d'un serveur dans une brasserie de Châteaudun ? Il manquait de confiance en soi. C'était pour cela qu'il avait peur de Carole. Même après l'avoir remise à sa place, il n'était pas sûr d'avoir gagné. Sans doute, pour lui, n'y aurait-il jamais de réussite complète dans la vie. Une question de caractère. Daniel, fût-ce dans l'échec, affichait un aplomb de vainqueur ; lui, fût-ce dans le succès, conservait une appréhension de vaincu.

Pourtant, une fois en voiture, il se ressaisit. La puissance du moteur, docile à son commandement, lui redonnait une impression de suprématie.

— Elle filoche ! dit Daniel. Ça me change des randonnées en tacot à travers la brousse ! Tu peux pas la pousser encore un peu ?

— Non, dit Jean-Marc. Elle est en rodage.

— Juste une pointe, pour voir !

Jean-Marc accéléra. La route bondit à sa rencontre dans la lumière des phares. Des arbres noirs battirent à ses oreilles comme des baguettes de tambour. La vitesse se faufila dans son ventre. C'était bon.

— Tu sais, dit Daniel, j'ai couché avec une bonne femme, à Abidjan.

— Ah ? dit Jean-Marc.

— Oui. Une Blanche. La veuve d'un forestier. Je lui ai tapé dans l'œil. Ah ! ça n'a pas traîné ! Et toi ?

— Quoi, moi ?

— L'Amérique ?

Jean-Marc ne répondit pas et ralentit.

— Si je fais un second voyage, je choisirai peut-être l'Amérique, reprit Daniel. Plutôt l'Amérique du Sud. Le Guatemala, le Pérou, ça doit être sensationnel, ces coins-là !...

Tout à coup, il se tut. Comme le silence se prolongeait, Jean-Marc glissa un regard sur sa droite. Son frère s'était endormi d'un bloc, la tête renversée, les mains sur les genoux. Une odeur aigre flua dans la voiture. « Qu'est-ce que c'est ? » pensa Jean-Marc en fronçant les narines. Puis il comprit : Daniel sentait mauvais des pieds.

★

Carole était assise dans le salon : éclairage tamisé, robe d'intérieur bleu pâle et livre ouvert sur les genoux. En voyant Daniel, elle se leva d'un mouvement onduleux et s'avança, le sourire aux lèvres, les mains tendues. Devant cette figure de tendresse, de simplicité et de joie, Jean-Marc se crut victime d'une erreur d'aiguillage. Brusquement, il était sur une autre voie, dans un autre monde.

— Mais tu as grandi, toi ! s'écria Carole.
— Ah ? je ne me rends pas compte ! dit Daniel en l'embrassant.
— Et puis tu es très à la mode avec tes cheveux longs !

Il rit :
— Tu te fous de moi ? Si tu savais !... J'ai mené une de ces vies !...

Elle l'interrompit :
— Tu me raconteras ça demain : je tombe de fatigue !

— C'est vrai ! Jean-Marc m'a dit. T'as été malade en voiture ?

— Un peu... comme d'habitude... ces stupides migraines !... Tu vas vite aller prendre un bain !...

— J'en ai besoin, hein ? dit-il sans la moindre gêne, et même, sembla-t-il à Jean-Marc, avec une pointe de fierté.

— Oh ! oui, reconnut Carole.

La moue dont elle accompagna ce mot était si enjouée, que Jean-Marc se demanda si elle était encore furieuse contre lui. Une femme humiliée ne pouvait, pensait-il, se dominer au point de paraître charmante alors que son esprit était tout entier à la vindicte. Sans doute s'était-il exagéré l'importance de l'affront qu'il lui avait infligé.

— Je te promets de me récurer à fond, dit Daniel. Mais d'abord je voudrais te montrer quelque chose que j'ai rapporté pour toi et pour papa. Pour toi surtout. Parce que, toi, tu sauras mieux apprécier...

Il se précipita dans le vestibule, revint, portant à pleins bras la lourde boîte de carton et trancha d'un coup de canif les ficelles qui maintenaient ensemble les panneaux. De vieux journaux formaient, à l'intérieur, une couverture de protection. Il les écarta avec des gestes de prestidigitateur, plongea ses mains plus loin dans un fouillis de paille et en extirpa une énorme masse noire, aux reliefs luisants. Taillée dans le bois par un artiste régional, c'était une tête de nègre, deux fois plus grande que nature, à la lippe écrasée, au menton fendu et aux yeux globuleux. Carole eut un mouvement de recul et Jean-Marc pouffa de rire.

— Qu'est-ce que c'est que ça ? dit-il.

— C'est beau, hein ? dit Daniel. Quel travail ! Du bois de fer ! Essaye de le soulever ! Il trônait sur le comptoir d'un bistrot, à Abidjan. Je l'avais repéré depuis longtemps. Pendant deux semaines, j'ai donné des leçons de français aux fils du troquet. Le jour du départ, au lieu de me payer, il m'a offert ça ! J'ai pas dit non, tu penses !... Où vas-tu le mettre ?

Prise au dépourvu, Carole hésitait entre la moquerie et l'attendrissement. De toute évidence, elle ne voulait ni blesser Daniel ni s'encombrer de son cadeau.

— Dans le salon, peut-être ? suggéra Daniel.

Carole poussa un léger cri :

— Dans le salon ? Ce n'est pas possible !

Elle regardait autour d'elle d'un air effaré, comme si une horde sauvage eût menacé d'envahir son intérieur et de briser ses meubles Louis XV.

— Dans ta chambre, alors ?
— Ce n'est pas possible non plus.
— Pourquoi ? Il a de la gueule, tu sais !
— Justement ! Il m'empêcherait de dormir !
— Oui, il est assez envoûtant ! reconnut Daniel. Et dans le bureau de papa ?

— Dans le bureau de ton père, si tu veux ! concéda Carole avec un sourire. Sur ce, bonne nuit, les enfants !

Elle agita les doigts en l'air pour prendre congé d'eux et rentra dans sa chambre. La tête, posée sur une commode en marqueterie, regardait droit devant elle avec férocité. Daniel retourna dans le vestibule, empoigna sa valise d'une main, le sac avec les fennecs de l'autre, et dit, tourné vers Jean-Marc :

— Je crois que ça ne lui a pas beaucoup plu.
— Quoi ?
— La tête. Mais elle s'y fera. C'est tout de même une très belle pièce ! Au fond, je n'ai pas envie de prendre de bain, ce soir. Je le ferai demain matin. Je suis crevé...
— C'est pourtant indispensable, dit Jean-Marc en le poussant par les épaules.
— Tu couches ici ?
— Non, rue d'Assas.
— Dommage ! J'avais encore pas mal de trucs à te raconter !

★

Plongé dans l'eau chaude, Daniel s'abandonnait à une délicieuse torpeur. Les muscles détendus, l'esprit embué, il contemplait avec hébétude ses orteils roses qui bougeaient dans l'onde trouble, son genou osseux, émergeant comme une petite île chauve, la touffe spongieuse qui entourait son sexe avachi. La vapeur avait terni la glace. Des gouttes d'eau glissaient sur le mur. On se serait cru à Abidjan pendant la saison des pluies. Le savon lui échappa des doigts et plongea dans l'eau, disparut avec l'agilité d'une bête vivante. Impossible de remettre la main dessus. Tant pis, qu'il fonde, qu'il se dilue ! Lui-même, tout à l'heure, partirait par le trou de vidange. La sueur coulait sur son front. Les deux fennecs, ayant fini de manger leur bout d'escalope, furetaient craintivement dans la salle de bains, la queue gonflée, les pattes crissant sur le carrelage. Daniel siffla entre ses dents ; ils s'immobilisèrent, les oreilles dressées, l'arrière-train rabattu.

— Ils sont marrants, dit-il à mi-voix.

Et il appuya la nuque au rebord de la baignoire. Demain, il téléphonerait à Danielle. Il lui avait apporté un petit cadre gainé de peau de serpent. Elle y mettrait sa photo. Justement il en avait une qui lui plaisait bien. Debout devant la jeep enlisée, entre deux Noirs. Culotte « Bermuda », chemise à poches plaquées, large chapeau de toile souple. Un air fatigué et viril. Ses paupières se fermaient à demi. Il eut peur de s'endormir et se dressa d'un bond. De grandes vagues clapotèrent autour de ses mollets. La baignoire déborda. Les fennecs, terrorisés, se réfugièrent sous le lavabo. Il rit, bomba le torse, creusa le ventre et se regarda dans la glace. A travers un brouillard humide, il distingua vaguement un homme maigre et nu, aux cheveux trop longs, qui faisait jouer ses biceps. « J'ai tout d'une andouille ! » décida-t-il joyeusement. Et, décrochant une serviette de bain, il s'étrilla le haut du corps en chantonnant une mélodie nègre qu'il avait apprise là-bas.

4

Françoise s'arrêta, essoufflée, et dit :

— Tu vas trop vite, Jean-Marc, je ne peux pas te suivre !

Il eut un sourire conciliant et repartit plus lentement, les mains dans les poches, à longues enjambées régulières. Elle lui emboîta le pas. La plage leur appartenait, immense, plate, monotone. Retirée au loin, la mer n'était qu'une ligne brillante, à l'horizon. De ce paysage sans bornes, sans relief, mi-solide, mi-liquide, bleu et beige, ensoleillé, brumeux, infini, émanait une impression de paix surnaturelle.

— C'est merveilleux de marcher sur ce sable dur ! dit Jean-Marc. Tu viens souvent par ici ?

— Oui, dit-elle. C'est notre coin préféré avec Madou, pour ramasser des coques.

— Au fond, Deauville n'est supportable qu'en fin de saison... Plus un chat !... Je pourrais continuer comme ça pendant des kilomètres... On perd contact avec le monde réel, on ne voit plus rien, on avance parmi ses idées...

Il aspira l'air profondément, avec délices. Françoise était heureuse que ses deux frères, au retour de leur voyage, fussent venus la rejoindre à Touques pour le week-end. Il y avait si longtemps qu'ils ne s'étaient retrouvés, tous les trois, autour de Madou ! Daniel était resté auprès d'elle, ce matin, à cause des fennecs. Elle était à la fois attendrie par ces deux bêtes et soucieuse de ne savoir comment les élever. Vraiment Daniel n'avait aucune notion des difficultés ! Il agissait avant de réfléchir ! Jean-Marc ramassa un galet et le lança loin devant lui, d'une brusque détente du bras.

— Qu'est-ce que tu comptes faire maintenant ? demanda-t-il.

Françoise regarda la trajectoire de la pierre dans le ciel, abaissa les yeux, éblouie, et murmura :

— A quel point de vue ?

— Tu n'as pas l'intention de t'enterrer ici, tout de même, tu vas rentrer à Paris...

— Oui, dit-elle, j'ai décidé de reprendre mes cours aux Langues O.

— Ah ? Tu m'inquiètes !

— Pourquoi ?

— Je ne sais pas... après ce qui s'est passé...

Elle répliqua avec fougue :

— Justement, Jean-Marc ! Il m'est arrivé quelque chose d'extraordinaire ! J'ai failli mourir, je suis restée longtemps comme assommée par le choc, et maintenant, enfin, je viens de comprendre combien ce que j'avais fait était bête, lâche, monstrueux...

— Mais tu vas le revoir ?
— Je l'ai déjà revu ! Il est venu à Touques !

Il s'immobilisa, interloqué, et grommela :
— Il ne manque pas de culot, celui-là !

Et aussitôt il repartit d'un pas rapide. Elle le rattrapa.

— Cette visite m'a fait le plus grand bien ! dit-elle. Je me suis rendu compte que tout cela était dépassé, que j'avais de nouveau mon équilibre !... Si tu savais comme c'est bon d'être en accord avec soi-même, de se sentir propre !...

— Tout ça, ce sont des phrases ! Quand tu te retrouveras devant ce type...

Elle lui coupa la parole :
— Il ne peut plus rien contre moi et je peux beaucoup pour lui !

— Là, je ne pige plus !
— C'est dommage ! Toi, plus que quiconque, tu devrais piger ! dit Françoise.

Elle marqua une courte pause et reprit, un ton plus bas :
— Où en es-tu avec Carole ?

Jean-Marc se baissa, ramassa un autre galet et visa une épave, recouverte de varech, à vingt pas devant lui.

— C'est liquidé, dit-il en même temps que son bras se détendait violemment.

Françoise était si peu préparée à cette réponse qu'elle n'osa d'abord se réjouir.

— Comment ? demanda-t-elle.

Le caillou heurta l'épave avec un bruit creux et rebondit.

— Oui, quoi ! dit Jean-Marc. J'ai mis les choses au point. Elle a très bien encaissé, d'ailleurs. Tu sais, Carole, elle est plus costaud qu'on ne le croit !...

— Mais toi, Jean-Marc ?...

— Moi aussi, je suis costaud. Enfin... je le suis devenu !

Une allégresse lumineuse la pénétra. Elle regarda son frère, dressé dans le vent, avec son pullover à col roulé et ses pantalons collés aux cuisses. Son visage, piqué par les embruns, avait une expression résolue et avide. Sûrement, il était heureux de s'être libéré ! Mais il devait attribuer ce succès à sa volonté ou à son détachement, alors qu'elle en discernait les providentielles circonstances. Elle le plaignit de se croire seul aux heures les plus graves et de se priver ainsi, tout ensemble, de la crainte d'être jugé et de l'espoir d'être secouru par Dieu. N'était-il pas admirable que son frère et elle eussent retrouvé, presque en même temps, leur force d'âme ? Tout était effacé, aplani, nettoyé devant eux, comme sur cette plage après le retrait de la mer. Ils allaient repartir dans l'existence avec un cœur neuf et une énergie intacte. Longtemps ils marchèrent côte à côte, en silence, humant l'odeur du sel et de l'iode, contournant de grandes flaques d'eau morte. De la mer, à peine visible, montait un sourd grondement. Des mouettes tournoyaient et se posaient là-bas, près de la frange d'écume.

— Il faut rentrer, dit Françoise.
— Déjà ?
— Et le déjeuner ! Madou doit pester en nous attendant !
— Surtout Daniel ! Qu'est-ce qu'il peut dévorer, celui-là !...

Ils rebroussèrent chemin en riant. De nouveau, Jean-Marc allongea le pas. Elle courait presque pour se maintenir à sa hauteur. Des silhouettes de chercheurs de coques se détachaient en noir sur la grisaille radieuse du large. Jean-Marc, lui aussi, ramassa quelques coques. Mais elles étaient vides. Françoise dit d'une voix hésitante :

— Tu sais la nouvelle, pour maman ?
— Quoi ? Qu'elle est de nouveau enceinte ? grommela Jean-Marc. C'est plutôt moche, non ?
— Il faut la comprendre, Jean-Marc.
— Là, tu m'en demandes trop !
— Daniel est au courant ?
— Oui. Il s'en fout d'ailleurs royalement. Il est bizarre, Daniel, tu ne trouves pas ? Il a un genre déplorable, il parle de plus en plus mal...
— C'est l'âge, dit Françoise.

Au loin, apparurent les premières cabines de la Promenade des planches. Des cavaliers suivaient le bord de l'eau. Jean-Marc dit rêveusement :

— Ça doit être formidable de galoper comme ça sur la plage... Mais pas en bande... seul... Tout seul...

Puis, changeant de ton, il demanda :

— Dis-moi, ton prof de russe... j'ai oublié son nom...

— Alexandre Kozlov.

— Si tu reviens aux Langues O., tu vas te retrouver dans sa classe...

— Oui.

Il l'observa du coin de l'œil comme pour évaluer sa capacité de résistance. Cette sollicitude fraternelle la fit sourire. Les cavaliers se rapprochaient. En tête du groupe, sur un grand cheval noir qui trottait rondement, venait une fille blonde, au visage léger, à la taille souple. Jean-Marc la suivit du regard, se retourna quand elle eut passé, avec les autres, dans un sourd battement de sabots, et dit :

— Pas mal ! Tu as vu ?

— Oui, dit-elle en riant. Elle est très jolie !

— Remarque bien que le décor y est pour beaucoup ! soupira-t-il. Descends-la de son cheval, retire-lui la mer, la plage, fais-la parler, qu'en restera-t-il ? On ne devrait être amoureux que des instants d'un être !

— C'est très profond ce que tu dis là !

— Non, c'est idiot !

Il sauta par-dessus une poutre noire à demi enlisée dans le sable. Françoise contourna l'obstacle. La D.S. les attendait derrière les cabines de bains, sur la route qui longeait la plage.

★

En rentrant à Touques, Jean-Marc et Françoise trouvèrent Madeleine seule et furieuse. L'un des fennecs s'était échappé. Daniel était parti à sa recherche dans le village.

— Qu'est-ce que je vais faire de ces pauvres bêtes ? gémit-elle. Normalement, elles vivent dans le désert. Daniel n'a même pas été capable de me dire ce qu'il faut leur donner à manger. Demain, je téléphonerai au vétérinaire, à Trouville, pour qu'il m'explique...

Elle se béquillait de la table à la cuisinière, son pied gauche, botté de plâtre, raclant le carrelage. L'autre fennec, attaché par une chaînette au radiateur, regardait ses allées et venues d'un air coupable, aplati au sol, le nez sur les pattes.

— C'est effrayant ! balbutia Françoise. Avec toutes les voitures qui passent, il se fera sûrement écraser !

— Viens ! décida Jean-Marc. Nous allons organiser une battue autour de la maison !

— Enfin, quoi ! mon déjeuner est foutu, dit Madeleine en allumant une cigarette.

Au même instant, la porte s'ouvrit et Daniel entra, portant triomphalement, dans ses bras, le fugitif.

— Ah! s'écria Madeleine illuminée. Il n'est pas blessé au moins ?

— Pourquoi veux-tu qu'il soit blessé ? dit Daniel en riant.

Elle haussa les épaules, prit le fennec contre sa poitrine, le caressa et l'attacha à côté de l'autre.

— Comme je le pensais, il était juste derrière l'église, reprit Daniel d'un ton paisible. Tu vois, Madou, même quand ils s'enfuient, ils ne vont pas loin. C'est un avantage !

Madeleine lui décocha un regard courroucé et ne dit mot. Sa mauvaise humeur se dissipa quand on passa à table. Elle avait préparé un déjeuner de crustacés et de coquillages : au centre, un plat énorme, avec des homards. Tout autour, sur des plats plus petits, une constellation de coques, d'escargots de mer, de moules... La joie de ses neveux devant cet étalage de nourriture la comblait. Elle attendait beaucoup de l'appétit de Daniel. Mais il parlait abondamment de son voyage et mangeait peu. Après une douzaine de moules et autant de coques, il cana.

— Que se passe-t-il ? Tu es malade ? demanda Madeleine.

Rappelé à l'ordre, Daniel prit encore quelques moules dans son assiette ; il devait défendre sa réputation ; mais il n'avait pas faim. Cette inappétence l'étonnait lui-même. Sans doute était-ce l'excès de soucis qui lui ôtait le goût de la nourriture. Son frère, sa sœur, Madou n'avaient pas de problèmes graves. La vie, pour eux, était lisse comme une autoroute, claire comme un verre d'eau. Lui, en revanche, avait, depuis avant-hier, des questions complexes à résoudre, des responsabilités angoissantes à prendre. Et d'abord en ce qui concernait ses études. Son père, au retour de Londres, avait eu avec lui une conversation décisive pour le convaincre d'entrer en math élém et non en philo, comme il l'avait longtemps espéré. La philo, soi-disant, ne menait à rien : études trop faciles, temps perdu, débouchés nuls... Seules les math élém ouvraient toutes les carrières. Et Philippe voulait pour son fils un avenir brillant. Dans l'industrie ou dans la fonction publique, dans le commerce ou dans la médecine, peu lui importait ! Daniel avait eu beau discuter, son père s'était montré intraitable. Il ferait donc math élém, mais il se savait si imperméable aux sciences exactes que cette année lui apparaissait déjà comme un tunnel d'ennui. Là-dessus se greffait le problème de Danielle. En la revoyant, il avait été repris par ses sentiments dans toute leur vivacité. Mais qu'elle était donc jeune et vulnérable ! Il avait terriblement évolué pendant son voyage et elle était restée au même point. Elle l'aimait plus que jamais, bien sûr ! et lui, à cause de son expérience, devait penser pour deux. Après avoir connu les étreintes de Mme Laballe, la veuve du forestier, il avait l'impression, avec Danielle, de retourner aux fadeurs de l'enfance. Quelle femme, cette Alice ! Forte, chaude, résolue, avec un duvet brun au-dessus de la lèvre. Il ne retrouverait auprès de personne le surprenant plaisir qu'elle lui avait donné. En tout cas, pas auprès de Danielle. La pauvre ! Il la plaignait d'avance de toute la peine qu'il allait lui faire, non en la quittant, mais en demeurant avec elle. Alors, peut-être valait-il mieux, justement, la quitter ? Rompre par amour. Cela se voyait parfois. C'était même assez élégant. Il y rêva en gobant une moule, et une tristesse salée se déposa en lui. Le désespoir inévitable de Danielle lui ôtait tout son courage. La situation était sans issue. Il se leva avec Françoise pour changer les assiettes. On attaqua les homards, frais, parfumés aux herbes, servis avec de la mayonnaise. Plus ce qu'il mangeait était bon, plus il se découvrait malheureux. Il but un grand verre de vin blanc pour se redonner du cœur. Autour de lui, il était question du problème noir aux Etats-Unis. Il rentra dans la conversation comme il se fût jeté dans les broussailles. Jean-Marc soutenait qu'il fallait avoir vécu aux U.S.A. pour comprendre l'anxiété des Américains devant l'idée — pourtant incontestable sur le plan moral — de l'égalité des droits entre les Blancs et les Noirs. Daniel le contredit avec violence en arguant de ses constatations personnelles en Côte-d'Ivoire. Emporté par son élan, il utilisait, pour défendre ses opinions, des formules qu'il avait cent fois entendues :

— Le mouvement pour l'émancipation raciale est irréversible, mon vieux... Est-ce une raison parce qu'ils sont actuellement dans un état d'infériorité pour refuser leur accession à... ? La promotion des races n'est qu'une forme de la promotion des classes... Si tu avais vu, comme moi, la misère qui règne dans les pays sous-développés...

Jean-Marc l'écoutait avec une attention narquoise. Depuis quelques minutes, il lui semblait que son frère se dégageait de sa carapace de cancre. « Il dit n'importe quoi, mais ce n'est pas bête », songea-t-il. Et il sourit à Françoise. Elle comprit le sens de sa mimique et sourit à son tour. Madeleine, en les contemplant, s'abandonnait à une satisfaction égoïste. Rassemblés à sa table, dans sa maison, ils justifiaient sa vie par leur seule présence. Quel dommage que Jean-Marc et Daniel fussent obligés de repartir ce soir : leur père avait absolument besoin de la voiture le lendemain matin. Peut-être que, si elle lui téléphonait... Non, elle ne voulait rien demander à Philippe ! Il aurait trop de plaisir à lui refuser !... Un sifflement admiratif salua l'apparition de la tarte au citron. C'était Françoise qui l'avait faite. Daniel compta à rebours : « Cinq, quatre, trois, deux, un, zéro ! » et les deux garçons poussèrent le cri de guerre de leur enfance :

— Ah ! elle est au poil, la petite sœur !

Le problème noir fut oublié pendant le découpage des portions.

— Tu devrais refaire ce truc à la maison ! dit Daniel en se pâmant sur la première bouchée.

— Agnès ne me laissera jamais approcher des fourneaux ! dit Françoise.

— Et Mercédès, comme par hasard, laissera tomber le plat au moment de servir ! dit Jean-Marc.

Ils rirent, tous trois, de cette plaisanterie qui appartenait à la tradition familiale. Madeleine sentit se retendre, autour d'elle, les liens vivaces qui assuraient la solidité du clan. Françoise lui lança un regard brillant d'une excitation aventureuse et dit :

— Si nous partions avec eux pour Paris, ce soir, Madou ?...

Déconcertée, Madeleine murmura :

— Mais... ce n'est pas possible, ma chérie.

— Pourquoi ?

— Mon plâtre ! Le Dr Jouatte doit me l'enlever seulement dans huit jours !

— Tu te le feras enlever à Paris par le Dr Maupel qui est autrement capable !

— Et le magasin...

— On n'a pas vu un client depuis quatre jours ! D'ailleurs Mme Gourmont sera ravie de te remplacer !

— Et les fennecs ?...

Un silence de consternation suivit. Les regards se tournèrent vers le radiateur, au pied duquel les deux bêtes, frileusement serrées l'une contre l'autre, dormaient.

— Evidemment... il y a les fennecs ! dit Daniel. Tu ne pourrais pas les confier à une voisine, en attendant ?

— Ah ! non ! dit Madeleine. Il y a trop longtemps que ces pauvres bêtes passent de mains en mains ! Et puis, personne ne voudra...

Un sentiment coupable arrondit les épaules de Daniel.

Devant l'air déçu de Françoise, Madeleine suggéra, à tout hasard :

— Si tu veux partir avec eux...

— Je ne vais tout de même pas te laisser seule ! dit Françoise.

— Maintenant que j'ai un plâtre de marche, je n'ai plus besoin de toi, tu sais, ma chérie. Et puis Mélie viendra m'aider...

Madeleine était sûre que sa nièce allait protester, refuser. Mais Françoise resta une seconde perplexe, puis une expression de gratitude enfantine parut sur son visage.

— Vraiment, ça ne t'ennuie pas ? dit-elle.

— Mais non, dit Madeleine.

Et elle se raidit contre la tristesse qui refluait en elle. Comme Françoise s'était laissée facilement convaincre ! Avec quel égoïsme joyeux on coupe les amarres à cet âge ! Il y a dans la jeunesse un mélange de férocité inconsciente et de royale légèreté. « De toute façon, pensa Madeleine, elle serait partie à la fin du mois. Alors ? Quinze jours de plus, quinze jours de moins... »

★

Ils étaient assis, à trois, sur le siège avant de la D.S., la sœur entre les deux frères. Jean-Marc tenait le volant. Il mit le moteur en marche. Madeleine s'écarta de la portière, agita la main sans lâcher sa béquille à double réglage et regarda s'éloigner la voiture qui emportait ses neveux. Puis elle rentra dans la maison, qui, tout à coup, lui sembla très grande et très silencieuse. Depuis trois mois, avec Françoise à ses côtés, elle avait perdu le goût de la solitude. Il faudrait se réhabituer. Ce serait peut-être dur, au début. Elle parcourut du regard ses alliés de toujours, les objets. Eux, ils ne la décevraient jamais. Il n'y avait de trahison qu'humaine. Le soir tombait. Elle alluma la lampe : le carrelage usé, les pots d'étain, le bois courbe des meubles, tout brilla... Soudain, au pied du radiateur, elle avisa les deux fennecs. Elle les avait oubliés. Allongés flanc à flanc, ils observaient avec tristesse la gardienne de ce monde clos. Leurs grandes oreilles dressées et leurs petits yeux en grains de raisin éveillèrent sa compassion. Elle appuya ses béquilles au mur, se laissa descendre sur une chaise, à côté d'eux, étendit la jambe et palpa leur fourrure couleur sable. Le plus chétif des deux se rencoigna, épouvanté. L'autre, en revanche, se dressa sur les pattes de derrière et pointa le museau vers elle, comme pour en demander davantage. Daniel n'avait pas été capable de lui dire comment ils s'appelaient. Elle baptisa le mâle : Frédéric, et la femelle : Julie. Pourquoi ? Elle n'en savait rien elle-même. Des idées de petite fille attardée. C'était ridicule ! Elle prit les fennecs sur ses genoux. Immédiatement, ils cachèrent la tête sous son bras. Deux boules de chaleur, impondérables, palpitantes. Ils sentaient le fauve. Une odeur âcre, sauvage. Ils avaient amusé Daniel, un moment. Puis, ne sachant qu'en faire, il s'en était débarrassé. Sans doute n'y pensait-il plus. Des laissés-pour-compte. Les deux fennecs tremblaient déjà moins. Rêvaient-ils à leur désert perdu ? Elle les caressait machinalement et regardait cette pièce aux meubles bien rangés, son désert à elle.

5

Du haut de l'estrade, Alexandre Kozlov promena les yeux sur la petite salle, remplie jusqu'au mur du fond. Trente-sept présents sur quarante-quatre inscrits. C'était un record pour la deuxième semaine de cours. Une forte majorité de filles, comme d'habitude. Françoise était assise au troisième rang. Il la salua d'un sourire. Hormis les cinq ou six étudiantes qui redoublaient leur première année, toutes les autres lui étaient inconnues. Mais, parmi ces nouveaux visages, il n'en voyait pas un seul d'attrayant. La feuille de présence circulait entre les élèves qui la signaient à tour de rôle. Il commença son cours avec ennui : déclinaisons, conjugaisons, exercices phonétiques pour débutants... Cette routine lui donnait la nausée. Plaquer l'école ? Il y songeait de plus en plus depuis que les éditions Chevalier-Vignard l'avaient chargé de choisir et de traduire des textes russes pour leur collection « Vostok ». Evidemment, c'était une petite maison. Elle payait mal. Elle pouvait disparaître du jour au lendemain... Mais ici non plus sa situation n'était pas brillante. Il n'était que répétiteur. L'agrégation exigeait de longues études. Il se dirigea vers le tableau noir pour écrire la déclinaison du mot *lakeï*, le laquais. Puis, se tournant brusquement vers la salle, il dit :

— Mademoiselle Eygletière.

Françoise dressa la tête. Il la pria de construire une phrase où le mot *lakeï* serait employé au génitif. Elle répondit correctement. Ensuite, au datif. Là, elle se trompa. Elle avait, en russe, un accent français amusant. Il la corrigea et passa à un élève du premier rang, un gros rouquin qui remuait les lèvres en parlant avec une exagération comique.

— Le russe n'est pas une matière comestible, monsieur ! dit Alexandre Kozlov.

La salle pouffa de rire. Il glissa un regard à Françoise. Elle avait gardé son sérieux. Drôle de fille ! Un de ces visages qui ne sont pas le masque de l'âme mais sa révélation. Elle avait une tendresse de chair qui appelait les blessures. D'un geste rond, il effaça les inscriptions sur le tableau noir. La craie se délaya en boue grisâtre. Il écrivit par-dessus, en grosses lettres d'imprimerie, le mot *tchaïka*, la mouette. Encore une déclinaison. Il allait trop vite. Ses élèves risquaient de tout embrouiller. Trente-sept têtes baissées devant lui. Des hémisphères de cheveux blonds, bruns, châtains, et, au-dessous, de petites ambitions, de petites craintes, de petits désirs ficelés ensemble. Une collection de cervelles médiocres. Au milieu, une fille qui avait osé courir au bout de ses idées. Qu'y avait-il de vrai dans cette histoire de suicide ? Françoise n'avait peut-être avalé que quelques cachets d'une drogue inoffensive. De quoi se flanquer une bonne crampe d'estomac. Et la tante au grand cœur avait dramatisé l'événement. Mais s'il en était autrement, si elle avait réellement failli mourir ? Alors son cas devenait intéressant, très intéressant même...

Jusqu'à la fin du cours, Alexandre Kozlov jongla avec les éléments du problème. Quand les élèves se levèrent et se dirigèrent vers la sortie, il se demanda s'il allait retenir Françoise et lui proposer de prendre un verre. Négligence ou calcul, il ne l'avait pas fait depuis la rentrée. Il la laissa partir devant. Comme il débouchait dans le hall, Huguette Poirier, une étudiante de troisième année, le rattrapa. Il avait couché avec elle en juillet et l'avait retrouvée, par désœuvrement, en septembre. Une créature robuste, chevaline, aux cheveux noirs, à la peau blanche, à la prunelle vaste et vide. Elle se croyait mystérieuse, maléfique et n'était que sotte, irrémédiablement.

— Vous avez un moment ? chuchota-t-elle.

— Non, mon petit, je suis pressé, dit-il en la dépassant.

Dans la rue, il toucha le bras de Françoise. Elle

se retourna et ne parut pas étonnée. Comme s'ils fussent convenus de ce rendez-vous.

— Je vous emmène aux « Deux Magots », dit-il.

Elle accepta.

Il y avait peu de monde à la terrasse, à cause du froid ; mais la salle était bondée. Ils purent s'asseoir néanmoins sur une banquette, tout au fond. Alexandre Kozlov mit ses coudes sur la table.

— Vous fumez ? dit-il en poussant vers elle un paquet de cigarettes américaines.

— Non, merci, dit-elle.

— Que boirez-vous ? Un whisky, un martini-dry ?

— Vous savez bien que je ne ne prends pas d'alcool.

— Vous pourriez avoir changé.

— J'ai changé, en effet, mais pas pour cela, dit-elle.

Il commanda un demi de bière pour lui, un soda fruité pour elle, et alluma une cigarette. Tout en fumant, il l'observait avec acuité. C'était passionnant, un visage offert, nu, avec ses reliefs, le grain de sa peau, la profondeur liquide de ses yeux. Elle avait des traits fins, le nez droit, une bouche menue, de grandes prunelles inégales, l'une à peine plus haute que l'autre. Le corps non plus n'était pas mal. Un peu gracile, avec des seins en poire. Elle avait montré avec lui, dans l'amour, un mélange de fougue et d'inexpérience, d'audace et de pudeur, dont le souvenir le troublait encore agréablement. Rarement il avait eu l'impression d'être aimé d'une manière aussi entière, aussi possessive, aussi griffue. Pourquoi diable était-elle brusquement partie ? Intervention paternelle, résurgence de scrupules bourgeois ? Elle ne lui avait donné aucune explication.

— L'autre jour, à Touques, avant que vous n'arriviez, votre tante m'a dit quelque chose d'étrange, murmura-t-il. Est-il vrai que vous avez voulu vous suicider ?

Elle pâlit et ses mains se refermèrent faiblement, le pouce détaché, de part et d'autre de son verre.

— Cela n'a aucun intérêt, dit-elle brièvement.
— Mais si, Françoise...
— ... Aucun intérêt puisque je suis là, devant vous ! Tout ce qui s'est passé avant ne compte plus pour moi. Je n'ai qu'une idée maintenant : travailler mon russe pour rattraper le temps perdu, passer mes examens...

Elle martelait ces paroles en levant et en abaissant son poing droit, au bord de la table. Il l'écoutait, avec tristesse, réciter la litanie de la bonne élève. Elle avait eu, pensait-il, un instant de génie : celui où elle avait désiré la mort. Il lui en restait une sorte d'auréole. Ce qu'elle eût voulu renier témoignait en faveur de son étrangeté dans un univers morne et plat. N'allait-elle pas s'encroûter après cette fulgurante épreuve ? Quel éteignoir que la santé morale retrouvée ! De nouveau, tout son milieu collait à elle. Une petite bourgeoise catholique du VIe arrondissement, malgré ses cheveux flous, son imperméable et son air bravache. Elle insistait, craignant qu'il n'eût pas tout à fait compris :

— Ces trois mois à Touques, avec ma tante, m'ont fait beaucoup de bien. J'ai réfléchi. Je me suis ressaisie. Une sorte de retraite, vous comprenez ?...

Il hochait le menton. Soudain il dit :

— Moi aussi, j'ai voulu me suicider.

Elle s'étonna :

— Quand ?

— Rassurez-vous, pas ces jours-ci ! répondit-il avec un sourire moqueur. Il y a une dizaine d'années. Je ne sais plus au juste pour quoi. Sans doute pour rien de précis, comme vous...

Elle détourna la tête.

— J'avais trouvé, dans un tiroir, le revolver de mon père, poursuivit-il. Le revolver était chargé. Quelle tentation ! Tout me dégoûtait dans la vie. Vous voyez que j'ai ce qu'il faut pour vous comprendre...

— Il n'y a rien de commun...

— Il y a toujours quelque chose de commun entre deux êtres qui ont essayé d'en finir avec l'existence. Quels que soient les mobiles ! Au fait, que vouliez-vous abolir en vous tuant : vous ou les autres ?

— Je ne comprends pas.
— Est-ce par désir de tout oublier, de tout effacer, que vous aviez décidé de sauter le pas ?
— Evidemment !

Il se retint de rire. Peu à peu, il l'amènerait à parler de ce qu'elle voulait taire. C'était ça, le jeu !

— N'aviez-vous pas confusément l'idée qu'après votre disparition il vous resterait assez de conscience pour observer, du bord de l'au-delà, les remous provoqués par votre départ ?
— Non.
— Vous m'étonnez ! D'habitude, le candidat au suicide, s'il est tant soit peu croyant, a le sentiment qu'il va rendre son rôle et passer de l'état fatigant d'acteur à celui, reposant, de spectateur. Il s'imagine qu'il sera assis confortablement dans l'ombre, à l'orchestre, parmi un public très nombreux, et qu'il regardera, sur la scène éclairée, les vivants agités par des passions auxquelles il a sagement renoncé. J'exagère, mais c'est un peu ça, non ?
— Pas du tout !
— Alors, pour vous, la mort, c'était le trou noir ?
— Oui.
— Vous ne croyiez donc pas en Dieu ?
— Si.
— Même à ce moment-là ?
— Oui.

— Vous lui lanciez un défi : « Je vais à toi puisque tu ne viens pas à moi... »

Elle baissa le front.

— Ne vous figurez surtout pas que je vous blâme d'avoir voulu vous suicider, reprit-il. Le suicide est un acte d'orgueil et d'intelligence. La solution héroïque d'un état de lâcheté. De plus, c'est le seul choix au monde qui soit définitif. On peut reprendre sa parole, quitter sa maison, répudier sa femme, divorcer de tout, sauf de la mort !

Sûrement, elle était à la fois touchée qu'il la prît en considération et dépitée que ce fût pour un motif si détestable. Il voulut pousser son avantage et poursuivit d'une voix plus basse :

— Il faut du cran, beaucoup de cran pour faire ce que tu as fait, mon petit !

Un verre tinta en roulant sur la table. Françoise s'était brusquement levée. Il la regarda avec surprise.

— Je suis navrée que ma tante vous ait parlé de cette histoire, prononça-t-elle sèchement. Je vous prie de m'excuser : il faut que je m'en aille...

Et elle sortit, le laissant cloué.

Dehors, elle se reprocha ce départ qui ressemblait à une fuite. Bouleversée d'indignation, elle n'avait pas su lui répondre comme il le méritait. Il parlait trop bien, il la regardait de trop près, il la paralysait. Maintenant qu'il n'était plus devant elle, tous les mots qu'elle aurait dû lui dire affluaient dans sa tête. « Pour moi, monsieur Kozlov, le suicide est un état maladif... Je crois en Dieu de toutes les forces de mon âme... Sans doute n'était-il pas avec moi lorsque j'ai commis cette folie !... A présent, j'ai de nouveau la tête froide... Je sais ce que je veux, je sais où je vais... » La colère décuplait son éloquence. Elle triomphait. Et il ne le savait pas. Elle en voulut à Madou de son indiscrétion. Que lui avait-il dit pour la circonvenir ? Il était si habile ! Le mieux, pour elle, était de ne plus le revoir. Passer dans le groupe d'un autre répétiteur. Elle ne serait pas la première à le faire. Subitement, il lui sembla que quelqu'un marchait derrière elle. Ne l'avait-il pas suivie ? Elle eut peur et se retourna. Non, ce n'était pas lui. Soulagée, elle reprit sa promenade sans but, tournant en rond dans le quartier. Rue après rue, elle usait son ressentiment dans le vacarme et le mouvement de la ville.

Il était déjà tard lorsqu'elle rentra à la maison. Elle s'apprêtait à passer directement dans sa chambre, mais Carole, sortant du salon, l'arrêta :

— Sais-tu l'heure qu'il est, Françoise ?

— Sept heures et demie.

— Sept heures quarante. La lingère t'a attendue pour rectifier tes blouses et est partie.

— J'ai complètement oublié, murmura Françoise. C'est bête !

— Où étais-tu ?

Le ton acerbe de cette question piqua Françoise. Mais elle n'avait rien à cacher. Elle répondit posément :

— Je suis allée prendre un verre avec mon professeur.

— Quel professeur ?

— Alexandre Kozlov.

— Tu sors de son lit ! cria Carole.

— Qu'est-ce que tu dis ? balbutia Françoise suffoquée.

Un moment, elle se débattit dans la fureur. Puis, soudain, elle recouvra son sang-froid. Elle avait déjà remarqué, à plusieurs reprises, que sa belle-mère s'irritait pour un rien contre son père, contre Daniel, contre elle-même, contre les domestiques. Cette nervosité n'était pas dans la manière de Carole. Etait-ce le fait que Jean-Marc l'eût quittée qui la rendait si méchante ? Déchue, elle perdait ses moyens. Elle n'était pas à redouter mais à plaindre. Son joli visage grimaçait un peu.

— Tu mériterais que je le dise à ton père ! proféra-t-elle sourdement.

— Tu ne peux pas dire à mon père quelque chose qui n'existe pas ! répliqua Françoise en soutenant son regard.

Carole tourna les talons et s'éloigna d'un pas vif. Françoise n'éprouva nul contentement de l'avoir, un instant, dominée. Elle avait aujourd'hui de plus graves soucis que ses rapports avec sa belle-mère.

En revenant au salon, après s'être coiffée, elle

trouva son père, Daniel et Carole qui attendaient le moment de passer à table. Comme tous les mercredis, Jean-Marc devait dîner à la maison, mais il s'était décommandé à la dernière minute. Il se faisait, du reste, de plus en plus rare. Les visages étaient sombres. Daniel se plaignait de suivre difficilement les cours de math et de physique au lycée. Son père lui répondait qu'il n'arriverait à rien s'il ne travaillait pas davantage à la maison.

— Mais je travaille tant que je peux, papa !
— En faisant marcher ton tourne-disque ?
— Ça n'empêche pas, au contraire ! Seulement, le prof a l'air de considérer qu'on est tous des cracks ! Il fait son cours pour une demi-douzaine de gars au premier rang ! Et nous sommes quarante-cinq ! Alors, si ça continue, moi, je vais lâcher pied !...

Françoise n'avait jamais vu à son frère ce visage tourmenté. Pour la première fois de sa vie peut-être, il éprouvait, lui aussi, un doute, une crainte. En tout cas, personne ne s'occupait d'elle dans cette discussion familiale. Elle y trouva le repos dont elle avait besoin pour penser de nouveau à ce que lui avait dit Kozlov. Brusquement, Mercédès parut, livide, sur le seuil. Mais ce n'était pas pour annoncer le dîner. Elle voulait parler à Madame. Et pas devant tout le monde ! Carole, agacée, la suivit dans le vestibule. Par la porte restée entrouverte, Françoise entendit des éclats de voix :

— Parfaitement, madame ! Je viens de passer dans le bureau de Monsieur et la chose y est encore ! J'avais pourtant prévenu Madame, ce matin ! Je ne peux plus supporter cette horrible tête dans la maison ! Elle me fait peur, elle m'empêche de travailler. C'est de la sorcellerie nègre. Dans mon pays, on dit...

— Je me moque de ce qu'on dit dans votre pays ! trancha Carole.

— En tout cas, si la tête doit rester dans le bureau de Monsieur, que Madame ne compte pas sur moi pour faire le ménage de cette pièce. C'est comme ça, madame...

— Bon, soupira Carole, nous nous arrangerons autrement.

Elle rentra dans le salon, le visage crispé, les mains nouées, en petit paquet osseux, à hauteur de la ceinture.

— Qu'est-ce que c'est que cette histoire ? gronda Philippe. Tu ne vas pas céder à cette fille ? Si la maison ne lui plaît pas, elle n'a qu'à faire ses valises ! Ne dirait-on pas qu'elle est irremplaçable ?

— Pour moi, elle l'est, riposta Carole. Je te l'ai dit cent fois. C'est une femme de chambre de métier, ce qui devient de plus en plus rare !

— Ce qui est surtout rare, c'est son caracatère de cochon ! observa Daniel.

— On ne te demande pas ton avis, dit Philippe avec humeur.

— De toute façon, tu m'excuseras, reprit Carole,

mais si nous devons choisir entre la tête et Mercédès, je préfère Mercédès !

— Merci ! grommela Daniel.

Françoise lui coula un regard de tendre compassion.

— Avoue que cette tête est affreuse dans ton bureau ! dit Carole en se tournant vers son mari.

— Où veux-tu la mettre ? demanda-t-il.

Françoise intervint :

— Je la prendrai dans ma chambre !

— Alors, c'est dans ta chambre que Mercédès refusera d'entrer !

— La belle affaire ! Je ferai le ménage moi-même !

Philippe leva les yeux au plafond :

— C'est insensé ! Mercédès nous ferait avaler n'importe quoi !

— Il y en a d'autres qui me font avaler n'importe quoi, en ce moment ! dit Carole sans presque desserrer les lèvres.

Ses prunelles avaient l'éclat de l'acier. Au milieu d'un silence lourd, la voix de Mercédès annonça :

— Madame est servie.

La bibliothèque de l'Ecole était claire, silencieuse, avec, çà et là, une tête d'étudiant penchée sur un bouquin. Assise près de la fenêtre, Françoise déchiffrait un conte de Pouchkine, *le Coup de Pis-*

tolet, dont M. Nadzorny, professeur de civilisation russe, avait parlé le matin même. Comme elle n'avait pas de voisin proche, elle relisait, de temps à autre, une phrase, à mi-voix, pour s'habituer à la prononcer correctement. A la moindre erreur d'accent tonique, elle se rappelait le sourire moqueur d'Alexandre Kozlov. Elle ne l'avait pas revu depuis leur conversation de la veille et ne tenait pas à le revoir. Mais elle n'avait pas non plus demandé son inscription dans un autre groupe d'exercices pratiques. On disait que Mme Tchouïsky était une excellente répétitrice, active, enjouée et compétente. Sans doute même supérieure à Kozlov sur le plan pédagogique... Françoise était fermement décidée à réussir. Plus tard, quand elle serait diplômée de l'Ecole des Langues Orientales, elle présenterait un concours, pour entrer comme traductrice au ministère des Affaires étrangères ou comme secrétaire d'administration universitaire au ministère de l'Education nationale. Elle ne voulait envisager son avenir que dans le travail. Gagner sa vie, n'être plus à la charge de personne, habiter seule si possible. Elle revint au *Coup de Pistolet.* Un portrait de Pouchkine ornait la couverture. Elle savait qu'il avait été tué en duel à trente-sept ans. Quelle étrange coïncidence entre la mort de cet homme et le sujet de son œuvre ! Il y a sûrement des signes qui infléchissent le destin des individus alors qu'ils se croient libres de choisir leur voie. Peut-être, pour un esprit supérieurement lucide, rien n'est-il jamais fortuit ? Elle eut tout à coup la sensation d'une présence au-dessus d'elle. Alexandre Kozlov s'était planté devant sa table et souriait, comme si elle se fût trompée en disant un mot russe pour un autre.

— Pourquoi m'avez-vous quitté si brusquement, l'autre soir ? chuchota-t-il.

Françoise se troubla :

— Je... j'étais en retard... Je ne pouvais pas rester plus longtemps...

Et elle regretta aussitôt cette fausse réponse.

— Ce n'est pas vrai, Françoise. Je sais ce qui s'est passé. J'ai un grand défaut : je suis maladroit, impatient, curieux avec les êtres qui m'intéressent. Au fond, vous me reprochez de vouloir tout savoir de vous !

— Mais non !

— Si ! Si ! J'oublie parfois que vous êtes une jeune fille de dix-sept ans... pardon de dix-neuf ans, de bonne famille, d'éducation catholique, et tout le reste... Je veux discuter avec vous certains problèmes avec franchise, vous exposer mes vues sur tel ou tel point, provoquer vos réponses, dans l'espoir que, peut-être, elles me convaincront... Mais c'est un jeu pour lequel vous n'êtes pas faite. Sitôt que j'élève le débat, vous vous raidissez. Vous considérez la contradiction comme une offense !

— Ce n'est pas parce que j'étais en contradiction avec vous que je suis partie.

— Et pourquoi ?

— Parce que... parce que je sentais que vous vouliez m'entraîner dans une discussion qui m'était pénible !

— Sur la mort volontaire ?

— Oui, entre autres...

— Il fallait me le dire ! Je me serais arrêté, ma petite Françoise !

Il y avait une grande douceur dans le regard qu'il posait sur elle. Tout devenait si simple lorsqu'il l'expliquait ! Subitement, elle ne comprenait plus pourquoi elle s'était fâchée. Parce qu'il lui avait parlé de son suicide ? Et puis après ? Il envisageait la chose sur le plan philosophique. Elle devait apprendre à discuter de tout avec liberté et finesse, si elle voulait se hausser au niveau des vrais intellectuels comme lui.

— Je peux bien vous l'avouer maintenant, reprit-il, ce sujet est un de ceux qui me passionnent le plus. J'ai même envisagé d'écrire un essai làdessus, autrefois. Mais, je vous le promets, nous n'y ferons plus jamais allusion. J'ai tant d'autres choses à vous dire, si vous voulez bien que nous restions amis !

— Oui, dit-elle faiblement.

Quelques étudiants les observaient en feignant de lire.

— Venez, dit Alexandre Kozlov.

Et, d'autorité, il ferma le livre devant elle.

Elle se leva et le suivit, avec l'impression de ne plus savoir au juste ce qu'elle voulait. Mais cette inconséquence même était reposante après la tension d'esprit où l'avait maintenue sa rancune.

Dehors, luisait un soleil froid, rose et brumeux. La rue des Saints-Pères était embouteillée, avec trois gros autobus pris dans la masse des voitures. Alexandre Kozlov entraîna Françoise vers les quais. Ils descendirent jusqu'à la berge. Leur promenade habituelle. Le temps s'effaçait. Et pourtant, non, ce n'était plus la même chose qu'autrefois. Alexandre Kozlov se taisait, songeur.

— Qu'avez-vous ? dit-elle. Vous ne parlez plus...
— C'est que j'ai peur.
— De quoi ?
— De vous choquer par quelque mot subversif ! Je tourne sept fois la langue dans ma bouche et, à la septième fois, je renonce.

Elle rit :

— C'est stupide ! Je peux tout entendre !

Mais il ne semblait pas convaincu. Alors, rassemblant ses forces, comme pour vaincre un obstacle au plus profond d'elle-même, elle articula lentement :

— Je voulais vous dire que, pour moi, le suicide est une maladie qui vous frappe à l'improviste... Si j'ai commis cette sottise, ce crime, c'est qu'à ce moment-là Dieu s'était détourné de moi...

Elle s'arrêta, essoufflée et heureuse d'avoir pu aller jusqu'au bout de son propos.

— Est-ce également parce que Dieu s'était détourné de vous que vous étiez venue à moi, Françoise, il y a quelques mois, avec une telle confiance ?

— Non, balbutia-t-elle. Je ne crois pas.

— Mais vous n'en êtes pas sûre !

— C'est si loin !

— Pas pour moi.

— Je ne veux plus m'en souvenir.

Ils firent quatre pas en silence. Des gens du quartier promenaient leur chien le long d'une bande de terre piquée d'herbe. Un clochard cassait la croûte, sur un banc.

— Qu'avez-vous l'intention de faire plus tard ? demanda Alexandre Kozlov. Vous retirer du monde, prendre le voile ?

Il avait de nouveau ce ton grinçant, ce regard en vrille qu'elle n'aimait pas.

— Pourquoi dites-vous ça ? murmura-t-elle.

— Parce que, ayant retrouvé Dieu, vous refusez les joies de la vie ! Il est vraiment curieux que, pour certaines âmes pieuses, la foi soit synonyme de paralysie ou d'inappétence. Elles craignent le bonheur terrestre comme une insulte à Celui qui pourtant a créé la terre.

— Je ne crains pas le bonheur terrestre, dit-elle. Mais je le veux durable et propre.

— Vous demandez l'impossible !

— Je ne pense pas qu'il soit impossible pour moi de me marier, de fonder un foyer, d'avoir des enfants...

Un chien fou, qui jouait à rattraper une balle,

vint se cogner dans leurs jambes. Alexandre Kozlov l'écarta et dit :

— Vous me rassurez, ma petite Françoise. J'avais peur que vous ne visiez trop haut ! Et comment le voyez-vous, cet homme, votre mari ?

— Je ne sais pas.

— Quelle devra être sa principale qualité ?

— D'être aimé de moi.

Il s'immobilisa :

— Et moi, Françoise, ai-je été aimé de vous ?

Elle mit son point d'honneur à être sincère.

— Oui, dit-elle. Sinon croyez-vous que j'aurais agi comme je l'ai fait ?

— Et maintenant, m'aimez-vous encore ?

— Non.

— Parce que je vous ai déçue ?

— Peut-être...

— Ou parce que vous avez peur de moi ?

— Peur ?... Pourquoi aurais-je peur ?...

— Je vais vous le dire : vous avez l'impression que je suis quelqu'un sur qui on ne peut pas compter, qui refuse de se fixer, de se lier, de bâtir...

— Vous me l'avez assez répété vous-même !

— Et si je vous affirmais le contraire aujourd'hui ?

— Je ne comprends pas.

— Si je vous demandais de m'épouser ?

Un choc ébranla Françoise. Elle se sentit tout ensemble aiguisée et douce, étonnée, effrayée et pleine de bonheur. Il disait n'importe quoi, il était fou, il fallait le fuir.

Comme elle se taisait, il secoua la tête et éclata d'un rire léger :

— Pourquoi pas ? J'aime remettre périodiquement mes idées en question ! La dignité de l'homme, c'est de miser de temps à autre sa vie sur une carte ! Admettons que je mise tout sur la carte mariage ! Histoire de voir ce que ça donnera !

— Vous vous moquez de moi ! dit-elle d'une voix à peine perceptible.

Il avait repris son sérieux.

— C'est de moi que je me moque, Françoise ! grommela-t-il. De moi et de mes théories ! Je n'arrive pas à m'avouer que je vous aime. Je tourne autour de cette évidence en grognant de colère. Et, au lieu de vous rendre heureuse, je vous heurte, je vous fais mal... N'y pensez plus ! Nous ne nous marierons pas, puisque vous ne voulez pas. D'ailleurs, cela vaut sûrement mieux pour vous. Je suis sans le sou, j'ai une situation médiocre, un caractère impossible... Ah ! vous l'avez échappé belle ! Et moi aussi, par contrecoup !... Venez !... On va boire un pot pour fêter ça !

Il lui saisit la main et l'entraîna dans l'escalier de pierre qui conduisait au quai. Elle ne comprenait pas ce qui était arrivé. Quelle volte-face ! Un jongleur, un clown ! Mais il avait l'air si malheureux ! La manche de son manteau était élimée. Ils débouchèrent au niveau de la rue.

— Le bistrot, en face, ça vous va ? dit-il.

Le feu rouge s'alluma au carrefour, bloquant net le flot des voitures. Ils traversèrent le quai Malaquais en courant. Devant le café, elle s'arrêta, se piéta et dit :

— Non.

— Vous ne voulez pas ?

— Non.

Il eut un sourire triste qui brida ses yeux :

— Tant pis.

— Je vais rentrer chez moi, murmura-t-elle.

Il la laissa partir. Elle fit trois pas, se retourna et le vit qui poussait la porte du bistrot.

6

— Tu n'en as pas marre ? demanda Jean-Marc en refermant son cahier de droit administratif.
— Si, dit Didier Coppelin. Je ne connais rien de plus emmerdant que ça ! On passe au civil ?

Jean-Marc jeta un regard sur sa montre : quatre heures. Il attendait Valérie de Charneray à la demie. Le temps de se préparer, de mettre un peu d'ordre dans sa chambre... Il ne comprenait pas qu'elle eût accepté de venir chez lui, au premier coup de téléphone. Sans doute était-elle dans une période creuse.

— Non, dit-il, j'ai un rendez-vous. Tu m'excuseras...
— Si j'ai bien saisi, il faut que je file !
— On n'est pas à cinq minutes près !
— C'est une fille de la Fac ?
— Non.
— Tu couches avec elle ?
— Pas encore !

— De toute façon, n'oublie pas de venir à la maison, ce soir !

— Oui, mais tard, dit Jean-Marc. Il y a un dîner chez mon père. J'ai promis d'y assister.

— Tu t'amènes quand tu veux, mais je compte sur toi. J'aimerais tout de même que tu connaisses Jacqueline !

Le maître-mot était lâché : Jacqueline ! Depuis que Didier s'était fait crocheter par cette étudiante en médecine, il n'était plus le même : rêveur, préoccupé, négligent. Sûrement, il avait « des intentions sérieuses », l'imbécile ! Jean-Marc lui donna un coup de poing dans l'épaule :

— Jure-moi que tu ne feras pas la connerie de l'épouser !

Le buste de Didier oscilla sur sa chaise. Il rit en levant un coude :

— Je te le jure !

— Même si elle est fracassante (et je ne doute pas qu'elle le soit !) en te mariant tu gâcherais tout. Tu te vois poursuivant tes études avec une femme à la maison et peut-être des gosses ? Non, mon vieux, à notre âge il ne faut surtout pas s'attacher à une fille. Aie le courage d'être un peu salaud en amour ! Sinon, tu es foutu !

Il croyait entendre son père. Cette seconde personnalité, dure et carrée, qui se levait en lui, le gênait aux entournures.

— On en reparlera quand tu l'auras vue, grommela Didier en se mettant debout et en s'étirant.

Il prit son veston sur le dossier d'une chaise et le jeta sur ses épaules. Son visage ouvert, aux grandes lunettes d'écaille, rayonnait de certitude. « Quel brave type ! » pensa Jean-Marc. Et, aussitôt, il fronça les sourcils. Un pas se rapprochait dans le couloir. Quelqu'un frappa à la porte : Valérie était en avance. Il y avait des bouquins par terre, une paire de savates devant le lit, un linge sale au pied du lavabo... Ce désordre contrariait Jean-Marc, mais il ne voulait pas se précipiter, devant Didier, pour ranger ses affaires.

— Entre ! dit-il.

Valérie parut, blonde, fine et blanche. Elle portait un très joli tailleur feuille morte, gansé de noir. Jean-Marc fut fier de cette élégance. Mais Didier était-il capable d'apprécier le raffinement d'une toilette féminine ? Il salua Valérie, dit à Jean-Marc : « Alors ce soir, sans faute, mon vieux, hein ? » et sortit précipitamment.

Valérie parcourut la chambre du regard :

— Ça a un cachet fou ! Tu l'as trouvée facilement ?

— Oui, par un copain.

— Et maintenant, tu vis seul ?

— Comme tu vois...

— Je ne vois rien du tout ! Il y a peut-être tout un harem derrière ce paravent !

— Non, c'est la douche !

Elle partit d'un rire perlé, s'assit au bord du divan-lit et renversa la taille en s'appuyant des deux coudes au matelas. La tête rentrée dans les épaules, la poitrine saillante, elle dévisageait Jean-Marc. Lui ne voyait que les savates éculées sur le plancher. Le cuir jaune en était déformé, aminci, usé et noirci par le frottement. Deux petites ordures intimes, très confortables, dont il ne se décidait pas à se séparer, mais qui, soudain, lui faisaient horreur.

— Alors, les Etats-Unis, ton impression ?

Cette question, cent fois entendue, le hérissa. A force de répéter les mêmes phrases pour expliquer son enthousiasme, il finissait par en douter. Il était comme un acteur fatigué de son meilleur rôle.

— Extraordinaire ! dit-il simplement. Et toi, tu as été en Ecosse, je crois ?

— Oui.

— C'était bien ?

— Formidable ! J'ai fait du cheval tous les jours.

— Et c'est tout ?

— Non, je t'annonce que je ne suis plus vierge.

Elle avait dit cela d'un ton délié, le nez en l'air, l'œil plissé et pétillant.

— Ah ? dit-il. Félicitations.

Il n'était pas surpris. Mais cette nouvelle, qui aurait dû le réjouir puisqu'elle aplanissait le terrain devant lui, le dérangeait plutôt. Comme si Valérie lui eût ôté tout motif de la respecter, comme si maintenant il ne fût plus libre de son choix ! Il tira d'un placard une bouteille de whisky, prélevée la veille sur la cave de son père, de l'eau Perrier, des verres et déposa le tout par terre, devant le lit. En même temps, d'un geste rapide, il repoussa les savates. Mais elles se cognèrent au pied du sommier et restèrent en évidence.

— Tu ne me demandes pas comment ça s'est passé ? dit Valérie.

— Oh ! tu sais, ça se passe toujours plus ou moins de la même façon...

— C'est un ami de mon père qui m'a dépucelée.

La précision voulue du mot laissa Jean-Marc insensible. Il s'assit en tailleur sur la carpette et versa le whisky.

— Un type formidable, reprit Valérie. Un vieux ! Quarante-cinq ans ! Mais beau, sportif, intelligent. Un Gréco qui aurait lu du Verlaine, tu vois le genre ? Il était en visite, comme moi, chez les Donaghue. Une nuit, il est entré dans ma chambre...

— Et maintenant, tu es sa maîtresse ? demanda Jean-Marc.

— Penses-tu ! Il a une femme-crampon, des gosses-sangsues... J'ai vite décroché !...

— T'en as eu d'autres depuis ?

Elle but une longue gorgée de whisky en renversant la tête :

— Non.

— Tu le regrettes ?

— Je te dirai ça tout à l'heure.

Elle l'examinait avec insistance. Il feignit de ne pas comprendre la signification de son regard pour se donner le temps de la désirer. Mais, plus il se répétait qu'elle était jolie et accessible, moins il était ému.

— Viens près de moi, dit Valérie en agitant les doigts dans sa direction.

Il s'assit à côté d'elle sur le divan. Elle lui toucha la main. Il se rappela une autre main frôlant la sienne, sur le volant de la voiture. Comme il avait été bouleversé alors, comme il était froid maintenant ! Que lui manquait-il ? La peau de Carole, le parfum de Carole, la musique un peu rauque de sa voix... Il chassa violemment de sa tête les souvenirs qui l'encombraient et s'intéressa, de toute sa volonté, au jeune visage qui, peu à peu, se rapprochait du sien. Ce visage était une planète inconnue. Pâle, immense, glacée. Leurs bouches se rencontrèrent. Jean-Marc prolongeait le baiser et sentait, entre ses cuisses, une démission funèbre. Toujours Carole lui revenait en mémoire, par fragments ou entière : sa silhouette nue dans la pénombre, ses seins, la façon dont elle retirait ses bas. Il rejeta la tête en arrière. Un instant, ils se regardèrent en silence. Valérie avança la main vers Jean-Marc, dénoua sa cravate, ouvrit son col, déboutonna sa chemise, caressa sa peau. Carole le faisait autrefois. Mieux ! Cette petite main de gamine, au poignet sec, au visage de bébé vicieux que l'existence n'avait pas encore marqué. C'était plein et bête comme un œuf ! Ça ne demandait même pas à l'homme de tirer les rideaux pour créer une atmosphère intime ! Ça n'aurait pas peur de se montrer nue, au besoin en pleine lumière, parce que c'était sûr de ses hanches, de sa poitrine, de la ligne de son cou ! Ça n'avait rien à cacher ! Donc rien à donner ! « Mais si, elle est formidable ! N'importe qui à ta place !... » Il était tremblant et nul, prêt à pleurer devant elle qui, les yeux mi-clos, un sourire aux lèvres, lui palpait le thorax, du bout des doigts, comme une aveugle cherchant son chemin. Il se leva d'un bond, ferma les doubles rideaux, revint à elle. Dans l'ombre, tout irait mieux. Il la déshabilla. Elle se laissait faire et l'aidait par moments, en murmurant :

— Je t'aime, je t'aime...

Quand elle fut nue, il l'étendit sur le lit. Un rai de lumière, passant entre les rideaux mal joints, l'éclairait juste assez pour la rendre désirable. Penché sur elle, il la contemplait, il la respirait. Elle avait des jambes longues, un ventre plat, des seins petits et ronds aux bouts raides, dressés comme des dés à coudre. Et tout cela, jeune, élastique, n'avait pas d'odeur. Il la caressait. Elle gémissait gentiment. Et il ne se décidait pas. Il se déshabilla à son tour, sans cesser de l'observer. Blanche ! Blonde ! On n'avait pas idée d'être blonde !

— Ça ne va pas, Jean-Marc ? chuchota-t-elle.

En disant ces mots, elle s'était dressée à demi, les deux mains ouvertes en étoiles de mer sur sa poitrine. Cette pose, Carole la prenait souvent dans le lit. Elle avait honte de ses seins qu'elle jugeait un peu mous. Mais c'était un excès de coquetterie. Le temps d'un éclair, Valérie ressembla à Carole. Une Carole qui se serait fait teindre en blonde. Ridicule ! Grotesque ! Il se jeta sur elle, la renversa, fit l'amour, vite, mal, brutalement et se retira écœuré. Elle le retint, enlaçant les bras à son cou et se collant contre sa hanche. Déçue, sans doute ; mais, pour elle comme pour lui, l'honneur était sauf ; maintenant on pouvait feindre la tendresse.

— C'était bon, tu sais, disait-elle. Tu es fort !... Tu es beau !...

Lui se taisait, les narines ouvertes. Ce corps, qui ne sentait rien tout à l'heure, avait maintenant un parfum très net : une odeur suave, sucrée et âcre à la fois, rappelant le benjoin, non : l'encens... Le robinet s'égouttait, à petit bruit cristallin, dans le lavabo. « Carole, pardon ! » Si seulement elle était morte ! Ne plus la voir, jamais ! Et ce soir, le dîner, avec les Duhourion, les Chaulouze...

— Tu sais, dit Valérie, le type, en Ecosse, cet ami de mon père, avant l'amour il me tenait des heures, nue, sur ses genoux. C'était un cochon. J'ai fini par le lui dire. Il est parti furieux. Toi, tu me plais... Tu me seras fidèle ?... Moi, je ne te

promets rien ! Si tu n'es pas très gentil avec moi...
 Elle rit, se rapprocha encore, appliqua sa bouche sur la bouche de Jean-Marc. Puis ils fumèrent. A sept heures, il la renvoya. Elle partit, radieuse. Pour elle, c'était une victoire ! Pauvre idiote ! Il ouvrit la fenêtre et respira à pleins poumons. Enfin de l'air, de l'air froid, rude, neuf, qui ne sentait pas la femme ! Il se prépara pour le dîner. Déjà, en pensée, il avait choisi sa cravate : bleu foncé, à fines raies vertes.

 On était au théâtre : tous les personnages affichaient des attitudes fausses ; à commencer par Carole et Philippe qui jouaient au couple heureux et à finir par Daniel qui mangeait avec une distinction britannique, tandis que Mercédès, transformée en servante dévouée, allait, venait, attentive et douce, autour de la table étincelante d'argenterie et de cristaux. Même Françoise n'avait pas son visage habituel. Jean-Marc lui trouvait un air joyeux, secret et tendu. Elle était mieux coiffée que la veille. Il lui sourit, par-dessus la jardinière en porcelaine de Chine bleue et blanche, et leva son verre. Quelle idée Carole avait eue d'inviter les Chaulouze et les Duhourion après s'être brouillée avec eux pendant la croisière ! Un rabibochage mondain ! Il est vrai que Paul Duhourion était un gros client du cabinet Eygletière ! La discussion était résolument géographique : Grèce, Etats-Unis, Côte-d'Ivoire. Dès que l'intérêt menaçait de tomber, Carole relançait la conversation par une question habile ou une remarque amusante. Jean-Marc admirait sa désinvolture. Il ne voyait personne qui pût lui être comparé pour le charme et pour l'élégance. Plus elle se montrait affectée, fabriquée, plus elle lui plaisait. Le désir qu'il n'avait pu éprouver cet après-midi devant la blanche et blonde Valérie offerte toute nue sur le lit, il lui suffisait de regarder la main de Carole, délicatement posée sur la nappe, pour le sentir poindre en lui jusqu'au malaise. Obsédé par cette évidence, il parlait peu et chaque fois c'était en pensant à l'impression qu'il produisait sur elle. Vêtue d'une robe noire au décolleté en pointe, un clip en diamants sur l'épaule, elle régnait, inaccessible, interdite, comme derrière une vitre à l'épreuve des balles. Il avait envie de jeter sa serviette et de fuir. Le repas traînait en longueur. Daniel avait redemandé de la glace à la framboise, le salaud ! Et M. Chaulouze, qui était connaisseur, humait et dégustait, interminablement, le Sauternes qui accompagnait le dessert. Heureusement, il y avait cette soirée chez Didier Coppelin. Jean-Marc avait prévenu Carole qu'il partirait aussitôt après le dîner. Il n'était vraiment lui-même que loin de la maison.

Enfin, on se leva de table. Pendant que Mercédès servait le café au salon, Jean-Marc entraîna Françoise dans un coin et chuchota :

— Si tu venais avec moi ?

— Chez Didier ? Je ne suis pas invitée, dit-elle.

— Mais si, automatiquement ! Ce sera très sympathique. Il va nous présenter une fille. Il se tâte pour l'épouser...

— Didier veut se marier ? s'écria Françoise.

Et un intérêt si vif parut sur son visage, que Jean-Marc la considéra avec surprise : elle connaissait à peine Didier.

— Oui, dit-il, c'est assez idiot !

— Pourquoi ? Si cette fille est bien...

— Même si elle est bien ! Le mariage, tu sais...

— Pas toujours !

— Oh ! si... Enfin, pour nous autres... Quand on a des études à faire...

— Oui, évidemment.

— Alors, je t'emmène ?

— J'aimerais bien, mais ce n'est peut-être pas très poli...

Ils furent interrompus par un remue-ménage : les Duhourion avaient apporté les diapositives prises par eux pendant la croisière et tout l'attirail de projection. On plaça la lanterne sur une commode, on déroula l'écran devant la glace de la cheminée, on avança des sièges pour le public. M. Duhourion, préposé à la manipulation de l'appareil, réglait la hauteur de l'objectif. Mme Duhourion, qui se réservait les explications artistiques, s'affairait, nerveuse et inspirée, autour des classeurs d'images. Jean-Marc s'approcha de Carole et lui dit à voix basse :

— Je vais filer.

— Déjà ? dit-elle en lui lançant un regard mécontent.

— Oui. J'ai promis à Didier de ne pas arriver trop tard. Et puis j'emmène Françoise...

— Mais... mais ce n'est pas possible !... Vous ne pouvez pas partir tous les deux !...

— Vous n'avez pas besoin de nous pour regarder les photos !

Il avait parlé vite pour vaincre l'appréhension qu'il éprouvait à affronter Carole. Dès qu'il fut sorti de la zone de son regard, de son parfum, il retrouva son assurance. Les Duhourion et les Chaulouze, à qui il exprima son regret de ne pouvoir assister avec sa sœur à la projection, s'écrièrent qu'ils ne perdaient rien, qu'à leur âge on avait mieux à faire.

— Partez vite, mes chéris ! leur dit Carole avec une musique indulgente dans la voix.

— Françoise s'en va aussi ? demanda Philippe.

— Mais oui, c'était convenu, répliqua Carole sèchement.

Daniel en profita pour s'éclipser, lui aussi : il avait une composition de physique le lendemain et n'avait pas fini de repasser son cours.

— On peut éteindre ? demanda Mme Duhourion.

Carole s'assit, résignée, à côté de Monique Chaulouze. Pendant toute la croisière, elle avait souffert de voir Paul Duhourion courant parmi les ruines, l'appareil photographique à la main, et mitraillant à bout portant des temples antiques et des paysans modernes. Et maintenant il fallait encore qu'elle subît le défilé de ces vues commentées par Colette. Personnellement, elle détestait les photographies. D'abord parce qu'elle ne se trouvait pas photogénique. Ensuite parce que ces reflets d'un temps révolu évoquaient dans son esprit des idées de vieillesse et de mort. « Un jour viendra où il ne restera plus de nous que ces petites effigies démodées, ridicules... » Philippe tourna un commutateur. La nuit tomba, le rectangle blanc de l'écran resplendit. Carole entendit la porte d'entrée qui se refermait avec un bruit sourd : Jean-Marc et Françoise venaient de sortir. « Ils exagèrent, tous les deux ! » pensa-t-elle. Et elle les suivit, avec colère, dans leur fuite joyeuse, loin des grandes personnes, loin des corvées...

Au fond du salon, se dressèrent soudain les colonnes du Parthénon, avec, au premier plan, la robe bleue à pois blancs de Mme Duhourion.

— Sensationnel ! piaula Monique Chaulouze. Le marbre, le blanc rosé du marbre ! C'est plus beau que nature !

Puis ce fut M. Chaulouze, en short et chapeau de toile, devant le temple de Neptune à Paestum. Carole, à son tour, s'extasia. Il lui semblait que sa voix sonnait sous une cloche de verre. Cette connivence entre le frère et la sœur, cette complicité allègre. Jean-Marc avait sûrement annoncé à Françoise qu'il avait rompu. Tout fier d'y être arrivé. Son premier succès d'homme. Et elle, la petite garce, comme elle devait s'en réjouir sous ses mines de sainte nitouche !

— Et ça, n'est-ce pas admirable ? Vous vous rappelez, Carole ?

— C'est... C'est Olympie ?

— Mais non, c'est Delphes, voyons !

— En tout cas, Paul, vous êtes un artiste extraordinaire ! Ce cadrage, ce sens des volumes !

En cet instant même, peut-être, Jean-Marc et sa sœur parlaient d'elle. Pour la démolir évidemment. A cet égard, on pouvait faire confiance à Françoise. Carole serrait ses mains l'une contre l'autre au creux de sa jupe. Tout à coup, au-dessus de la cheminée, apparut en gros plan un visage de femme, hâlé, rieur, aux rides accusées par le soleil. « Mon Dieu ? Ce n'est pas moi ? Si ! Quelle horreur ! »

— Ah ! voilà notre ravissante Carole ! annonça Colette Duhourion.

Une aiguille plantée en plein cœur. Carole frémit. Elle ne s'était jamais vue avec ce faux air de jeunesse. Et la peau du visage qui ne suit pas. Trente-trois ans ! « Le plus bel âge de la femme », proclamaient les stupides journaux de mode. Ce n'était probablement pas l'avis de Jean-Marc. Elle ne lui pardonnerait jamais de l'avoir offensée, humiliée, au moment où, pour la première fois, elle doutait de son pouvoir.

— Je vous supplie de détruire cette photo, dit-elle.

— Ah ! non, alors ! s'écria Paul Duhourion. C'est la plus jolie de ma collection ! Vous êtes si vivante là-dessus, si charmante...

Les Chaulouze renchérirent. Elle courba la tête. Tous mentaient. Il n'y avait de vrai que le départ de Jean-Marc. « Que fait-il en ce moment ? Avec qui danse-t-il ? Contre qui se frotte-t-il ? »

— Carole, vous vous souvenez ?... Le fiacre d'Athènes... Le petit souper au Pirée... Le vieux marin qui... Notre baignade à...

Elle sentit que ses yeux lui piquaient. Attention au cosmétique ! Une aspiration pour dégager la poitrine. Là, ça va mieux. Certes, la photo était très agrandie. Mais les jeunes ont précisément des yeux qui agrandissent, des yeux qui détaillent, qui jugent, qui tuent. La projection dura plus d'une heure. Une indigestion de colonnes, de gradins, de bas-reliefs, de statues mutilées. Quand la lumière revint, Carole était à bout de nerfs. Et il fallait encore parler, sourire, servir les ultimes rafraîchissements qui permettent de prolonger la soirée.

Enfin, l'ample mouvement du départ.

Revenue dans sa chambre, avec Philippe, Carole se laissa tomber dans un fauteuil et porta une main molle à son front :

— Vraiment, Colette est devenue infréquentable. Plus elle vieillit, plus elle est bavarde ! On n'entendait qu'elle !

— En tout cas, ta soirée était très réussie.

— Tu n'es pas difficile ! Avec Jean-Marc et Françoise qui nous ont faussé compagnie en sortant de table !

— Tu m'as dit que c'était convenu !

— Il fallait bien que je sauve la face devant nos invités !

— Où allaient-ils ?

— Soi-disant chez Didier Coppelin.

— Pourquoi soi-disant ?

— Parce qu'avec Françoise je me méfie ! C'est une telle comédienne !

— Françoise ?

Il la regardait avec ahurissement, le col de la chemise ouvert sur son cou un peu gras. Cet aveuglement paternel la surprit, l'agaça.

— Oui, Françoise, dit-elle. Ah ! celle-là !...

— Quoi ?

— Rien... rien...

Elle se leva et passa dans la salle de bains pour se déshabiller. Un coup d'œil à son miroir la rassura : elle était moins marquée que sur la photo.

7

— Françoise !

La voix de son père la frappa, au moment où elle s'engageait dans le couloir. Elle revint sur ses pas et entra dans le salon. Il était assis seul, dans un fauteuil, et tenait un journal ouvert devant son visage.

— Ah ! tu es là ! Bonsoir, dit-elle en s'avançant pour l'embrasser.

D'un geste lent il abaissa les feuilles sur ses genoux. Son regard apparut, si dur qu'elle s'arrêta, étonnée.

— Tu viens de ton cours ? demanda-t-il.

— Oui, papa.

— Tu as combien de cours par semaine ?

— Je ne sais plus au juste. Veux-tu voir mon emploi du temps ?

— Oui. J'aimerais assez être au courant de ce que tu fais.

— Mais pourquoi, papa ?

— Parce que j'ai appris que tu sortais beaucoup avec un de tes professeurs.

— Carole t'a dit, murmura Françoise avec un sourire de triste ironie.

— Peu importe d'où je tiens mes renseignements ! Une chose est certaine : ça ne peut plus continuer !

— Quoi ?

— Tes relations avec cet homme !

Françoise ressentit une brusque faiblesse dans les jambes et s'assit.

— Elles sont très normales, ces relations ! dit-elle.

— Ah ! tu trouves ! Tu as tout de même failli te suicider à cause de lui ! Oui, cela aussi, je le sais maintenant ! Tu as failli te suicider, on t'a tirée d'affaires et voilà que tu retombes dans ses pattes !

Françoise prit sa respiration et dit :

— Il y a un malentendu entre nous, papa. D'abord M. Kozlov est un homme très bien...

— Un homme très bien qui t'a mise dans son lit ! dit Philippe avec force.

Une bouffée de sang monta au visage de Françoise. La honte l'étourdit jusqu'aux larmes. Elle balbutia :

— C'est fini, ça, papa !

— Tu me prends pour un imbécile ?

— Je te jure...

— C'est fini pour aujourd'hui, peut-être, mais ça

reprendra demain. Et où ça te mènera-t-il, veux-tu me le dire ?

Elle ne répondit pas. Une porte venait de s'ouvrir doucement derrière elle. Carole sortit de sa chambre, glissa sans prononcer un mot dans la lumière de la lampe et s'assit au bord du divan, à distance de son mari et de sa belle-fille. Visiblement, elle ne voulait pas intervenir dans leur discussion. Elle arrivait en spectatrice, pour assister à l'abaissement de Françoise. Son visage exprimait la sérénité que donne l'expérience. Philippe lui jeta un regard de biais, comme pour puiser dans ses yeux un regain d'énergie, et poursuivit :

— Ce type n'a aucune intention sérieuse, tu le sais bien, Françoise ! Il profite de toi, parce que tu es très jeune et très naïve. Et, quand il se sera assez amusé, il te plaquera !

La présence de Carole conférait à chacun de ces mots une signification horrible. Ce que Françoise eût supporté si elle s'était trouvée seule avec son père, elle refusait de l'entendre devant cette femme dont un masque impassible cachait la jubilation. Un sentiment d'injustice l'envahit en rafale. Il fallait riposter, n'importe comment, mais vite. Dans une sorte d'isolement surnaturel, elle s'entendit prononcer :

— Alexandre Kozlov a si peu l'intention de me plaquer, comme tu dis papa, qu'il m'a demandée en mariage.

— Quoi ? gronda Philippe en dressant la tête. Tu es folle ?

— C'est pourtant vrai.

— Quel âge a-t-il ?

— Trente-trois ans.

— Et toi, tu en as dix-neuf ! Est-ce que tu te rends compte ?

— Mais toi et Carole, c'est pareil !

— Incontestablement ! dit Carole en avançant le buste avec grâce.

— En tout cas, dit Philippe, tu es encore mineure. J'ai mon mot à dire. Et ce mot, c'est non ! Tu n'épouseras pas un traîne-savate !

— Ce n'est pas un traîne-savate... Il va passer son agrégation... Moi-même, si j'entre comme interprète dans un ministère...

— Si, si, si !... Je te répète que ce mariage est impossible...

La voix suave de Carole l'interrompit :

— Pourquoi impossible, Philippe ? Françoise a raison. Du moment que cet homme désire l'épouser, nous devrions parler de tout cela plus calmement...

Françoise considéra sa belle-mère avec surprise.

— Est-ce réellement sérieux, cette demande ? reprit Carole.

— Mais oui, dit Françoise.

Et elle fut saisie de panique. Jamais elle n'avait envisagé la possibilité d'épouser Alexandre Kozlov. Il lui avait proposé le mariage à la légère, presque par plaisanterie ; elle avait, très raisonnablement, refusé de l'entendre ; et voici que, devant son père et Carole, elle défendait ce projet absurde comme s'il se fût agi d'une décision essentielle à son bonheur. Les oscillations de sa conduite l'inquiétaient ; elle n'était plus maîtresse du mouvement ; elle allait et venait dans le brouillard.

— Je suppose que tu as réfléchi à l'avenir qui t'attend avec lui, dit Carole.

— Elle n'a réfléchi à rien ! s'écria Philippe. Habituée en famille au confort et à l'insouciance, elle n'imagine pas quelles sont les difficultés d'un ménage ! Ce n'est pas avec ce que gagne ce professeur que tu pourras vivre !

— Je t'ai dit que je travaillerai de mon côté, papa. Et puis, l'argent n'est pas tout...

— Françoise a raison, trancha Carole. A notre époque, ce qui compte, ce n'est pas la fortune de l'homme qu'on épouse, ce sont ses capacités. Alexandre Kozlov me semble quelqu'un de très supérieur. J'ai eu l'occasion de le voir, de parler avec lui. Il est intelligent, cultivé, il a un bon jugement...

Plus l'argumentation de Carole devenait pressante, plus la gêne de Françoise augmentait. « Pourquoi cette gentillesse subite envers moi ? pensa-t-elle. L'ai-je mal jugée ? Veut-elle sincèrement me venir en aide ? J'ai tort de toujours me méfier d'elle. Si Alexandre Kozlov se doutait de notre conversation !... » Elle se raidit de toutes ses forces contre ce qu'elle avait inconsidérément déclenché. Déjà, sur le visage de son père, apparaissaient les signes d'un acquiescement tacite. Il prenait une pose molle dans le fauteuil et laissait le feu de son regard s'éteindre entre ses paupières lasses. Les grands éclats le fatiguaient vite. Comme toujours, il faisait confiance à sa femme pour le règlement des problèmes familiaux.

— De toute façon, dit-il, j'estime qu'il ne faut rien précipiter. Quand j'aurai fait la connaissance de cet homme, je te dirai franchement ce que je pense de votre affaire...

Il se tourna vers sa femme et reçut d'elle un sourire de lumineuse bonté. Elle le remerciait de sa compréhension. D'un mouvement leste, elle vint s'asseoir sur l'accoudoir de son fauteuil. Leurs mains se touchèrent. Elle émit un soupir et son regard s'alanguit.

— Eh bien, voilà ! dit-elle. Es-tu heureuse ?
— Très, dit Françoise.

Et un nœud se forma dans sa poitrine, si lourd, si dur, qu'elle en eut la respiration embarrassée. Carole l'attira et lui offrit sa joue à baiser. Puis Françoise embrassa son père. Mais l'impression d'une affreuse comédie ne la quittait pas. Elle se sentait à la fois exaucée et dupée. Son visage flambait. Vite, elle se retira dans sa chambre.

La grande tête de nègre, posée sur la table, l'accueillit avec un regard vide. Elle se jeta en travers du lit. Le plus simple était de laisser passer quelques jours et d'annoncer ensuite à son père et à Carole que, réflexion faite, elle avait résolu de ne pas se marier. Ce programme la rasséréna. Bientôt on l'appellerait pour le dîner. Elle se leva, se recoiffa et se rendit dans la chambre de Daniel. Il dactylographiait son rapport pour la Fondation Zellidja. Un travail soigné, avec des alinéas, des intertitres, des photographies collées en pleine page, des graphiques aux crayons de couleur.

— C'est chiadé, hein ? dit-il.

Elle lut par-dessus son épaule : « Les rites lobis veulent que le mort, assis devant sa case, assiste aux préparatifs de son enterrement... La femme du mort se peint le corps en blanc avec du kaolin et reste à l'écart... »

— C'est vrai ce que tu racontes là ? dit-elle.
— Bien sûr !

Au fond de l'appartement, le téléphone sonna. Elle continua sa lecture, amusée par la compétence et le style froidement correct de son frère. Mercédès frappa à la porte :

— On vous demande au téléphone, Mademoiselle.

Immédiatement, Françoise pensa à Alexandre Kozlov. Pourquoi ? Elle n'en savait rien. Il ne téléphonait jamais à la maison. Et, cependant, ce ne pouvait être que lui. Elle le sentait. Il avait de ces audaces !

Elle courut jusqu'au salon, où son père et Carole lisaient, installés face à face, et prit le téléphone sur le guéridon. Une voix d'homme :

— Allô ! Françoise ? C'est Yves...

Elle mit une fraction de seconde à reconnaître son beau-père et dit machinalement :

— Yves ? Ah ! oui... Bonsoir !... Comment va maman ?

— Pas très bien. Je te téléphone de la clinique. On vient de la transporter ici. Elle souffre beaucoup. Elle te réclame à son chevet !

— Que dit le médecin ?

— Ben... rien de précis... Il faut attendre... Je te donne l'adresse... Clinique Le Fuzelier, rue des Bruyères, à Sèvres. Tu crois que tu pourras venir ?

— Certainement, dit Françoise. A-t-elle besoin de quelque chose ?

— Non. Que tu viennes seulement !

Françoise raccrocha et se tourna vers son père et Carole, qui feignaient de n'avoir rien entendu.

— Je ne pourrai pas dîner avec vous, ce soir, dit-elle. Maman est à la clinique...

— Ah ? dit Carole d'un ton détaché. Que lui est-il arrivé ?

Françoise rougit violemment et murmura :

— Elle attend un bébé... Elle voudrait que je sois près d'elle...

— Eh bien ! vas-y, grommela Philippe.

Carole sourit :

— Mais oui, va vite ! J'espère que tout se passera bien.

En sortant du salon, Françoise se cogna à Daniel.

— Où cours-tu ? demanda-t-il.
— Maman est en train d'accoucher !
— T'es sûre ?
— Oui.
— A quelle clinique ?
— La même que pour Angélique, à Sèvres.
— J'irais bien avec toi !...
— Non, Daniel ! C'est tout à fait inutile !

Elle enfila son imperméable en descendant l'escalier.

★

Dans la salle d'attente, elle trouva Yves Mercier, assis, les coudes aux genoux. En l'apercevant, il dressa la tête. Son visage, aux yeux liquides, au nez court et cassé, était marqué par l'angoisse.

— Ça ne va pas fort, dit-il. On doit lui faire une césarienne !
— Mon Dieu ! murmura Françoise.
— Le médecin n'a pas l'air inquiet. Au moins, comme ça elle sera endormie, elle ne souffrira pas.
— Puis-je la voir ?
— Non. Elle est déjà en salle d'opération. Il n'y a plus qu'à attendre. Assieds-toi.

Il lui désignait une chaise, à côté de lui.

— Elle a beaucoup souffert, reprit-il. Elle criait. Elle t'appelait. Elle me faisait peur. Alors je t'ai téléphoné.

— Tu as bien fait.

— Nous comptions que ce serait vers la fin décembre. Et voilà, c'est presque trois semaines en avance... Je ne sais même pas combien de temps ça peut durer, une césarienne...

— Moi non plus, dit Françoise. Qui est-ce qui garde Angélique ?

— Ma mère. Oh ! de ce côté là, tout va bien...

Il se racla la gorge, poussa un soupir et se tut. Françoise fixa les yeux sur le mur d'en face qui était peint en bleu pâle. Elle mélangeait dans une même anxiété sa propre aventure et celle de sa mère, passant de l'une à l'autre avec la rapidité d'esprit que donne la fièvre. La chaleur moite de la maison d'accouchement, le glissement blanc des infirmières sur des fleuves de linoléum, les aigres vagissements qui traversaient les portes minces, tout cet univers de chair saignante, d'ouverture, de naissance éveillait en elle une profonde approbation. Tôt ou tard, la plupart des femmes aboutissaient à cette douleur animale, à cette joie céleste. Elle-même, si Dieu le voulait... De nouveau, le souvenir de Kozlov recouvrit sa pensée comme une vague. Elle se baigna dedans, les yeux clos. Puis elle sentit qu'un sourire montait à ses lèvres. « Et maman qui souffre... Je n'ai pas le droit !...

Mais tout se passera bien !... » Heureusement, ils étaient seuls dans la salle d'attente. Yves Mercier lorgna sa montre :

— C'est long !

Soudain il se leva. La porte s'ouvrait. Un homme parut, en blouse blanche. Il avait un visage aux grands traits charnus. Son regard était calme et grave.

— Je suis désolé, monsieur, dit-il. L'enfant est mort-né. Mais l'opération s'est déroulée normalement. Votre femme est hors de danger.

Assommée par la nouvelle, Françoise regarda Yves Mercier. Debout devant le médecin, la face amorphe, la lèvre inférieure décrochée, il ne disait mot. Enfin, il marmonna :

— Eh bien !... Ça alors... Quel coup pour elle !... C'était... c'était un garçon, docteur ?

— Non, une fille.

— Je lui dirai... Elle regrettera moins. Est-ce que je peux la voir ?

— Pas encore. On vient à peine de la ramener dans sa chambre.

— Ah ! bon !... Alors, un peu plus tard ?

— Demain, monsieur, demain...

Après le départ du médecin, Yves Mercier décida de passer la nuit à la clinique pour être auprès de sa femme quand elle reviendrait à elle.

— Je vais rester, moi aussi, dit Françoise.

— Non, dit-il. Je préfère être seul pour lui annoncer la chose. Rentre chez toi. Je lui dirai que tu es venue. Et demain matin je t'appellerai.

Une infirmière compréhensive accepta d'entrebâiller la porte de la chambre où reposait l'accouchée. Dans la lumière voilée d'une lampe de chevet, Françoise aperçut sa mère, allongée, pâle, les yeux fermés, sur un lit. Elle respirait par saccades. Ses mains étaient minces et sèches.

— Elle va on ne peut mieux, chuchota l'infirmière. Partez tranquille, mademoiselle. Quant à vous, monsieur, dès que votre femme se réveillera, je viendrai vous chercher.

Elle referma la porte doucement et entraîna Yves Mercier et Françoise dans le couloir.

★

Il était onze heures du soir, lorsque Françoise arriva rue Bonaparte. La voiture de son père n'était pas dans la cour : il avait dû sortir avec Carole. En fouillant dans son sac, elle constata qu'elle avait oublié de prendre la clef de l'appartement. Mais Daniel était à la maison : il lui ouvrirait.

Elle sonna trois coups discrets à la porte. Un long silence. Puis le battant se décolla du chambranle. Ce n'était pas Daniel, mais Agnès.

— Daniel n'est pas là ? demanda Françoise.

— Si, mademoiselle. Il doit être dans sa chambre. Et Monsieur et Madame sont allés au cinéma.

— Comment se fait-il que vous ne soyez pas couchée ?

— J'écris à ma famille, dit Agnès d'un ton important.

Une fois par mois, sa vaisselle terminée, elle s'installait dans la cuisine, et, la plume au poing, les lunettes sur le bout du nez, la lèvre crispée, rédigeait des lettres de quatre pages à une nombreuse parentaille bretonne qui, du reste, ne lui répondait jamais.

Françoise s'engagea sur la pointe des pieds dans le couloir, ouvrit la porte qui conduisait à la chambre de son frère et le vit qui dormait, recroquevillé dans son lit, la face contre le mur. Il avait laissé sa lampe allumée. Un bouquin de math traînait sur le plancher. Françoise n'eut pas le courage de le réveiller, éteignit l'électricité et referma le battant avec précaution. Elle lui dirait demain... Sa tête était lourde. Elle souffrait d'une peine sans éclat, sans grandeur, inconsistante, grise, nauséeuse. Et puis elle avait soif. Très soif même. Elle eut envie d'un verre de lait froid et se dirigea vers la cuisine.

Agnès écrivait avec application. Elle leva la tête et regarda Françoise qui ouvrait le réfrigérateur et se versait un verre de lait :

— Vous ne voulez pas autre chose, mademoiselle ?

— Non, merci.

— Vous êtes toute pâle... Vous devez être fatiguée !

Françoise but le lait à longs traits. C'était glacé, épais, glissant, cela remplissait le cœur d'une pensée de vent et d'herbage. Elle reposa son verre. Elle n'avait pas sommeil. Elle ne savait à quoi s'employer. Agnès s'était remise à écrire. La cuisine était propre, luisante. Une fine odeur d'oignon persistait dans l'air. Françoise dit :

— Je reviens de la clinique. Ma mère attendait un bébé. On lui a fait une césarienne. L'enfant est mort.

Agnès posa sa plume :

— C'est bien triste, mademoiselle. Mais, vous savez, quand une femme n'est plus toute jeune... J'ai ma sœur — celle qui est placée à Rouen — il lui est arrivé la même chose. Et pourtant elle est solide. Quatre-vingt-deux kilos, qu'est-ce que vous en dites ?

— Pour l'instant, murmura Françoise, ma mère ne sait rien encore ; elle est sous l'effet de l'anesthésie ; mais quand elle apprendra...

— Ça, forcément !... On compte dessus, et puis, plus rien !... Remarquez que c'est moins grave que d'en perdre un qui a déjà vécu six ans, comme mon autre sœur qui est restée à Morgat.

— Et vous, votre enfant, Agnès ?

— Il va bien. Il est chez ma sœur aînée, à Chartres. C'est elle qui l'élève. Moi je ne pourrais pas, avec mon travail !

— Mais qu'est devenu votre mari ?

— J'ai pas de mari, je suis fille-mère, dit-elle avec gravité, comme si elle eût avoué une maladie incurable.

— Enfin, il a bien un père, votre enfant !

— Le père, quand il a appris, il est parti en courant. Il court encore !

— Ma pauvre Agnès !

— Je suis beaucoup plus heureuse comme ça ! Les hommes, plus on s'en passe, mieux ça vaut !

Elle rit et se renversa sur le dossier de sa chaise. Ses deux grandes mains rouges s'étalaient de part et d'autre d'une feuille de papier blanc.

— Demain, j'irai voir ma mère, dit Françoise.

— Vous l'aimez bien, hein ? dit Agnès.

— Oui.

— Moi, je ne l'ai pas connue, votre mère. Je suis entrée à votre service juste après. Ça fera cinq ans, quoi ! Comme le temps passe ! Vous ne voulez vraiment pas manger un morceau ?

— Non, Agnès.

Il y eut un silence. Agnès se pencha de nouveau sur sa lettre. Françoise sortit de la cuisine.

8

La pluie les surprit dans la rue Jacob. Une pluie oblique, furieuse, pénétrante. Entrer dans un café ? Daniel n'avait pas le sou.

— On va chez moi ! dit-il.

C'était tout près. Ils partirent en courant. Daniel ralentissait, de temps à autre, pour permettre à Danielle de le suivre. Elle courait mal, comme toutes les filles, les jambes projetées mollement sur le côté, en balayettes. Ses cheveux mouillés dansaient par saccades autour de son visage. Elle avait glissé ses cahiers et ses livres sous son manteau et les maintenait des deux mains à travers ses poches. Cela lui faisait un gros ventre. Elle était marrante. En franchissant le porche, elle avait à peine la force de respirer. Dans l'ascenseur, il lui demanda :

— Ça va ?

— Oui, dit-elle dans un souffle.

Il ressentit une inquiétude. C'était la première

fois qu'il amenait une fille à la maison. Eh bien ! quoi, ils ne faisaient rien de mal ! On n'était plus au Moyen Age ! Ils allaient parler, fumer, regarder les photos de son voyage, écouter des disques... L'agréable, c'était que, entre quatre et cinq heures, il n'y avait généralement personne dans l'appartement, à part les domestiques.

Il tourna la clef dans la serrure. Le silence qui venait des pièces vides le réconforta. Du reste, Danielle paraissait très à l'aise ; il se devait de l'être autant qu'elle.

— C'est par ici, dit-il en la précédant avec autorité dans le corridor.

Ils longèrent une série de placards. Derrière ces portes uniformes, dormaient les vêtements d'été. Dans la chambre, Danielle s'extasia : la grande affiche représentant une négresse à plateaux, les gris-gris, le poisson-lune transformé en lampe, les murs rouges et le plafond noir, tout lui plaisait ! Elle retira son manteau trempé, le pendit sur le dossier d'une chaise et se campa devant la glace pour se recoiffer. Ses cheveux blonds, mouillés de pluie, avaient pris une teinte de cuivre. Des taches de rousseur entouraient ses yeux bleus pailletés de brun. Quand elle levait les bras, ses seins pointaient sous son chandail de laine rose. Daniel s'étonnait de la voir en chair et en os dans un décor où il avait si souvent rêvé d'elle. Tout à coup, ce lieu réservé, depuis son enfance, au travail, au sommeil, aux pensées solitaires, perdait

sa signification exclusivement masculine. Il fit marcher le tourne-disque. Le premier disque qui tomba était un blues.
— C'est *Little Lady* ? dit Danielle.
— Oui.
— J'aime beaucoup.
— Moi, pas tellement !
Danielle inclina la tête et se mit à danser, toute seule, au milieu de la chambre. Elle virevoltait, haussait une épaule, puis l'autre, changeait de pied, balançait les hanches, frôlait Daniel au passage. Il jugea qu'il était très difficile pour un homme de garder une contenance digne, ou simplement intelligente, devant une fille qui se dandinait en musique. Les bras ballants, le front lourd, il souriait aimablement et attendait que l'exhibition prît fin. Après, il lui montrerait son rapport sur l'éducation sanitaire en Côte-d'Ivoire. Brusquement, Danielle se jeta à son cou et lui tendit les lèvres. Il l'enlaça, la pressa contre sa poitrine, effrayé de la force virile qui se levait en lui. Elle était folle de le provoquer ainsi. Encore un peu et il ne tiendrait plus ! Mais il n'avait pas le droit. Elle était trop jeune, elle était vierge, elle était la sœur de son copain Sauvelot... La bouche prise, attentif aux reliefs du corps qui se frottait contre le sien, il se désespérait d'avoir tant de désir et une âme si noble. Sa vie lui apparut comme une concentration de circonstances tragiques : il était vingt-septième en physique, avant-dernier en math (son

père ne le savait pas encore), les études l'ennuyaient, il louperait sûrement son bac et il aimait une fille avec laquelle il ne pouvait pas coucher. Elle gémissait :

— Daniel ! Daniel !

Il ne disait rien et luttait contre la tentation de la déshabiller et de la prendre. Il la poussa sur le lit. Elle tomba. Il se coucha sur elle. Mais elle se tortilla comme une anguille, se déroba et bondit sur ses jambes.

— Non, dit-elle. Pas ça !

Il se releva à son tour, furieux contre elle et mécontent de lui.

— Vous, les filles, vous êtes marrantes ! dit-il.

Sa bouche était sèche. Il alluma une cigarette et se mit à marcher, de long en large, nerveusement — fauve royal et solitaire — devant Danielle qui le suivait d'un regard inquiet.

— T'es fâché ? dit-elle.

Il s'attendrit : c'était une enfant !

— Mais non, dit-il. Seulement... voilà... je t'aime... Alors, il ne faut pas que tu joues... Autrement, tu me rendras dingue... Je ne répondrai plus de rien... T'as compris ?...

Et il songea à ses expériences d'homme, à la veuve du forestier qui avait de gros seins, à Catherine Hoche, cette copine de Debuquer qui lui avait fait des avances et qui, elle, se laissait sauter par n'importe qui (mais il n'avait pas voulu, par fidélité envers Danielle !) à cet accouchement dans un hôpital de fortune, en pleine brousse. La négresse hurlait, écartelée. Le médecin suait et s'essuyait le front avec la manche de sa blouse. Un aide chassait les mouches paresseusement. Puis ce fut sa mère, couchée, livide, triste, avec des cernes autour des yeux. Il l'avait vue hier, à la clinique, avec Françoise. Pour la centième fois, Yves Mercier répétait : « Qu'est-ce que tu veux, mon chou ? c'est que ça ne devait pas être !... » Des fleurs dans un vase ridicule, fourni par l'infirmière. Un haricot émaillé dans un coin. Les piailleries des nouveau-nés à la cantonade. Des illustrés sur une chaise. On soupirait, le temps passait lentement, il n'y avait rien à dire...

— A quoi penses-tu ? demanda Danielle.
De nouveau elle se regardait dans la glace.
— A rien de précis, dit-il.
— Mes cheveux sont foutus !

Il s'approcha d'elle, la saisit par la taille et lui appliqua un baiser au coin de la bouche.

— Tu vois, c'est toi qui recommences, dit-elle en se retournant.

Elle était tiède, douce, il avait envie de pleurer, de la chasser, de la battre.

— Allons-nous-en ! dit-il.
— Déjà ?
— Ça vaut mieux. Il ne pleut plus...

Elle fit la moue, à la fois amusée et vexée. Il la regarda endosser son manteau, reprendre ses cahiers, ses bouquins de classe : les mêmes que lui, l'année précédente : « Sciences nat » et « Précis d'algèbre ». En traversant l'antichambre, elle jeta un coup d'œil par la porte entrebâillée du salon.

— Ce que c'est beau, chez toi ! dit-elle.

Dans la cour, ils tombèrent sur Carole qui rangeait la voiture. Comme la manœuvre était délicate, Daniel ne put faire autrement que de la conseiller :

— Braque à droite... A gauche, maintenant... Laisse aller... Tu passes, tu passes...

Puis il lui présenta Danielle. Carole gratifia la jeune fille d'un sourire bienveillant et s'éloigna, mince, légère, dans un manteau de léopard dont les taches dansaient autour d'elle.

— Elle est for-mi-dable ! décréta Danielle.

— Peut-être bien ! grogna Daniel. Mais, depuis le temps que je la connais, je ne la vois plus.

— C'est agréable pour moi, ce que tu dis là !
— Quel rapport ?
— Alors, moi aussi, dans quelque temps, tu me connaîtras tellement que tu ne me verras plus !
— T'es vraiment tordue, dit-il.

Et, subitement, elle l'agaça par les droits qu'elle croyait avoir pris sur lui. Ils marchaient dans la rue étroite et mouillée. Leurs bras ballants se touchaient. Elle habitait avenue de La Bourdonnais, près de l'Ecole Militaire. Ils s'engagèrent dans le boulevard Saint-Germain. Plus une feuille aux arbres. Il faisait froid, humide. Les autos roulaient lentement. Daniel se disait qu'il perdait son temps avec Danielle. Il ne lui avait même pas montré son rapport, ses photos... Ce n'était pas ce genre de fille qu'il lui fallait. S'il avait su se contenter autrefois d'une pucelle tout juste bonne à l'exciter et à se dérober ensuite, il devait maintenant rechercher un plaisir plus complet. De toute évidence, Catherine Hoche, la copine de Debuquer, avec son visage de fouine et ses bras maigres, était plus intéressante que Danielle parce que, du moins, elle jouait franc jeu. Il s'arrangerait pour la revoir et coucher avec elle. Ou alors, il irait carrément trouver une putain. Mais il ne pouvait pas rester comme ça. Rien d'étonnant qu'il réussît mal dans ses études, avec cette obsession qui le tiraillait par en bas. Il avait un devoir d'algèbre à finir, une compo de géo à préparer et il traînait dans la rue avec cette fille qui ne lui était rien, qui ne lui donnait rien. En arrivant au croisement du boulevard Saint-Germain et du boulevard Raspail, il s'arrêta et dit :

— Bon, je te laisse !

— Qu'est-ce qui te prend ? Tu ne me raccompagnes pas chez moi ?

— Non, j'ai trop à faire.

— T'es vache !

— D'ici, ce n'est plus loin !

Elle lui lança un regard vindicatif :

— C'est pas une question de distance !

— Et de quoi, alors ?
— Rien, t'es trop bête, Daniel !
Il rit :
— Râle pas, quoi ! Allez, au revoir !
Il pivota sur ses talons, et repartit, les mains dans les poches, à grandes enjambées.
Rentré chez lui, il s'enferma dans sa chambre pour travailler. « L'affaire Danielle » liquidée, il se sentait l'esprit libre. Pas assez cependant pour s'intéresser aux variations de la fonction $y = f(x)$. Jamais il n'aurait le courage d'avaler toutes ces math. Du reste, il ne savait même plus à quel métier il se destinait. L'année précédente, il souhaitait devenir ingénieur ou vétérinaire. L'une et l'autre envie lui avaient passé. En revanche, il s'était bien amusé en rédigeant le rapport sur son voyage en Côte-d'Ivoire ! Alors, journaliste ? Pourquoi pas ? S'il n'avait qu'une faible estime pour les écrivains de bureau — romanciers ou autres — qui racontent des histoires imaginaires sans bouger de chez eux, il admirait et enviait les « reporters », infatigables coureurs d'aventures. Partout où il y avait de la casse, ils surgissaient avec leur caméra et leur bloc-notes. A quoi bon faire math élém dans ces conditions ? C'était philo qu'il lui fallait. Et, après, l'Ecole de journalisme. Mais il n'avait pas un bon style et son orthographe était approximative. Tant pis : il apporterait l'événement, d'autres ajouteraient la sauce. Attention ! Comme toujours, il oubliait l'obstacle et ne voyait

que le poteau d'arrivée. D'abord le bac, avec son bourrage de crâne. « Ça me dégoûte !... J'en ai marre !... » Il gémissait à mi-voix devant des formules interchangeables. Au détour d'une équation, il repensa incidemment à Danielle, le buste moulé dans son chandail rose, les cheveux trempés, le sourire engageant. N'avait-il pas été trop brusque avec elle ? Pour un peu, elle aurait pleuré lorsqu'il l'avait plantée sur le trottoir. Mais c'était inévitable. Il ne pouvait que rompre. Même s'il devait en éprouver lui-même une passagère mélancolie. Il alluma une cigarette. Fumée en dehors de lui et fumée en dedans, légèreté, grisaille, évanescence. « Elle se figure que je suis de marbre ! Pauvre gosse ! Si elle savait !... Un trinôme du second degré est toujours du signe du coefficient du monôme du second degré, sauf si on donne à la variable une valeur comprise entre ses racines, quand elles existent... Moi je veux bien !... Le trinôme est alors du signe contraire de ce coefficient !... Et l'amour, et la vie, ça ne compte pas ?... Les graphes en axes orthonormés de deux fonctions réciproques sont symétriques par rapport à la première bissectrice des axes... » Mercédès frappa à la porte : le dîner était servi. Un de plus ! Et ça signifiait quoi ? Ça menait à quoi ? Il se leva, morne, désabusé, et se dirigea, en traînant les pieds, vers le salon. Son père, Carole, Françoise étaient déjà là, avec leurs têtes habituelles. Au moment de passer à table, Carole dit :

— A propos, elle est charmante, cette fille que tu m'as présentée...

— Tu trouves ? marmonna Daniel d'un air bougon.

Et un tel bonheur l'envahit qu'il se demanda ce qui lui arrivait.

9

Pour animer le dernier cours du trimestre, Alexandre Kozlov lut à haute voix, en russe, un conte très amusant de Tchékhov et aida ses élèves à le traduire. Françoise le trouva particulièrement brillant, ce jour-là. Ses explications portaient loin, ses plaisanteries déchaînaient les rires. La leçon terminée, une petite escorte d'étudiants le reconduisit jusqu'à la sortie. Françoise s'énervait de ne pouvoir l'approcher. Soudain il se tourna vers elle et dit :

— Il faut que j'aille chez mon éditeur. C'est à deux pas, rue de l'Eperon. Voulez-vous m'accompagner ?

— Mais oui, murmura-t-elle.

Ils dépassèrent des filles interloquées et prirent le large. Alexandre Kozlov portait une serviette noire sous le bras. Tout au long du trajet, il parla à Françoise du travail qu'il allait remettre à l'impression : de courts récits de Tolstoï, dont certains étaient encore inédits en français. Elle l'écoutait avec passion, fière qu'il la choisît comme confidente.

— Attendez-moi ici, dit-il. J'en ai pour cinq minutes.

Elle le regarda entrer dans une maison grise et basse, coincée entre deux grands immeubles. Un écriteau surmontait la porte : « Editions Chevalier-Vignard ». Dans une vitrine, qui donnait sur la rue, s'alignaient les dernières publications de la firme : traités de philosophie, mémoires d'hommes politiques, traductions d'auteurs russes. Qui achetait ces ouvrages sévères ? Des branches de sapin, des chenilles d'argent et des boules de verre multicolores entouraient les volumes ; quelques flocons d'ouate étaient collés à la glace de la devanture pour simuler la neige. « Offrez-lui donc un livre ! » proclamait, sur une affiche, un père Noël rubicond. Les vacances commençaient dans trois jours. La famille allait de nouveau se disperser : Daniel partirait pour La Clusaz avec un groupe de copains, Jean-Marc, pour Chantilly, où les parents de Valérie de Charneray avaient une propriété, Carole, pour Capri, avec Olympe et Brigitte, et Françoise, pour Touques, où Madou l'appelait. Elle avait l'impression, depuis peu, de vivre à l'écart des autres, dans un univers où rien n'était solide, sûr, décidé, où tout pouvait changer au moindre souffle de vent. Ses projets étaient simples et peu intéressants, son avenir, d'une sagesse incolore. Elle fit quelques pas dans la rue. Un froid vif la mordait aux jambes. Des gamins passèrent, se bourrant de coups de poing et riant. Pour la dixième fois, elle relut les titres des livres exposés. Alexandre Kozlov ressortit de la maison.

— Vous avez fait vite ! dit-elle.

Il la détrompa :

— Je suis désolé, mais Chevalier-Vignard n'est pas encore là. Sa secrétaire m'affirme qu'il ne va pas tarder. Je n'ose vous proposer d'attendre avec moi...

— Oh ! vous savez, dit-elle, je n'ai rien de spécial à faire...

— Alors, venez ! Nous serons mieux à l'intérieur.

Ils traversèrent une pièce pleine de livres empilés, où trois dactylos tapaient sur leurs machines, et pénétrèrent dans un couloir aux murs lisses, peints en vert bouteille. Quatre chaises alignées. C'était la salle d'attente. Vide, fort heureusement. Ils s'assirent. Juste en face d'eux, se dressait un énorme radiateur, peint en vert bouteille lui aussi, dont les dix éléments dégageaient une chaleur sèche. Le radiateur était manifestement trop grand pour le couloir. Du plafond pendait une ampoule nue. Il n'y avait pas de fenêtre. Alexandre Kozlov avait posé sa serviette sur ses genoux. Françoise regardait ces mains d'homme qui se détachaient, maigres et blanches, sur le fond noir et usé du cuir. Les ongles étaient soignés, mais les manches de la chemise, qui dépassaient d'un centimètre, portaient des effilochures sur les bords. Elle abaissa les yeux. Les souliers d'Alexandre Kozlov étaient mal cirés. Il marmonna :

— Quel endroit sinistre !

Elle trouva cette remarque injuste. Ils étaient enfermés là comme dans un wagon ; ils allaient faire un voyage ; elle croyait sentir le bercement du train dans sa colonne vertébrale. Une gaieté pétillante l'envahit. Poussée par une exigence irrésistible, elle dit :

— Figurez-vous qu'il vient de m'arriver quelque chose de très bizarre, à cause de vous !

— A cause de moi ?

— Oui ! Mon père a su que j'ai pris plusieurs fois un verre avec vous, après le cours. Lui qui se désintéresse complètement de ce que je fais, s'est tout à coup senti des responsabilités de chef de famille. Il s'est emporté, il m'a grondée comme une petite fille, il vous a traité de tous les noms !...

— Simplement parce que vous sortiez avec moi ?

— Parce que je continuais à sortir avec vous après ce qui s'était passé !

— Ah ! il était au courant...

— Oui.

— Diable ! s'écria Alexandre Kozlov, les sourcils levés, avec un air d'inquiétude comique. J'espère que vous avez pris ma défense !

— Bien sûr !
— Que lui avez-vous répondu ?

Elle se troubla, étonnée d'avoir parcouru tant de chemin en trois répliques. A présent, il lui était impossible de se rétracter, de reculer. Toutes ses idées se mirent en boule. Elle s'enveloppa de silence.

— Eh bien ! dit-il, je vous ai posé une question. Qu'avez-vous répondu à votre père ?

— C'est sans importance, murmura-t-elle.

— Pour vous, peut-être, mais pas pour moi. J'ai besoin de savoir ce que vous pensez de moi, Françoise.

Elle secoua la tête :

— Je lui ai dit ce que... ce que je devais lui dire...

— Et vous ne l'avez pas convaincu ?

— Pas tout à fait.

— Il ne vous a tout de même pas interdit de continuer vos études de russe ?

— Non... enfin, pas précisément...

— Mais vous avez dû lui promettre de ne plus sortir avec moi !...

Elle hésita :

— J'ai essayé de ne rien lui promettre du tout !

— Comment donc vous en êtes-vous tirée ?

Elle courait en zigzags et il la poursuivait d'un coin dans l'autre. Impossible de lui échapper. Mais n'avait-elle pas voulu, justement, être rattrapée, traquée et réduite à l'aveu ? Une excuse que son désir jetait à sa raison ! Elle plongea dans le vide, les yeux écarquillés. Le radiateur vert bouteille emplit sa tête.

— J'ai dit à mon père que vous vouliez m'épouser, balbutia-t-elle.

Alexandre Kozlov arrondit les yeux. Puis un rire silencieux déchira son visage.

— Non ? grommela-t-il. Vous lui avez dit ça ?

Il riait toujours, les paupières plissées, la bouche distendue, le menton osseux. Elle rit aussi, avec gêne.

— Après tout, reprit-il, vous aviez le droit de le lui dire puisque je vous l'avais proposé !

Elle s'arrêta de rire. Comment savoir ce qu'il pensait ? Le savait-il lui-même ? Indéchiffrable à ses propres yeux. Inutilisable. Elle eût donné n'importe quoi pour ne lui avoir pas parlé, pour n'être pas venue.

— Ma petite Françoise... commença-t-il.

Une porte s'ouvrit au fond du couloir.

— M. Chevalier-Vignard vient d'arriver, dit une secrétaire.

Alexandre Kozlov se leva :

— Attendez-moi, Françoise. J'en ai pour cinq minutes.

Il suivit la secrétaire. La porte se referma. Françoise se retrouva seule dans la boîte verte, avec l'énorme radiateur comme vis-à-vis. Sa première idée fut de partir. Mais une douce inertie s'empara d'elle. Ses muscles se relâchaient et son esprit travaillait vite. Elle n'allait pas fuir, comme l'autre fois ! Il finirait par la mépriser si elle se dérobait à toutes les explications. Or, elle tenait à garder son estime. Ce radiateur était hideux. Des tuyaux d'orgue peints en vert. Et quelle chaleur ! Elle étouffait. Pas de fenêtre. Il devait commencer à faire sombre dehors. Un gros fourgon passa qui fit trembler les murs. Elle se rappela un camion de déménagement qui bouchait la route, vers Bromeilles, un jour que son père conduisait la voiture. Un gigantesque camion, avec des roues doubles, des feux qui s'allumaient à gauche, à droite, une plaque portant le nom de l'entreprise : Jaubouge (Loiret). Pourquoi s'en était-elle souvenue ? Le camion tanguait, ralentissait dans les tournants, ne donnait pas le passage. Enfin, dans une accélération folle, on l'avait doublé. Quelle joie de retrouver l'espace nu devant soi ! Elle connaîtrait bientôt la même délivrance ! Mais les minutes passaient, Alexandre Kozlov ne revenait pas. Elle perdait peu à peu son assurance et jusqu'au goût de l'attendre. La lumière crue de l'ampoule électrique fatiguait ses yeux. Tout à coup, il fut de nouveau devant elle, avec son allure brusque, ses prunelles rieuses, son imperméable flottant et sa mèche noire. La serviette avait diminué de volume. Il soupira :

— Ouf ! Ça n'a pas été trop long ? Le père Chevalier-Vignard n'en finissait pas de m'exposer ses projets. Je n'ai du reste rien entendu !

— Pourquoi ?

— Parce que je pensais à ce que vous veniez de me dire !

Il l'entraîna dans la rue. Le crépuscule était venu entre-temps, opaque et froid. Autour des réverbères allumés, tremblait une brume phosphorescente. Les vitrines des magasins versaient leur lumière blanche aux pieds des passants. Françoise voyait, à sa gauche, ce dur visage en marche.

— Je suppose que votre père a explosé sur place quand vous lui avez parlé de mariage, reprit-il. La différence d'âge, la situation sans avenir, tout a dû y passer !

Elle mentit :

— Non. Simplement il s'est montré sceptique.

— Sur quoi ?

— Sur mes chances de bonheur avec vous.

— Il ne me connaît pas !

— Il vous imagine.

— Mal, j'en suis sûr ! Et vous, êtes-vous sceptique, Françoise ?

Elle ne répondit pas. Il s'arrêta de marcher et lui prit les deux mains pour la contraindre à lui faire face. Le front levé, elle reçut son regard droit dans les yeux. C'était un regard hardi et joyeux, un regard de joueur.

— Pourquoi ne pas essayer ? dit-il.

— Essayer ? répéta-t-elle faiblement.

— Oui. Peut-être que, nous deux, ce sera extraordinaire !

— Vous n'y pensez pas...
— Mais si, j'y pense !... Ou plutôt, j'y repense !... Combien de fois faudra-t-il que je vous demande en mariage pour que vous me croyiez ?

Il courba sa haute taille. La vitrine d'un magasin de réfrigérateurs l'éclairait brutalement de trois quarts. Le méplat de sa joue et le coin de son œil brillaient. Elle sentit, d'une façon absolument irrécusable, que tout ce qu'elle avait fait, tout ce qu'elle avait dit jusqu'à cette minute tendait à obtenir de Kozlov les paroles qu'elle venait d'entendre. Sa propre ruse la surprit comme la manifestation d'une seconde nature. Au bout de tant d'hésitations, elle se découvrait triomphante et reconnaissante, telle une paralysée retrouvant l'usage de ses jambes. Le bonheur qui la pénétrait était effrayant, presque miraculeux.

— Alors, oui ? non ? demanda-t-il.
— Oui, dit-elle.

La serviette coincée sous l'aisselle, il éleva les deux mains de Françoise jusqu'à ses lèvres, l'une après l'autre. Elle crut qu'il allait l'embrasser en pleine rue, mais il murmura :

— Maintenant rentrez vite chez vous ! Il est déjà sept heures et demie ! J'aurais voulu vous raccompagner, mais c'est impossible !... J'ai à faire, là !...

D'un mouvement du menton, il désignait un bistrot éclairé, de l'autre côté de la rue. Déconcertée, elle le regarda comme un étranger. Se moquait-il d'elle, une fois de plus ? Elle eût voulu lui demander quand elle le reverrait, pour quelle date il envisageait le mariage. Mais un reste de fierté la détourna de lui poser des questions. A peine croyait-elle le tenir, qu'il lui glissait entre les mains. Ce n'était pas un homme, mais un être hybride, souple, multiple, contradictoire...

— Ma petite Françoise, je suis très heureux, dit-il. Je vous aime.

Et, sans même lui dire au revoir, il traversa le boulevard Saint-Germain en courant, jambes longues et cheveux au vent, parmi les autos. L'instant d'après, elle le vit disparaître dans la foule. Rien ne s'était passé entre elle et lui. Cette joie qu'elle éprouvait encore sourdement avait ses racines dans le rêve.

En rentrant à la maison, elle trouva Carole et son père dans le salon. Sans doute allaient-ils de nouveau lui reprocher son retard ? Elle se préparait à un éclat. Mais son père avait un visage calme. Il dit :

— J'ai reçu, à l'instant, un coup de téléphone de M. Kozlov. Il viendra nous voir demain, à six heures.

10

Dès les passes préliminaires, Alexandre Kozlov comprit que la partie serait plus amusante encore qu'il ne l'avait prévu. Rien que le fait d'être installé dans ce salon élégant, face à d'authentiques parents préoccupés de l'avenir de leur fille, le comblait d'aise. Assise non loin de lui, Françoise suivait cette entrevue capitale avec une angoisse qu'elle ne parvenait pas à dissimuler. Il la plaignit et lui dédia un regard qu'elle saisit au vol avec reconnaissance. Derrière elle, il y avait un mur rose, un tableau sombre, une lampe à l'abat-jour couleur banane, et le tout baignait dans une clarté douce, académique, officielle, écœurante de mesure et de goût. On avait servi du whisky. Bien sûr ! le champagne serait pour plus tard, quand on se sentirait vraiment en famille avec lui, quand on pourrait le féliciter et se féliciter ! Pour l'instant, le principe du mariage était admis, mais on n'avait pas encore fixé les détails. Philippe Eygletière tournait autour du pot. Son esprit s'évertuait à prendre des vues plongeantes de son futur gendre. Alexandre Kozlov admirait la manœuvre.

— Encore un peu de whisky ? demanda Carole en lui prenant le verre des mains.

Il accepta. Le whisky était bon. Et les petits cubes de glace avaient une perfection géométrique réjouissante.

— Pas pour moi ! dit Philippe en arrêtant sa femme qui s'apprêtait à le servir également.

Et, se tournant vers Alexandre Kozlov, il ajouta :

— Françoise nous a parlé de votre travail à l'Ecole des Langues Orientales. Est-ce réellement une situation intéressante ?

« Nous y voilà ! » pensa Alexandre Kozlov. Et il s'accorda la satisfaction de feindre l'innocence :

— Sur le plan intellectuel, très intéressante ! Ce contact permanent avec la jeunesse, cette approche minutieuse des grands textes russes...

— Je veux dire sur le plan financier, marmonna Philippe.

— Non, reconnut Alexandre Kozlov. Mais enfin, je ne me plains pas. Avec ça et mes traductions, je me débrouillerai toujours.

— Même quand vous ne serez plus seul ?
— Certainement !
— J'ai parmi mes clients deux gros actionnaires des Editions Chevalier-Vignard. Si vous désirez obtenir un poste fixe et bien rémunéré dans cette maison, je puis...

Alexandre Kozlov l'arrêta, la main ouverte, comme pour s'opposer à la poussée d'un front de taureau :

— Surtout pas ! Je tiens à mon indépendance. Il faut vivre avec la constante possibilité de perdre son temps, d'appliquer son attention à des choses qui ne rapportent rien, de se moquer des règles et des principes. L'argent, nous en aurons toujours assez, n'est-ce pas Françoise ?

Françoise s'épanouit, tandis que les traits de son père se crispaient. « Il a peur, se dit Alexandre Kozlov. Il se demande s'il doit encore me donner sa fille. C'est passionnant ! » Carole intervint avec diplomatie :

— Je crois que Françoise est au-dessus de toutes ces questions matérielles !

Alexandre Kozlov lui sourit : « Celle-là est notre alliée. Elle pousse même à la roue. Pourquoi ? » Habitué à des visages jeunes et nus, qui se laissent aisément déchiffrer, il n'arrivait pas à définir le caractère de cette femme, protégée par un mystère conventionnel. Tout en elle était mesuré, calculé, gracieux, et pourtant elle évoquait une idée de violence et de possession. Le mari, lui, était plus vrai. Un homme d'affaires et un jouisseur. Cela sautait aux yeux. Il avait avalé de travers les propos subversifs de son futur gendre touchant le peu d'importance du fric. Maintenant, il repartait à l'attaque :

— Où comptez-vous habiter après le mariage ?

— Chez moi. J'ai un appartement très convenable.

— De quel côté ?

— Rue du Bac.

— Oh ! mais c'est à deux pas ! s'écria Carole, rayonnante.

Puis, se tournant vers Françoise, elle murmura :

— Et pour la date, qu'avez-vous décidé, ma chérie ?

— Pour la date ? dit Alexandre Kozlov en arquant les sourcils.

— Oui, quand comptez-vous vous marier ?

Alexandre Kozlov posa les yeux sur Françoise : elle palpitait.

— Le plus tôt sera le mieux, je suppose, dit-il.

Et il pensa : « Ce que je fais est proprement insensé ! » Un vertige le prit devant la portée de l'option. Résurrection ou suicide. Les deux sans doute. Quelle formidable cuisine ! De quoi vous secouer le cœur. Il en avait besoin, sinon il s'endormirait. Et elle, douce, radieuse, avec un regard de mouton. Assise, avec ses dix-neuf ans, ses quinze ans, ses huit ans, devant trois grandes personnes qui discutaient de son avenir.

— Le temps de tout préparer, de publier les bans, je crois qu'il ne faudrait pas compter raisonnablement avant février, dit Philippe.

— Février, ce serait parfait, dit Alexandre Kozlov.

Philippe se renfonça dans son fauteuil et croisa

les jambes avec souplesse. Mais ses épaules restaient droites. Alexandre Kozlov pressentit qu'on allait prendre un virage.

— Il y a encore une question délicate que je voudrais aborder avec vous, dit Philippe. Je pense que vous ne verrez pas d'inconvénient à ce que je fasse établir, par mon notaire, un contrat en séparation de biens qui garantirait vos intérêts comme ceux de ma fille. A notre époque, il faut que chacun des conjoints ait une entière liberté de manœuvre en ce qui concerne son patrimoine personnel. De toute façon, j'estime...

Il enfilait des formules toutes faites et Alexandre Kozlov l'approuvait à grands hochements de menton. Le notaire maintenant ! C'était sublime ! Françoise paraissait au supplice. Elle connaissait trop Alexandre Kozlov pour ne pas deviner ses pensées. Soudain elle rougit et balbutia :

— Je te demande de ne rien faire avec le notaire, papa. Ni Alexandre ni moi n'avons de fortune personnelle et...

— C'est une question de principe ! dit Philippe d'un ton sec.

— Votre père a tout à fait raison ! renchérit Alexandre Kozlov.

Il se retenait de rire. Philippe lui adressa un regard d'homme à homme qui était un remerciement. Puis, ayant enregistré ce premier succès, il poursuivit d'une voix grave et grasse, comme beurrée :

— Sans doute Françoise vous a-t-elle dit qu'elle souhaitait — ce qui est tout à fait normal — un mariage religieux... ?

— Elle ne me l'a pas dit, mais cela va de soi ! répliqua Alexandre Kozlov avec une jubilation croissante.

Après le notaire, le curé ! L'enchaînement était inévitable. Il y avait une sorte de grandeur dans cette connerie bourgeoise.

— Vous êtes orthodoxe, je présume ? dit Philippe.

— Peu importe ! Je me ferai baptiser catholique s'il le faut !

— Je ne pense pas que ce soit nécessaire, murmura Françoise timidement.

— Tu te renseigneras auprès du curé de Saint-Germain-des-Prés, ma chérie, dit Carole.

— Mais oui, nous irons ensemble ! dit Alexandre Kozlov.

Il exultait, prêt à toutes les mascarades. Dire qu'il y avait des gens qui s'ennuyaient dans la vie ! Il suffisait de sortir de son ornière pour découvrir un monde nouveau. « Je suis chez les Papous ! » décida-t-il avec une allégresse méchante. Et son amour pour Françoise grandit, ronfla comme une flamme au vent. Carole lui proposa encore du whisky. Il ne s'était même pas rendu compte qu'il avait vidé son deuxième verre. « Si j'en accepte un troisième, ils vont se dire que je suis porté sur l'alcool. »

— Volontiers, répondit-il.

Elle versa le whisky, l'eau gazeuse, cueillit des blocs de glace avec une pince. Philippe se détendait, heureux d'avoir mené la discussion, de bout en bout, avec rondeur et efficacité. Il se laissa verser, lui aussi, deux doigts de whisky, mais refusa l'eau. Tout à coup, on n'avait plus rien à se dire. On se souriait comme entre vendeur et acheteur, le marché conclu. Seule Françoise croyait aux anges. Alexandre Kozlov leva son verre en la regardant. Tout à l'heure, pour la première fois, elle l'avait appelé « Alexandre ». Une porte claqua, puis une autre. Un garçon dégingandé, blond, chevelu, brusque, entra dans le salon.

— Et voilà Daniel, notre explorateur !

Ils se serrèrent la main. Puis on parla de Jean-Marc, de tante Madou... Toute la tribu Eygletière y passa. Alexandre Kozlov constata que, depuis quelques minutes, il s'amusait moins. Il croqua une amande salée, but son verre et se leva pour prendre congé. Carole dit :

— Seriez-vous libre à dîner, demain ?

★

Poussé par la curiosité, Jean-Marc descendait la rue Bonaparte à longues enjambées. Que signifiait ce billet de Françoise, qu'il avait trouvé sous sa porte en rentrant de la faculté de droit ? « Il faut *absolument* que tu viennes dîner ce soir à la maison. Je t'apprendrai une grande, une très grande nouvelle ! » Il se dit que, en arrivant à sept heures, il aurait le temps de parler seul à seule avec elle. Mais, à l'appartement, Mercédès lui annonça que Mademoiselle n'était pas encore de retour. Au même moment, la porte du bureau s'ouvrit :

— C'est toi, Jean-Marc ? Viens !

Son père et Carole étaient là, souriants, sur un fond de vieux livres.

— Tu sais la nouvelle ? reprit Philippe. Françoise se marie.

D'abord étourdi par le coup, Jean-Marc murmura :

— Avec qui ?

— Avec son professeur de russe : Alexandre Kozlov.

La stupéfaction de Jean-Marc se changea en une colère si violente qu'il sentit ses mains faiblir et ses lèvres trembler.

— Ce n'est pas possible ! s'écria-t-il. Vous n'allez pas laisser faire ça ?

— Et pourquoi pas ? dit son père avec agacement.

— Parce que ce type est trop vieux pour elle !... Parce qu'il n'a pas le sou !... Parce qu'on ne sait pas d'où il sort !...

Philippe ricana :

— Lui reprocherais-tu d'être d'origine russe ?

Je ne pensais pas que tu avais les idées si étroites !

— Je lui reproche d'être exactement le contraire du mari qu'il faudrait à Françoise ! Elle ne peut être que malheureuse avec lui ! Il cultive le paradoxe, il se moque de tout ce qu'elle respecte, il est pourri de vices...

— Qu'en sais-tu ?

— Il n'y a qu'à le regarder !

— Tu l'as vu souvent ?

— Une seule fois, mais ça m'a suffi !

Philippe se renversa dans son fauteuil de cuir et darda sur son fils la lumière de ses prunelles froides :

— Mon cher Jean-Marc, je puis me vanter de savoir déceler rapidement et sûrement les qualités et les défauts d'un homme au cours d'une conversation. C'est même un peu mon métier ! Ce Kozlov n'est certes pas un brillant parti, mais il est intelligent, capable, il aime ta sœur...

Jean-Marc écoutait son père, mais regardait Carole. Assise nonchalamment sur le coin de la table, elle semblait en tous points d'accord avec son mari. Sans doute était-elle ravie de s'être débarrassée de Françoise, et, par surcroît, de l'avoir condamnée au malheur. Car il était impossible qu'elle crût sincèrement aux chances de ce mariage. Elle était trop fine, trop rusée... Elle avait beau surveiller son visage, une extraordinaire satisfaction transparaissait dans ses yeux. Soudain

Jean-Marc eut l'impression que son père lui-même ne croyait pas un mot de ce qu'il disait. C'était une ignoble comédie qu'ils jouaient l'un et l'autre pour se justifier. Ils avaient l'air de deux complices après un crime. Dégoûté, Jean-Marc grommela :

— Quand tout cela s'est-il décidé ?
— Hier, dit Philippe. Et, ce soir, Alexandre Kozlov vient dîner à la maison.
— Ne comptez pas sur moi pour paraître à table ! dit Jean-Marc d'une voix entrecoupée.
— Et pourquoi, s'il te plaît ? demanda Carole, le nez haut, un petit sourire dédaigneux aux lèvres.
— Parce que je ne veux pas avoir l'air d'approuver ce mic-mac ! Que Françoise ait perdu la tête, je l'admets encore : elle est amoureuse ! Mais que vous deux, qui auriez dû la retenir, vous la poussiez dans cette aventure, là, excusez-moi, je ne comprends plus !

Une suffocation le prit. Des larmes de rage divisaient son regard.

— C'est moche ! dit-il encore. Moche ! S'il lui arrive quelque chose, ce sera votre faute !
— Tout ce qui pourra lui arriver, c'est d'avoir un enfant ! dit Carole en riant.

Jean-Marc lui lança un coup d'œil incisif. Il la haïssait. Elle s'était habillée pour le dîner. Cette robe bleu nuit qu'il aimait tant, avec un décolleté rond, arrêté à la naissance des seins.

— Ça suffit ! dit Philippe durement. Tu t'emportes pour rien. Si tu es nerveux, va te soigner chez toi. Nous n'avons pas besoin d'un accusateur public à table !

— C'est ça ! Au revoir ! dit Jean-Marc.

Il sortit avec violence du bureau, se précipita dans l'antichambre et s'arrêta, médusé, en voyant la porte d'entrée qui s'ouvrait devant lui. Françoise parut et, derrière elle, un homme grand et mince, au regard chaud.

— Ah ! tu es venu ! s'écria-t-elle en embrassant Jean-Marc. J'avais si peur que tu ne trouves pas mon mot ou que tu ne sois pris, ce soir !... Mon frère... Alexandre Kozlov... Au fait, je crois que vous vous connaissez !

— Mais oui, marmonna Jean-Marc.

— Tu sais pourquoi je t'ai demandé de venir ?

— Oui.

— Qui te l'a dit ?

— Papa.

— Quel dommage ! J'aurais voulu te l'annoncer moi-même !

Elle avait une telle gaieté dans la voix, une telle clarté dans les yeux, que Jean-Marc, le cœur serré, sentit qu'il ne pourrait pas partir.

Madeleine raccrocha l'appareil et s'assit, les jambes coupées. La sonnerie du téléphone l'avait réveillée à une heure du matin. Tout plein de sa colère, Jean-Marc ne s'était même pas excusé de l'appeler si tard. Il haletait au bout du fil : « Si, si, je t'assure... Je viens de dîner avec eux, à la maison... Françoise est complètement dévissée !... On ne peut rien lui dire... Qu'est-ce que tu en penses ?... » Ce qu'elle en pensait ? Elle ne le savait pas elle-même. Evidemment, à première vue, Alexandre Kozlov... Il émanait de lui une impression de force et de déséquilibre, d'indépendance et d'étrangeté. Inquiétant, pour un mari ! Elle alluma une cigarette et souffla la fumée devant elle. Il faisait froid, elle avait baissé le chauffage pour la nuit. Mais elle ne songeait même pas à se recoucher. Comment dormir après une pareille nouvelle ? Machinalement elle referma les pans de la robe de chambre sur ses genoux. Pelotonnée sur une chaise, près du téléphone, elle se laissait hypnotiser par la régularité du carrelage. Pauvre Jean-Marc ! Comme il était bouleversé ! C'était Françoise qui aurait dû téléphoner et non lui. Pourquoi ne l'avait-elle pas encore fait ? Trop occupée par son nouveau bonheur. Cette pensée attrista Madeleine. On n'avait plus besoin d'elle, on l'oubliait. Elle réagit. « Mais non, elle téléphonera demain. Et alors, que lui dirai-je ? Eh bien ! mais je ne pourrai que la féliciter, lui souhaiter beaucoup de joie... » Françoise comptait venir à Touques pour les vacances de Noël. Sans doute voudrait-elle amener Alexandre Kozlov. Madeleine ne pouvait refuser de les recevoir puisqu'ils étaient fiancés. Elle avait bien accueilli Patrick, autrefois ! Mais Patrick était inoffensif. Tandis que celui-ci !... Non, ils ne viendraient pas ! Qu'avaient-ils à faire d'une vieille tante enquiquinante comme la pluie ? Ils resteraient à Paris. Elle ne verrait pas Françoise. A moins qu'elle ne fît elle-même le voyage. Mais qui trouverait-elle là-bas ? Françoise serait trop prise pour sortir avec elle; Daniel se préparait à partir « en collectivité » pour les sports d'hiver; Jean-Marc devait passer quinze jours à Chantilly, chez les Charneray... Il y avait quelque chose de nouveau par-là. « Un peu snob, mon Jean-Marc. Les Charneray ont laissé, paraît-il, leur maison de campagne à la disposition de leur fille. Toute une compagnie de jeunes va s'y installer. Et on s'étonne après qu'il y ait des accidents... Allons, je retarde, j'ai cent ans ! La province me colle à la peau... Si Françoise ne m'a pas téléphoné demain, je l'appelle. Mais je n'irai pas à Paris. Même si elle me le demande ! » Sa cigarette lui brûlait les doigts. Elle l'éteignit dans une soucoupe et en alluma une deuxième. De nouveau, la vie des autres la pénétrait de toutes parts, la chassait de sa propre vie. Elle se mit à marcher de long en large devant la cheminée, où un reste de feu couvait sous la cendre. Un bruit infime l'arrêta. Les yeux d'un fennec brillèrent dans la pénombre. Ayant vainement attendu que sa maîtresse revînt dans la chambre, Julie descendait les marches de l'escalier. Frédéric était mort la semaine précédente. Madeleine l'avait trouvé, un matin, tout raide, les babines retroussées, les yeux vitreux, sur le coussin qui lui servait de lit. Sa compagne, terrorisée, s'était réfugiée dans un coin, le plus loin possible du petit cadavre. Le vétérinaire avait été incapable d'expliquer ce qui s'était passé. Julie s'approcha de Madeleine en balayant les carreaux de sa queue légère et touffue. Madeleine la souleva dans ses bras et continua d'aller et de venir. Sa jambe ne lui faisait plus mal. Il ne lui restait de son accident qu'un boitillement à peine perceptible. Mais elle avait encore pris trois kilos. « Il faudra faire élargir mes jupes ! C'est malin ! » Ce souffle tiède contre son cou apaisait peu à peu son inquiétude. Françoise serait heureuse. Dieu ne permettrait pas qu'il en fût autrement. Et puis il n'y avait pas que ça dans la vie ! Elle existait, elle, Madeleine ! Sa maison, ses objets, son fennec ! Elle se voulut égoïste, satisfaite, rentra en elle-même et ne rencontra que le silence et le froid d'une nuit d'automne. C'était la faute de Jean-Marc. Il l'avait réveillée en sursaut et, maintenant, elle ne pouvait plus retrouver son état normal. Elle se rassit, le fennec sur les genoux, le regard noyé dans le vide. Mme Alexandre Kozlov !... « Si j'avais été à la place de Françoise, j'aurais agi comme elle », pensa-t-elle soudain.

11

Trois personnes avaient déjà disparu, à tour de rôle, derrière la petite porte à vitre dépolie.

— Après, ce sera à nous, chuchota Françoise en se penchant vers Alexandre.

— Oui, dit-il.

— C'est long !

— Je ne trouve pas.

Assis à côté d'elle, le dos au mur, il souriait vaguement. Elle était gênée par ce décor fruste, par ce manque d'organisation. Un couloir gris et nu. Des bancs de bois, sur lesquels les visiteurs étaient piqués, raides, silencieux, oppressés, comme dans la salle d'attente d'un dentiste de campagne. Elle ne connaissait pas l'abbé Richaud, nouveau vicaire de Saint-Germain-des-Prés. Pourvu que ce soit un prêtre à l'esprit large et à l'abord aimable ! De toute son âme, elle voulait que Alexandre eût une bonne opinion de l'Eglise catholique à son premier contact avec elle. Il avait des idées si étranges sur la religion! N'était-ce pas extraordinaire qu'il eût accepté de l'accompagner ici ? Un bourdonnement de voix se rapprochait. La fin de l'entretien sans doute. Encore quelques secondes. Françoise jeta une prière vers la vitre dépolie. La porte s'ouvrit. Une vieille femme aux yeux rouges sortit du bureau. Elle reniflait, se mouchait. Françoise et Alexandre lui succédèrent.

L'abbé Richaud les fit asseoir sur deux chaises de paille. C'était un homme d'une quarantaine d'années, maigre, grand, déplumé, avec un regard très jeune dans un visage très las. Françoise, qui ne l'avait qu'entrevu pendant qu'il reconduisait ses visiteurs, éprouva d'emblée une impression de confiance. La pièce où il recevait était petite, poussiéreuse, mal installée, avec des piles de papiers par terre et, aux murs, des affiches annonçant d'édifiantes réunions paroissiales. La gorge serrée, Françoise exposa son cas. Elle parlait si doucement que, à deux reprises, l'abbé Richaud la pria d'élever la voix.

— Je ne comprends pas ce qui vous préoccupe, mon enfant, dit-il enfin. Vous êtes de cette paroisse, vos parents sont d'accord...

— La religion de mon futur mari, balbutia-t-elle.

— Oui, intervint Alexandre, le fait que je sois orthodoxe va, je suppose, compliquer les choses. S'il le faut, je puis très bien me faire baptiser catholique...

Françoise lui lança un regard en biais. L'idée de cette conversation paraissait le divertir au plus haut point. Il souriait en observant le prêtre.

— Je ne vois pas la nécessité d'un renouvellement de baptême, dit l'abbé Richaud. Nos deux religions sont trop voisines !

— Mais alors vous nous marierez à la sacristie et non à l'église ! dit Alexandre.

— Tout cela est changé, monsieur ! Je vous marierai à l'église. Et même je vous recommanderai, dans l'esprit du dernier Concile, de continuer à suivre les offices de votre religion et d'y emmener votre femme aussi souvent qu'elle le souhaitera, comme elle vous amènera ici quand vous en exprimerez le désir. L'union de vos deux vies préfigurera l'union des deux disciplines spirituelles auxquelles vous appartenez. Je considérerais plus sévèrement un orthodoxe de peu de foi qui accepterait de devenir catholique par opportunisme qu'un orthodoxe sincèrement attaché à son culte et qui refuserait d'en changer. Vous voilà, je pense, tout à fait à l'aise.

— Oui, je respire ! dit Alexandre avec une ironie que seule Françoise put apercevoir.

Et il ajouta d'un ton négligent :

— En somme, il n'y a pas de restrictions à un mariage comme le nôtre ?

— Non, si ce n'est que vous devrez demander à l'évêque une dispense de religion mixte et vous engager, par la même occasion, à faire baptiser et élever vos enfants dans la foi catholique.

L'œil d'Alexandre brilla d'une joie maligne, comme s'il eût touché le point faible d'un adversaire.

— C'est la moindre des choses ! reprit l'abbé Richaud. Voici la formule que vous aurez à remplir.

Il lui tendit une feuille imprimée à l'en-tête de l'Archidiocèse de Paris. Françoise se pencha vers Alexandre et jeta un regard sur la lettre. D'un côté de la page figurait la demande du vicaire à l'évêque, de l'autre, l'engagement de « la partie catholique » et de « la partie non catholique ».

— « Je consens à ce que tous les enfants, garçons et filles, à naître de notre futur mariage, soient baptisés et élevés dans la religion Catholique, Apostolique et Romaine, lut Alexandre à mi-voix. J'entends contracter devant le prêtre catholique une union indissoluble et renonce formellement à tout divorce. (Pour un musulman, ajouter : à la polygamie.) Nom et adresse du premier témoin... nom et adresse du deuxième témoin... »

— Cette dispense est toujours accordée par l'évêque, dit l'abbé Richaud. Il s'agit d'une simple formalité.

Françoise devinait l'excitation d'Alexandre devant cette preuve — enfin obtenue ! — de l'intransigeance catholique. Les sarcasmes qu'il taisait, par égard pour elle, donnaient à son visage une expression fouineuse. Pourquoi ne voulait-il pas s'abandonner, sans réticence, à la bonté de ce prêtre qui le regardait amicalement ?

— Il est normal, mon père, dit-il avec une fausse gravité, que l'Eglise catholique cherche à attirer dans son sein sinon le conjoint non catholique du moins sa progéniture. Remarquez bien que l'Eglise orthodoxe, plus large d'idées, laisse entière liberté aux parents de faire baptiser leurs enfants catholiques, orthodoxes ou protestants. Sans doute une telle tolérance s'explique-t-elle par le fait que nous sommes en présence d'une Eglise émigrée, diminuée dans sa puissance temporelle. Donc, c'est convenu, nos enfants seront catholiques !

En l'entendant parler de leurs enfants, elle ressentit un grand trouble. Il ne pouvait plaisanter sur ce sujet-là. Elle le calomniait en le croyant toujours disposé à la moquerie et au dénigrement.

— Revenez me voir quand vous aurez fixé la date de votre mariage, dit l'abbé Richaud.

— Nous pensions nous marier en février, dit Françoise rapidement.

— Il n'y a pas d'interdiction en février ? demanda Alexandre.

— Non, dit l'abbé Richaud en souriant. Je vous demanderai simplement, à vous, monsieur, si possible, un certificat de baptême, à vous, mademoiselle, un certificat de baptême, de première communion, de confirmation et un billet de confession.

De nouveau, pendant cette énumération, Françoise décela dans le regard d'Alexandre une pointe d'ironie.

— Et pour le programme musical ? interrogea-t-il.

— Nous le choisirons ensemble, le moment venu, dit l'abbé Richaud. Ou plutôt vous en parlerez à notre organiste...

— De toute façon, ce sera très simple, balbutia Françoise.

— Rassurez-vous, il n'y a pas trente-six classes de mariage ici. Le sacrement est le même pour tout le monde. Ce qui diffère d'une cérémonie à l'autre, c'est le choix des fleurs et des artistes. Vous ferez comme vous l'entendez...

L'abbé Richaud se leva. L'entretien était fini. D'autres cas, plus intéressants sans doute, l'attendaient dans le couloir. Au lieu de prendre la porte qui donnait directement sur la rue de l'Abbaye, Françoise voulut sortir en passant par l'église. Elle avait un besoin physique de sentir sur ses épaules l'ombre et le froid de la nef. La nuit était venue. Quelques points lumineux éclairaient le vaste vaisseau silencieux. De rares silhouettes humaines, perdues dans cette immensité, priaient, tête basse. Françoise se glissa entre les bancs, s'agenouilla et se recueillit. Alexandre demeura debout auprès d'elle, les bras croisés. Elle essayait de se hausser jusqu'à Dieu pour demander sa protection sur la route qu'elle avait choisie. Mais la présence d'Alexandre l'empêchait de s'abstraire du monde.

Elle se redressa et se dirigea vers la sortie. Il la suivit, lorgnant les voûtes, les vitraux, les peintures, en touriste. Ils se retrouvèrent sur le parvis obscur. En face, brillaient les feux profanes des bistrots.

— Voilà, dit-elle, ça n'a pas été trop pénible pour vous ?

— Au contraire ! Il est parfait, cet abbé Richaud ! Moderne, compréhensif, direct...

— C'est beau ce qu'il a dit sur l'union des Eglises !

— Il suit les consignes d'en haut !

— Oh ! non, il parle vraiment selon son cœur ! Vous n'avez pas eu l'impression en l'écoutant que... ?

— Jusqu'à quand me vouvoieras-tu ?

Elle sourit et rectifia avec un effort :

— Tu n'as pas eu l'impression, en l'écoutant, qu'il était heureux d'avoir à célébrer le mariage d'un orthodoxe et d'une catholique ?

— Vraiment pas ! Cela dit, je suis sûr que, le moment venu, il fera très bien sa petite affaire ! On prend un verre aux « Deux magots » ?

— Nous serons mieux à la maison, dit-elle.

Ils descendirent la rue Bonaparte.

— Il faudra que tu m'emmènes à l'église orthodoxe, reprit-elle.

— Parce qu'il l'a recommandé dans sa mansuétude œcuménique ?

— Non, parce que, la seule fois que j'y suis allée, j'ai été émue par l'office, par les chants.

— Voilà ce qui est grave : enlève les chants, enlève l'office, que reste-t-il de l'empire du christianisme sur les âmes ? C'est toute la partie artistique et administrative de la religion qui me hérisse. Pour trop de gens, vivre selon l'Eglise, c'est prendre une assurance tous risques contre les accidents de la pensée !

Il rit :

— Je ne dis pas ça pour toi !

— Je ne suis pas plus intelligente que les autres !

— Tu as une âme plus ouverte. C'est ce qui me plaît en toi. Au fond, tu sais, je ne souhaite que me tromper. Je ne suis pas têtu. Donne-moi ton Dieu et qu'il m'embobine !

— Oh ! mon Dieu à moi !... Il n'a rien d'extraordinaire !... Il est là, c'est tout !

— Bravo ! On ne lui demande pas autre chose que d'être là : une notion au fond du cœur, comme le sens de la pesanteur ou de la direction. Mais les prêtres ont voulu tout expliquer, tout codifier. Ils ont débroussaillé un terrain admirable.

Ils ont planté des pancartes : pelouses interdites, défense de déposer des immondices, sens unique, prière de tenir les chiens en laisse. Et la forêt vierge divine est devenue un square de banlieue, où les rentiers se réunissent pour chauffer leurs vieux os au soleil et les enfants pour jouer à la balle...

La fougue de ce discours ne déplaisait pas à Françoise. Elle la préférait à l'ironie froide dont il usait parfois à l'égard de la religion. Et puis, dans les moments de grande véhémence, la voix d'Alexandre avait une vibration qui descendait profondément en elle.

A la maison, elle le fit asseoir dans le salon et lui servit un whisky. Il ne cachait pas son goût pour cette boisson. Elle souriait d'aise en le regardant tourner son verre dans sa main. Depuis le départ de Carole pour Capri et de Daniel pour La Clusaz, elle vivait avec son père. Ce soir encore, elle dînerait en tête-à-tête avec lui. Elle avait l'impression que, maintenant qu'elle était fiancée, il avait plus de considération pour elle. Plus de tendresse même. Comme si elle eût réussi, contre toute attente, à un examen. Sept heures passées. Il n'allait pas tarder. Alexandre et lui échangeraient quelques mots en fumant une cigarette. Elle aimait les voir face à face ; ils étaient les deux hommes de sa vie. Demain, elle devait présenter Alexandre à sa mère et à son beau-père. Ce serait moins agréable. Alexandre avait un sens critique tellement développé !... « Pourvu que maman ne fasse pas allusion à son enfant mort-né et ne se mette pas à pleurer en nous souhaitant beaucoup de bonheur. Déjà, au téléphone, quand je lui ai annoncé mes fiançailles, elle a éclaté en sanglots. Elle est devenue si nerveuse depuis son accouchement ! » Alexandre se versa un deuxième verre de whisky, l'éleva à hauteur de ses yeux et le regarda par transparence.

— Est-ce que tu continueras tes études de russe quand tu seras Mme Kozlov ? dit-il.

— Bien sûr ! Je veux absolument décrocher mon diplôme, trouver une situation...

— Tu as peur, comme ton père, que je ne gagne pas assez pour deux ?

— Non, mais je tiens à contribuer aux dépenses, à me sentir utile...

— Cela me paraîtra tout drôle d'avoir ma femme pour élève !

— Je m'inscrirai dans le groupe d'un autre répétiteur.

— Alors je serai jaloux !

— Toi ?

Elle rit.

— Parfaitement, moi ! Tu crois que j'en suis incapable ?

Il lui saisit la main et la porta, la paume ouverte, à ses lèvres. Philippe entra dans le salon. Françoise sursauta : elle n'avait pas entendu le bruit de la porte. Un peu confuse, elle s'écarta d'Alexandre et invita son père à prendre un verre avec eux. Mais il refusa. Il était très pressé. Du reste, il ne dînerait pas à la maison. Elle fut navrée de ce contretemps. Après avoir lancé quelques mots aimables, distraitement, comme il eût acquitté un droit de péage, Philippe passa dans sa chambre pour se changer. Vingt minutes plus tard, il reparaissait, dans un costume anthracite à fines raies bleues que sa fille ne lui connaissait pas. Visiblement — trop visiblement au gré de Françoise — il allait retrouver une femme. Carole, de son côté, ne devait pas perdre son temps à Capri ! Philippe déposa un baiser sur le front de sa fille, serra la main d'Alexandre et s'esquiva, mystérieux et gaillard, avec une légèreté que l'âge rendait attristante. Aussitôt Mercédès pénétra dans le salon comme le sirocco et siffla entre ses dents serrées :

— Mademoiselle est servie.

Décontenancée par cette insolence, Françoise regarda Alexandre, hésita, puis dit :

— Si tu restais dîner ?
— Avec joie ! dit-il.
— Alors, Mercédès, vous ajouterez un couvert.
— Ce... ce n'est pas possible ! bégaya Mercédès.
— Pourquoi ?
— Il n'y a rien !
— Mon père devait bien dîner à la maison !

— Votre père ne mange qu'une tranche de jambon, le soir.

— Moi aussi, je me contenterai d'une tranche de jambon ! dit Alexandre.

— Ah ! non, s'écria Françoise. C'est trop fort !...

Une juste colère de maîtresse de maison la souleva. Elle se précipita dans la cuisine, avec Mercédès sur ses talons. Agnès, interrogée à brûle-pourpoint, déclara que le réfrigérateur débordait de victuailles et qu'elle se ferait un plaisir de confectionner, pour Mademoiselle et son fiancé, un dîner dont ils lui diraient des nouvelles.

En effet, une demi-heure plus tard, Françoise et Alexandre dégustaient une entrecôte, accompagnée de haricots verts. Mais ce fut Agnès qui les servit. Mercédès était partie, jugeant son travail terminé.

Assise en face d'Alexandre, à la table familiale, Françoise éprouvait la troublante sensation d'être mariée depuis des années et de découvrir cependant les joies simples de la vie à deux. Elle regardait manger et boire cet homme, dont elle allait porter le nom, et lui savait gré d'avoir de l'appétit, des yeux sombres et doux, de grandes mains nerveuses et de l'avoir choisie, elle qui était si peu de chose.

Ils prirent le café dans le salon. Puis Agnès disparut. La maison était vide. Une joie mêlée d'angoisse pénétrait Françoise, toujours plus intensément, à mesure que les minutes passaient. Alexandre reposa sa tasse où refroidissait un fond de café noir. Son bras entoura les épaules de Françoise. Elle attendait ce geste sans se l'avouer. Quand leurs lèvres se touchèrent, elle eut une conscience aiguë de l'inévitable. Il lui dit qu'il n'aimait pas ce salon trop solennel. Elle le conduisit dans sa chambre.

12

— C'est sûrement ta belle-mère qui a soulevé toutes ces difficultés ! s'écria Lucie en reniflant d'un coup sec au-dessus de sa tasse.

— Mais non, maman, dit Françoise. Carole, au contraire, était disposée à ce que tu viennes !

— Alors ce serait ton père qui refuserait... ?

— Oui.

— Il n'a pas le droit de m'interdire...

— Il ne t'interdit rien. Il te demande de choisir. Si tu préfères assister au mariage religieux, il assistera, lui, au mariage civil, et, si tu préfères assister au mariage civil, il assistera, lui, au mariage religieux.

— Pourquoi n'assisterais-je pas aux deux ?

— Parce qu'il ne tient pas à te rencontrer !

— Je ne lui sauterai pas à la gorge ! Nous nous sommes quittés en très bons termes !...

— Peut-être, maman. Mais enfin...

— Il y a toujours des histoires dans les mariages d'enfants dont les parents sont divorcés, dit Yves Mercier d'un ton sentencieux.

— Tout de même ! On doit pouvoir s'arranger ! On n'est pas des chiens ! dit Lucie.

Françoise détourna la tête. Ces discussions de préséances l'agaçaient. Il était insensé que les vieilles rancunes de ses parents resurgissent à l'occasion d'une affaire qui n'intéressait qu'elle. Allaient-ils, avec leurs souvenirs amers, leur faux orgueil, leur égoïsme démodé, l'empêcher d'être pleinement heureuse le jour de son mariage ? Tout en plaignant sa mère, elle lui en voulait de n'être pas plus conciliante. « Ah ! vivement que je sorte de ce marécage familial, que je fonde mon propre foyer, que je n'aie plus à compter qu'avec ma volonté et celle d'Alexandre ! » Une chance qu'il ne l'eût pas accompagnée, ce dimanche après-midi ! La visite de la semaine précédente lui avait suffi ! Il n'avait rien dit de désobligeant à Françoise sur sa mère ni sur son beau-père, mais elle était persuadée qu'il les jugeait sévèrement. Elle allait le revoir, ce soir, à sept heures. C'était le seul point lumineux de la journée. Daniel et Jean-Marc avaient l'air, eux aussi, de s'ennuyer autour de la table. La télévision marchait derrière leur dos, mais le son était coupé. De temps à autre, Daniel, encore bronzé par les sports d'hiver, se retournait pour saisir au vol une image. Montés sur des chevaux aux sabots de feutre, des cow-boys gesticulants et aphones tiraient des coups de feu silencieux contre des Indiens qui tombaient sans pousser un cri. Lucie se tamponna le nez avec un mouchoir, lança à son mari un regard mouillé et dit :

— Alors, Yvon, qu'est-ce que tu en penses ?

— Moi, dit Yves Mercier, je suis du bois dont on fait les flûtes.

— Je sais, se lamenta Lucie, mais ce n'est pas une solution !

Jean-Marc eut un sourire sarcastique et alluma une cigarette avec un briquet plaqué or, dont le maniement paraissait lui procurer une grande satisfaction. C'était un cadeau de cette Valérie de Charneray que Françoise n'avait rencontrée qu'une seule fois, par hasard, dans la rue, et qui lui avait fait l'impression d'une effroyable petite snob. « Il faudra que je lui parle de cette fille ! Savoir où il en est avec elle. J'espère qu'il ne va pas... »

— Bon, dit Yves Mercier, voici mon opinion. Puisqu'il faut choisir, mon chou, je trouve que nous devrions, toi et moi, assister au mariage civil et, après, nous ferions un gueuleton à tout casser, à la maison, rien que la famille et les témoins.

— Alors je ne verrai pas ma petite fille en robe de mariée ? gémit Lucie.

— Je ne me marierai pas en blanc, maman, dit Françoise avec fermeté.

— Pas en blanc ? Pourquoi ?

Une brûlure parcourut Françoise à fleur de

peau. Elle sentit le regard de ses frères posé sur elle.

— Parce que j'ai horreur de ce genre de mascarade, répondit-elle.

Il y eut un silence. Elle respirait difficilement. « Qu'ils pensent ce qu'ils voudront ! Je m'en fiche ! »

— Mais comment seras-tu habillée alors, ma chérie ? demanda Lucie avec une gêne mal dissimulée.

Elle retardait d'un siècle.

— Un tailleur bleu pâle, dit Françoise. J'ai déjà choisi le modèle. Je te montrerai. Nous comptions faire le mariage civil le samedi et le mariage religieux le lundi...

— Le samedi, ce serait parfait ! s'écria Yves Mercier. Justement, je n'ai pas bureau. Et alors, pour le gueuleton, fais-moi confiance ! Ton futur mari a un bon coup de fourchette, je crois...

— Comment veux-tu qu'elle le sache déjà, la pauvre ? dit Lucie en souriant.

— Oh ! ces choses-là, les femmes les devinent vite. En tout cas, il a l'air très gentil, ton Alexandre !

« Gentil n'est pas le mot », songea Françoise. Et elle se rendit compte qu'elle devait, à tout prix, dire quelque chose en retour, après ce compliment.

— Lui aussi vous a trouvés très gentils, balbutia-t-elle.

— Donc, c'est entendu, conclut Yves Mercier. Mariage civil samedi et, après, rassemblement à Sèvres... Qui seront les témoins à la mairie ?

— Didier Coppelin pour moi et un collègue des Langues Orientales pour Alexandre.

— C'est gentil, ça !

Tout était « gentil » ! Françoise imagina, avec un serrement de cœur, ce déjeuner qui serait, sans doute, trop bruyant, trop copieux, avec trop de vins différents, Yves Mercier éméché, Lucie nerveuse et Alexandre, ironique et glacé, observant tout, critiquant tout en silence. Mais il n'y avait pas moyen de faire autrement. Dans l'ensemble, le compromis adopté était la sagesse même. Françoise remercia sa mère et lui jura qu'elle passerait la voir « en toilette », avec son mari, après la cérémonie religieuse et avant le lunch, qui aurait lieu rue Bonaparte.

— Y aura-t-il beaucoup de monde, à ce lunch ? soupira Lucie.

— Non, maman. Une trentaine de personnes au plus. Rien que des intimes.

— Des intimes ! Et pas moi !

Elle recommençait ! Françoise maîtrisa un mouvement d'impatience :

— Mais maman !...

— Je sais, je sais, laisse...

L'arrivée d'Angélique, revenant de promenade avec la bonne, créa la diversion indispensable.

Pendant que Françoise et sa mère s'affairaient autour de l'enfant, Jean-Marc annonça :

— Cinq heures et demie ! Il faut absolument que je file.

— Moi aussi, dit Daniel.

Il se rapprocha de son frère, se raccrocha à lui, l'air vif et radieux, comme s'il eût sauté dans un train en marche. Visiblement, les deux garçons supportaient mal ces visites dominicales à leur mère. D'année en année, elle devenait pour eux plus lointaine, plus encombrante. Françoise le déplorait mais ne pouvait les accuser d'ingratitude. Elle les regarda partir avec envie.

Dans la rue, Daniel et Jean-Marc se dirigèrent, sans se concerter, vers le pont de Sèvres. Ils marchaient vite, les bras en balanciers, tout heureux de se dégourdir les jambes après ce thé familial.

— Que penses-tu du mariage de Françoise ? demanda Daniel.

— Rien, dit Jean-Marc.

— T'es prudent ! Moi, je trouve que c'est une drôle d'idée d'épouser son prof ! Comme ça, à la maison, à table, au plumard, elle sera toujours en classe !

Jean-Marc haussa les épaules : décidément les plaisanteries de Daniel pesaient une tonne. Remarquant l'expression dédaigneuse de son frère, Daniel rectifia le tir :

— Note bien qu'au plumard on ne sait jamais comment ça tourne !

Il essaya d'imaginer sa sœur dans les bras du nommé Alexandre, se perdit dans la brume et revint en arrière. Après tout, ça ne le regardait pas. Il avait assez à faire avec Danielle.

— Tu prends le métro ? demanda-t-il.
— Oui, dit Jean-Marc.
— Moi aussi.

Nouveau silence. Jean-Marc devina que son frère voulait engager avec lui une conversation importante, d'homme à homme, et qu'il ne savait par où commencer. A tout autre moment, il eût encouragé Daniel à parler, mais là, il n'avait ni le temps ni l'envie de l'entendre. Comme chaque fois qu'il avait rendez-vous avec Valérie, il éprouvait le besoin de s'isoler en lui-même pour se préparer à la rencontre. A croire qu'il devait exhorter son esprit et convaincre son corps afin de goûter pleinement la joie de la revoir. Il n'avait jamais connu cela avec Carole. Cette cuisine intérieure, à laquelle il se pliait avant leurs tête-à-tête, l'inquiétait un peu. Par chance, il n'aurait pas à coucher avec elle, ce soir. Ils devaient aller à la présentation privée d'un film italien, dans une petite salle des Champs-Elysées. Ensuite il l'emmènerait dans un restaurant chinois, pas cher et très rigolo. Peut-être y retrouverait-il une bande d'amis. Ces sorties étaient la partie agréable de ses relations avec Valérie. Il était fier d'être vu avec elle, parce qu'elle était jolie, bien habillée, spirituelle, insolente, mondaine, toujours prête à médire, à mordre, à parader. Les quinze jours qu'il avait passés à Chantilly avaient été, à cet égard, une réussite. Rien que des jeunes. Promenades à cheval dans la forêt, parties de chasse improvisées, tournois de bridge... Mais il y avait eu les nuits. Il n'aimait pas s'en souvenir. Parfois il lui semblait que n'importe quelle fille l'eût excité davantage que celle-ci. Il en regarda deux qui marchaient devant lui. Elles plongèrent dans l'escalier du métro, longèrent un couloir, passèrent un portillon. Il les retrouva sur le quai. Elles se retournèrent : une brune, une blonde ; horribles ! La rame arriva en grondant. Jean-Marc et Daniel montèrent, derrière les deux filles, en première. Elles s'assirent. Ils restèrent debout. La rame repartit avec un grand bruit monotone. Daniel toucha le bras de son frère et dit :

— Tu descends où ?

— Je change au Trocadéro et je vais jusqu'à l'Etoile.

— Ben, moi aussi, alors.

— Tu as à faire par-là ?

— Non, pas précisément.

— Alors pourquoi y vas-tu ?

— Comme ça, pour être avec toi !

Billancourt. Des voyageurs qui montaient les bousculèrent. Collé à Jean-Marc, Daniel hésita une seconde et revint à la charge, parlant plus bas :

— Qu'est-ce que tu fous, ce soir, Jean-Marc ?

— Je suis pris.

— Chez toi ou dehors ?
— Dehors.
— Alors, tu pourrais peut-être me prêter ta chambre ?

Jean-Marc se redressa et considéra son frère avec étonnement.

— Je ne dérangerai rien, reprit Daniel précipitamment.
— C'est pour quoi faire ?
— Pour amener une fille.
— Une fille ?
— Evidemment, pas un gars !
— Eh bien, mon vieux ! Qui est-ce ?
— Danielle Sauvelot.

Daniel avait livré ce nom à contrecœur. Une secousse le sépara de son frère. Toutes les vitres vibraient. Ils se rapprochèrent de nouveau.

— Tu couches avec elle ? demanda Jean-Marc.
— Pas encore. Mais j'ai l'impression que ça peut se faire aujourd'hui !... Enfin, si tu nous prêtes ta chambre !... Elle a compris que ce n'était plus possible de rester comme ça, sur les hors-d'œuvre. Et moi, je ne tiens plus le coup. J'ai envie de tout casser. C'est pas humain !

Jean-Marc tira la clef de sa poche, la tendit à Daniel et pensa avec répugnance : « Ils vont tout saccager, tout salir. Il faudra que j'aère, que je change les draps après. »

— Tu remettras la clef sous le paillasson en partant, dit-il.

— On a jusqu'à quelle heure ?

— Je ne rentrerai pas avant minuit. Vous vous serez déjà carapatés, j'espère !

— Tu parles ! Il faut que Danielle soit chez elle à huit heures pile !

— Ça ne vous laisse pas beaucoup de temps !

— Eh ! non...

— Mon pauvre vieux !... J'espère que tout se passera bien !

— Y a pas de raison...

— Avec les filles, tu sais...

— Je sais, je sais, soupira Daniel comme accablé par une longue vie de débauche.

Et il se tourna vers la vitre, où son visage se refléta en couleurs de deuil.

— Dis donc, marmonna-t-il au bout d'un moment, puisque c'est arrangé comme ça, je ne vais pas t'accompagner jusqu'à Trocadéro !

— Je m'en doute bien ! dit Jean-Marc en souriant.

— Je dois la prendre chez elle. C'est près de l'Ecole Militaire. Faut que je change à la prochaine. Salut, mon vieux !

— Salut !

Daniel se dirigea vers la sortie. Les deux mains sur le loquet, le buste bombé, le regard impavide, il paraissait prêt à faire sauter, en bandant ses muscles, le système qui assurait la fermeture des portières. Elle s'ouvrirent d'elles-mêmes, de façon douce et décevante, lorsque la rame fut à l'arrêt.

Daniel bondit sur le quai, agita la main et s'élança dans le couloir des correspondances. Une place s'était libérée devant Jean-Marc. Il s'assit comme le convoi repartait. Tout bougeait, tout dansait autour de lui, les surfaces lisses et les visages escarpés. La lumière blanche, reflétée dans l'émail, fatiguait ses yeux. Les mains sur les genoux, la nuque droite, il s'évertuait à désirer Valérie dans ce décor ferroviaire.

13

Un bouquet d'anémones pour Françoise, une bouteille de whisky pour Alexandre. Ce qui compliquait les choses, c'était qu'elle portait, en plus, le fennec enfoui dans son manteau et serré sous son bras gauche, un sac à main très lourd, dont la bride lui sciait le poignet droit, et un parapluie que le vent inclinait au-dessus de sa tête. Ils habitaient plus loin de son hôtel qu'elle ne l'aurait cru. Cette rue du Bac était interminable. Elle aurait presque pu prendre un taxi. En tout cas, ils étaient chic de l'avoir invitée à dîner chez eux, trois jours après le mariage. A l'église, Françoise lui avait paru tout ensemble grave et heureuse, dans son tailleur bleu pâle. De temps en temps, elle décochait un regard inquiet à Alexandre, comme pour s'assurer que la cérémonie ne l'ennuyait pas. Madeleine la voyait en profil perdu, mais, même en se penchant, elle ne pouvait apercevoir le visage de l'autre. Raide comme la justice, les cheveux coupés court. Quel diable l'avait poussé à se marier, celui-là ? Le petit discours de l'abbé Richaud, avant l'échange des consentements, avait été parfait. Il avait parlé des deux religions, catholique et orthodoxe, avec une rare élévation d'esprit. Mais qui le suivait, hormis Françoise, dans son propos ? Carole, retour de Capri, était suprêmement élégante, dans un manteau noir à col de vison. Philippe semblait ému alors que, en réalité, il devait songer à son nœud de cravate. Jean-Marc et Daniel, dépassés par l'événement, ne savaient trop quelle contenance prendre. De tout cela se dégageait, pensait Madeleine, une impression de gêne qu'elle analysait mal et dont elle souffrait par à-coups, avec agacement, comme elle souffrait d'être trop chargée et de ne pouvoir tenir son parapluie droit sous la poussée du vent. Un souffle humide lui piquait le visage. Tantôt c'était la bouteille qui glissait, tantôt le fennec. Elle les remontait l'un après l'autre, d'un mouvement du bras. Françoise lui avait demandé de venir à six heures et demie « pour qu'on ait le temps de bavarder, tous les trois, avant de passer à table ». Eh ! oui, maintenant il y aurait toujours cet homme entre elle et sa nièce. C'était de l'autre côté : numéros pairs.

En traversant la rue, elle posa son pied dans une flaque et grogna un juron. Crottée jusqu'aux chevilles. Elle marchait mal, ses jambes étaient lourdes. Il n'y avait que deux étages à monter.

Mais deux étages « au-dessus de l'entresol ». Et les marches étaient raides et hautes. En arrivant au niveau du troisième, Madeleine s'arrêta pour reprendre sa respiration. Deux vitres avaient été remplacées par des panneaux de carton dans la fenêtre qui éclairait la cage d'escalier. Quatre portes, peintes en marron, ouvraient sur le palier étroit. Les paillassons étaient usés jusqu'à la corde. Une odeur de poireaux fusait, en panache, de la loge de la concierge. Philippe aurait tout de même pu avancer un peu d'argent à sa fille pour qu'elle louât un logement dans une maison plus convenable. Quand Madeleine lui en avait parlé, il s'était mis en colère. A l'entendre, c'était en aidant trop les jeunes dans leurs débuts qu'on faisait leur malheur dans l'avenir. Il avait versé une petite somme à Françoise pour lui permettre de démarrer dans la vie. Elle n'aurait pas un sou de plus. « Elle l'a très bien compris, d'ailleurs, disait-il. Elle m'est reconnaissante de la confiance que je lui témoigne en ne la gâtant pas ! » Oui, bien sûr, c'était une théorie ! Madeleine avait retrouvé son souffle. Le fennec s'agitait dans son bras replié. Elle sonna. La porte s'ouvrit sur Mme Alexandre Kozlov.

Elles s'embrassèrent.

— Oh ! ces anémones, Madou ! Elles sont merveilleuses ! Et une bouteille de whisky ! Alexandre sera ravi ! Il ne rentre que vers sept heures... Tu vois, c'est tout petit, tout simple... Exactement ce qu'il nous faut... J'ai l'intention de tout repeindre moi-même. Tu me diras ce que tu penses des tons. Brun pour l'entrée, jaune paille pour le living. Il faut l'éclairer, l'ensoleiller, tu comprends...

Suivant sa nièce, Madeleine pénétra dans une pièce assez vaste, au papier pisseux. Contre le mur du fond, trônait le secrétaire Louis XVI, en marqueterie à bouquets (estampillé de Saunier) qu'elle avait offert à Françoise comme cadeau de mariage. Il faisait une mine gourmée et ridicule devant le reste du mobilier : bureau de bois blanc passé au brou de noix, chaises de paille, divan défoncé et drapé d'un plaid vert. Partout, des piles de livres, de paperasses. La table était déjà dressée pour le dîner, au milieu. Un guéridon en bambou servait de socle à une énorme tête de nègre aux prunelles exorbitées. Sur le panneau en face s'étalait un grand tableau, très laid, représentant des isbas, quelques bouleaux et un champ de blé sous un ciel d'azur plat et radieux. En vain Madeleine cherchait-elle la marque de Françoise dans ce décor affligeant. Rien ici n'avait été voulu par elle. Aucun meuble ne lui obéissait. Elle était en visite chez Alexandre Kozlov.

— Ça, tu vois, c'est un placard ; et voici la salle de bains-cuisine... Ne regarde pas, tout est en désordre !

L'inspection terminée, Françoise voulut ouvrir la bouteille de whisky !

— Non ! dit Madeleine. Attendons Alexandre !

Et, remarquant que Françoise portait un pansement autour du pouce, elle ajouta :

— Qu'est-ce que tu as là ?

— Je me suis coupée avec une boîte de conserves, dit Françoise.

Elle s'assit sur le divan et Madeleine, en face d'elle, dans un fauteuil. Comme on n'avait rien d'important à se dire, on se pencha sur le fennec. Françoise le prit sur ses genoux :

— Ce qu'il est mignon ! Et l'autre, comment est-il mort ? Raconte...

Il s'agissait moins d'échanger des propos que d'empêcher le silence de s'installer. De temps à autre, tout en parlant, Françoise abaissait les yeux sur son bracelet-montre. Madeleine la devinait inquiète du retard d'Alexandre, mais trop fière pour s'en plaindre. A huit heures, il n'était pas encore là.

— Tu n'es pas trop pressée ? dit Françoise.

— Mais non !

— Alexandre a dû être retenu par son éditeur !

Elle cachait mal sa nervosité. Au moindre bruit dans l'escalier, son regard s'aiguisait, elle redressait les épaules. De nouveau elle voulut servir le whisky, et de nouveau Madeleine refusa. On fit manger le fennec.

— Tu sais, dit Françoise, j'ai préparé un dîner tout simple. Tournedos, salade, ce sera prêt en cinq minutes.

Huit heures et demie, personne. Soudain le silence tant redouté s'étala entre elles, largement. Elles se regardaient, se souriaient, se taisaient. Françoise fit un tour à la cuisine et revint, désœuvrée.

— Tu as réussi des ventes intéressantes, ces derniers temps ? demanda-t-elle.

— Pas grand-chose, dit Madeleine. La table bouillotte à placage d'acajou est partie... J'ai fait rentrer une charmante console en bois doré, Directoire...

— Ah ! oui ?

Encore un silence. « Neuf heures moins dix ! Il se fout du monde ! pensa Madeleine. A la place de Françoise, je n'accepterais pas !... » Une clef tourna dans la serrure et Françoise bondit sur ses jambes, transfigurée. Alexandre entra d'un pas vif, jeta son manteau sur une chaise, embrassa Françoise, serra la main de Madeleine et dit qu'il était désolé de n'avoir pu venir plus tôt, mais sans fournir aucune explication. Il avait acheté une bouteille de vodka, qu'il plaça au milieu de la table. Puis, apprenant que Madeleine avait, elle, apporté du whisky, il la remercia avec effusion et gronda les deux femmes de l'avoir attendu pour boire. Depuis qu'il était là, il semblait à Madeleine que les meubles s'animaient et retrouvaient leur raison d'être. Elle n'avait plus envie de les critiquer. Un rapport mystérieux unissait ces bouquins, ces paperasses, cette étagère de sapin, cette lampe hideuse au grand pied de bois torsadé, ce tableau impossible, au ciel trop bleu, et le maître de maison. Il servit le whisky et demanda à Madeleine :

— Vous le prenez peut-être avec de l'eau gazeuse ?

— Oh ! je n'en ai pas ! s'écria Françoise. C'est bête ! Et il est trop tard pour aller en chercher !

Elle était désolée, désemparée. Madeleine trouva qu'elle exagérait l'importance de ce désagrément. Alexandre coula à sa femme un regard rieur et dit :

— Que d'histoires pour peu de chose ! Madeleine boira son whisky avec de l'eau plate, voilà tout !

Subitement Madeleine eut l'impression qu'elle le connaissait depuis des années et qu'il l'avait toujours appelée par son prénom.

— Je le prendrai sec, votre whisky, Alexandre ! dit-elle.

— Bravo ! s'écria-t-il. Mais je vous préviens : nous n'avons pas de glace non plus !

Il versa du whisky à Françoise, qui l'arrêta :

— Pas trop pour moi, Alexandre.

« J'aurais dû leur offrir un réfrigérateur au lieu de ce secrétaire Louis XVI », songea Madeleine.

— Le whisky chambré, il n'y a rien de meilleur ! conclut Alexandre en haussant son verre.

Madeleine l'imita. Françoise trempa ses lèvres

dans l'alcool, se leva et disparut derrière le rideau qui masquait à demi la cuisine. Un grésillement se fit entendre, cependant que, dans la pièce, pénétrait un parfum de beurre fondu et de viande grillée. Alexandre fumait, son verre de whisky à la main et ne quittait pas Madeleine des yeux.

— Comment trouvez-vous votre Françoise en femme mariée ? dit-il.
— Très bien, dit Madeleine.
— Je voudrais la rendre heureuse.
— Ce n'est pas tellement difficile !
— Il est toujours difficile pour un homme de faire le bonheur d'une femme sans détruire le sien propre. La femme, lorsqu'elle ne vit plus que pour un homme, a le sentiment de s'accomplir dans la perfection, l'homme, lorsqu'il ne vit plus que pour une femme, a le sentiment de renoncer à être lui-même ! Comment conserver l'équilibre ?

Il écarta les bras, sa cigarette dans une main, son verre dans l'autre, tel un funambule marchant sur un fil tendu au-dessus du vide. Françoise reparut, portant les hors-d'œuvre : salade de pommes de terre, sardines, fonds d'artichauts. On se mit à table. Madeleine reconnut les assiettes, les couverts, qui venaient de la rue Bonaparte. Alexandre mangeait vite et sans discernement. De temps à autre, il avalait une rasade de vodka en renversant la tête et, ensuite, son visage se contractait dans une grimace de contentement. Madeleine, elle aussi, buvait de la vodka, mais modérément, par petites gorgées, et plus par politesse que par plaisir. Il remplit le verre de Françoise. Elle n'y toucha pas et regagna la cuisine. Alexandre alluma une cigarette et se tourna de biais, les jambes croisées, un coude sur la table, dans la pose d'un homme qui est venu pour parler et non pour se restaurer. Il ne changea pas d'attitude quand Françoise apporta la suite. Les tournedos étaient incontestablement trop cuits. Françoise en fit la remarque et se plaignit de la poêle. Mais Alexandre trouvait tout excellent. Il dévora sa viande en trois bouchées. Encore quelques petits verres de vodka expédiés l'un sur l'autre. Buvait-il toujours autant ? Il se remit à fumer, alors que les deux femmes étaient penchées sur leurs assiettes. Vraiment il avait l'air d'être là en surnombre : le temps de grignoter un morceau et il repartirait, les laissant seules. S'asseyait-il parfois commodément dans un fauteuil pour lire, pour écrire ? Madeleine avait de la peine à le croire. Il devait rechercher, plus ou moins consciemment, les positions instables, faciles à quitter.

Françoise ramassa les assiettes sales. Elle allait, venait, affairée, et Alexandre hochait la tête :

— Les femmes ont le génie de se donner beaucoup de mal pour les petites choses et de négliger les grandes !

— C'est une réflexion de paresseux ! lui cria Françoise de la cuisine.

Les fruits rafraîchis, qu'elle présenta dans un

compotier, avaient été lourdement parfumés au kirsch.

— Merveille des merveilles ! dit Alexandre.

Il en reprit par trois fois. Comme Françoise le servait, il lui caressa la nuque du plat de la main. Ce geste de tranquille possession parut à Madeleine un témoignage de l'harmonie sexuelle du couple. Pourtant elle n'était pas à son aise dans cette pièce en désordre où la table jouxtait le lit. Etait-ce le tableau, la vodka, le léger accent russe de Kozlov ? Elle n'avait pas l'impression d'être en France. De nouveau, Françoise était debout.

— Où vas-tu ? demanda Alexandre.

— Je débarrasse et je range la vaisselle ; j'en ai pour deux minutes !

Il la retint par le bras et l'attira contre lui. Elle s'assit sur ses genoux. Madeleine se sentit de trop. L'impudeur de sa nièce l'étonnait. « Pourquoi faut-il que le bonheur conjugal des jeunes s'accompagne toujours d'exhibitionnisme ? Ils sont persuadés que la vue de leur plaisir ne peut que procurer du plaisir aux autres. » Blottie contre l'épaule d'Alexandre, Françoise offrait sa réussite de femme en spectacle. Madeleine lui sourit, gênée. Depuis un moment, elle avait envie de partir. Elle s'était trompée de porte. Ce n'était pas sa nièce qui l'avait reçue. Elle se trouvait ici par erreur, au milieu d'une atmosphère fausse. Françoise se releva d'un bond pour arrêter le fennec qui cherchait à se faufiler dans la cuisine. Alexandre lui prit la bête des mains.

— Tu es belle, Julie, dit-il. Tu es douce. Tu as un manteau de luxe...

Ses doigts glissaient sur la fourrure. Il souriait, le regard noir, concentré et brillant, comme lorsqu'il parlait à Françoise. Puis il versa un verre de whisky pour lui, un autre pour Madeleine :

— Le dernier ! Ça remplace avantageusement le cognac après le repas !

Ils burent. Alexandre clappa de la langue. Madeleine, la bouche enflammée, décida de rester encore dix minutes. Mais pas plus !

Quand elle annonça qu'elle allait partir, ni Françoise ni Alexandre ne la retinrent.

★

La porte refermée, Françoise resta un instant songeuse. Alexandre s'était laissé tomber dans le fauteuil et avait déboutonné son col.

— Je l'ai trouvée bizarre, tante Madou, dit-elle. Moins gaie que d'habitude...

— Pourquoi veux-tu qu'elle soit gaie ?

— Je ne sais pas... Rien que de me savoir heureuse, elle devrait...

— Ta tante Madou est une charmante provinciale maniaque. Sortie de son intérieur, de ses bibelots, de ses habitudes, elle ne sait plus comment vivre. Telle que tu l'as vue, elle n'avait qu'une envie : retourner à Touques !

— Si tu l'avais connue avant...
— Avant quoi ?
— Je ne sais pas... Avant... Il y a deux ans, même pas !... Nous avons eu de ces séances de fou rire avec elle !...

Elle s'assit sur l'accoudoir du fauteuil.

— Tu vois bien qu'il faut saisir au vol toutes les occasions de joie qui se présentent ! murmura Alexandre. Ce que tu laisses échapper, tu ne le retrouveras jamais plus !
— Pourquoi dis-tu ça ?
— Pour notre avenir.
— Il t'inquiète ?
— Pas le moins du monde ! Sais-tu qui j'ai rencontré en sortant du cours ? Crespin, ce type avec qui j'avais voulu fonder une revue. Nous sommes allés prendre un pot.
— Et c'est pour ça que tu es arrivé à neuf heures ?
— Oui.
— Tu aurais pu le dire, t'excuser... Nous t'avons attendu, Madeleine et moi...

Il leva les sourcils. Son front se rida. Elle aimait bien les expressions qui le vieillissaient.

— C'est vrai ! marmonna-t-il. Je n'y ai même pas pensé. Bon, tu ne vas pas en faire un drame ! Tu étais là avec ta tante. Vous aviez des tas de choses à vous dire. Qu'on dîne à huit heures ou à neuf heures, qu'est-ce que ça change ?

Françoise voulut répondre, mais ne trouva pas d'argument. Il avait raison ; il aurait toujours raison avec elle.

— Crespin m'a reparlé de son idée de fonder une revue, reprit Alexandre. Il a des commanditaires prêts à perdre beaucoup d'argent au début. Je lui ai déconseillé, une fois de plus, de se lancer dans cette aventure.

— Pourquoi ?

— A notre époque, les revues, c'est périmé !

— Et s'il la fait tout de même, sa revue, il te prendra comme collaborateur ?

— Il voudrait bien ; c'est moi qui ne marche pas. Je n'ai pas du tout envie de me charger d'un nouveau travail ! Je veux garder le temps de vivre !...

Il dressa la tête vers elle. Assise sur le bras du fauteuil, elle le dominait. C'était une situation insolite, amusante : les rôles renversés. Elle lut dans ses yeux le goût de l'oisiveté poussé à l'extrême. Il l'inquiétait un peu par son insouciance. Et pourtant, là aussi, il avait raison. Depuis trois jours qu'elle était sa femme, elle ne se reconnaissait plus. L'abbé Richaud, lorsqu'il l'avait confessée (avait-elle assez redouté cette épreuve !), lui avait rappelé qu'il n'existait pas de plus grand péché au monde que le péché contre l'espérance. Après l'absolution, elle s'était retrouvée toute neuve, pleine de force, en accord avec le monde et avec Dieu. Mais maintenant elle ne pensait plus à Dieu. Ou plutôt, Dieu se confondait, pour elle, avec la vie. Ses aspirations, ses convictions, sa foi, l'entraînaient, d'un élan irrésistible, vers l'homme qu'elle avait choisi. Il était sa religion, il contenait tous les mystères. Croire en Dieu, c'était dire oui à Alexandre. Elle se pencha sur ce visage extraordinairement réel et ferma les yeux. Deux bras l'enlacèrent. Elle n'était plus rien qu'une matière à donner et à prendre du plaisir. Il la souleva, il la porta sur le lit. Elle éteignit la lampe de chevet. Il la ralluma. Elle accepta cette lumière. Tout ce qu'il voulait !

DEUXIÈME PARTIE

1

Six heures. La fatigue tirait le bras droit de Françoise. Elle reposa le rouleau en travers du pot de peinture. Restaient à faire les plinthes, le grand placard, la porte... Elle aurait bien voulu en finir ce soir. Ce n'était pas impossible à condition que Alexandre ne rentrât pas trop tôt. Mais comment savoir avec lui ?... Depuis deux mois qu'ils étaient mariés, elle n'était pas arrivée à lui inculquer la notion de l'exactitude. Il sortait, revenait, repartait au gré de sa fantaisie. Plus elle insistait pour qu'il fût ponctuel, plus il se trompait d'heure. Si elle se fâchait, il la traitait en riant de petite bourgeoise. En vérité, elle devait reconnaître qu'elle avait tort d'attacher de l'importance à des conventions aussi ridicules que le déjeuner ou le dîner. Il ne fallait surtout pas qu'elle tentât d'instituer dans son nouveau foyer la discipline qu'elle avait connue en famille. Son père était un homme d'affaires, précis, carré, solide, alors que son mari était un penseur, un poète, un bohème. « Ne jamais oublier cela ! Ne jamais lutter contre cela ! Il a tant de personnalité ! Si quelqu'un doit changer, c'est moi et non lui ! » Pour arrondir les gains du ménage, elle avait accepté, depuis peu, des travaux de dactylographie à domicile. La maison « Top-Copy » la payait mal mais lui promettait un emploi continu. Ses cours aux Langues O. lui laissaient assez de temps pour expédier ces besognes supplémentaires. Comme convenu, elle était passée dans le groupe d'études de Mme Tchouïsky. Elle regrettait de ne plus être dans la classe d'Alexandre. Il était un si bon professeur ! Toutes les filles étaient sous son charme. Pourtant elle n'était pas jalouse. Elle l'admirait trop pour cela. Une bouffée d'amour l'amollit. « Quand il rentrera ici, il sera émerveillé ! » Elle recula de trois pas pour juger de l'ensemble. Miraculeusement captés, les rayons du soleil avaient déposé leur vieil or sur les murs. L'effet serait encore plus beau lorsque la pièce serait rangée. Pour l'instant, des journaux tachés de peinture couvraient le plancher. Réunis au milieu de l'espace libre, les meubles formaient un récif abrupt. Une glace était appuyée de biais contre une chaise. Elle renvoya à Françoise l'image d'une souillon. Fichu sur la tête et balafre jaune en travers de la joue. Elle rit de son aspect laborieux, ahuri et farouche, et, incontinent, décida de s'attaquer au grand placard. Elle en avait déjà vidé presque tout le contenu. Il ne restait plus qu'une montagne de paperasses sur le rayon du haut, qui était d'un accès difficile. Elle remonta sur l'escalier, allongea le bras, attira une liasse de feuillets poussiéreux et les mit, en vrac, sur la table. Ils s'éparpillèrent devant elle. Son regard parcourut distraitement ces pages désassemblées et s'arrêta sur une lettre à laquelle était épinglée la photographie d'un enfant. « Mais c'est Alexandre ! » Elle retrouvait ses yeux, la coupe de son menton, son sourire. Il devait avoir une dizaine d'années, au plus. Attendrie, elle s'approcha du lampadaire au pied torsadé pour mieux voir. La lettre pendait entre ses doigts, au-dessous de la petite image glacée. Un papier blanc rayé, une écriture fine. Des mots retinrent son attention sans qu'elle eût conscience de les lire :

« ... Je n'ai toujours pas reçu ma mensualité de février... Vraiment, Alexandre, tu exagères... Comment crois-tu que je vais me débrouiller si tu ne m'aides pas ?... Je t'envoie la dernière photo de ton fils... Il a été second en orthographe et troisième en calcul... Tu trouveras, ci-joint, son bulletin trimestriel... Il faut tout de même que tu te rendes compte... Si tu ne le fais pas pour moi, fais-le pour lui... Notre petit Nicolas a le droit de... »

Françoise se retrouva assise, la lettre sur les genoux, le cerveau anéanti. Le lampadaire versait une lumière crue dans la pièce bouleversée par un cataclysme. Meubles sens dessus dessous, barbouillage jaune, odeur de peinture, paperasses, pinceaux, c'était la fin du monde. Alexandre avait un fils et ne le lui avait pas dit. Elle déchiffra la date de la lettre : six ans déjà ! Qui était cette femme ? Elle se leva, fit quelques pas en évitant les pots de peinture, se rassit, accablée. Quand reviendrait-il ? Son rôle à elle serait-il toujours de l'attendre ? Une mouche affolée tourna autour de la lampe, s'en écarta et se cogna au mur. Ses pattes s'engluèrent dans la peinture jaune. Françoise la regarda se débattre. Puis, avec la pointe de l'ongle, elle la dégagea. La mouche s'envola lourdement et retourna se brûler à la lampe. Il restait une trace pâle dans la peinture. Que faire ? Comment lui parler ? Le temps passait et elle ne bougeait pas. Elle entendait les bruits de la maison, au-dessous d'elle, au-dessus d'elle, à droite, à gauche. Des enfants descendirent l'escalier en courant et les murs tremblèrent de cette galopade. Elle abaissa les yeux et lut machinalement les titres des vieux journaux étalés à ses pieds : « Demain, déclaration très attendue du Premier ministre... » Soudain, elle tressaillit. Ce pas dans le vestibule ! Lui ! Déjà ? La porte s'ouvrit et Alexandre s'arrêta sur le seuil, éberlué.

— Quel chantier ! s'écria-t-il. Mais, dis-moi, tu as travaillé comme une brute !... C'est magnifique !...

Elle ne bougeait pas, muette, pétrifiée. Alors il changea de visage et s'approcha d'elle. Sans prononcer un mot, elle lui tendit la lettre et la photographie. Il jeta un regard dessus et sourit :

— Ah ! tu as trouvé ça ! C'est une vieille histoire !

— Pourquoi ne m'en as-tu jamais parlé ? dit-elle en maîtrisant mal son émotion.

— Parce que ça n'a aucun intérêt !

— Comment aucun intérêt ?... Tu as un fils et je ne le savais pas !

— Eh bien ! maintenant tu le sais ! Qu'est-ce que ça change ?

Elle le considéra avec stupeur. Il rayonnait d'inconscience.

— Enfin, Alexandre, explique-moi, dit-elle. Tu avais des devoirs envers lui, envers sa mère !

— Qu'aurais-je dû faire, d'après toi ?

— L'épouser !

— J'avais dix-sept ans et elle trente !

— Trente ans ?

— Oui ! Tu te rends compte de l'âge que ça lui fait maintenant ?

— Et l'enfant dans tout ça ?

Alexandre était passé dans la cuisine pour se laver les mains.

— Quoi ? l'enfant ? dit-il à la cantonade.

— Est-ce qu'il porte ton nom ?

— Et puis quoi encore ?

— Tu ne l'as pas reconnu ?

— Je ne suis pas fou ! Qui me prouve que c'est mon fils ?

— Sur la photographie, il te ressemble... C'est frappant !

Dominant un bruit d'eau, la voix calme retentit :

— Je ne trouve pas.

Elle le vit reparaître en manches de chemise, le col ouvert. Il s'essuyait le cou, le visage avec une serviette éponge.

— Enfin, Alexandre... il est impossible que tu n'aies rien ressenti lorsque tu le voyais !

— J'ai toujours refusé de le voir !

Il jeta la serviette sur un dossier de chaise. Ses cheveux humides pendaient sur son front.

— C'est insensé ! dit-elle. Je ne te comprends pas ! Tu as un enfant ! Tu devrais en être fier, heureux ! Et tu te désintéresses de lui, tu le traites comme un étranger !

— Je ne le traite pas comme un étranger, puisque j'ai longtemps versé une mensualité à sa mère.

— Et maintenant, tu ne lui verses plus cette mensualité ?

— Non.

— Pourquoi ?

— Elle s'est mariée, il y a deux ans, avec un Sud-Américain qui l'a emmenée à Santiago, avec son gosse. Où est la brosse à cheveux ?

— Dans le tiroir de la petite table.

Il ouvrit le tiroir, prit la brosse et s'accroupit pour se recoiffer devant la glace posée contre la chaise. Françoise tournait en rond. Que pouvait-elle contre cette situation lamentable, établie bien avant elle et dont Alexandre était insoucieux ?

— Il s'appelle Nicolas ? dit-elle.
— Oui.
— Quel âge a-t-il maintenant ?
— Quinze ou seize ans, je ne sais plus...
— Et tu ne regrettes pas de ne l'avoir jamais rencontré ?

Il se redressa, remit son veston, tira ses manchettes :

— Pourquoi le regretterais-je ? Je n'ai pas besoin d'un enfant pour être heureux. La fibre paternelle est une invention des femmes. Ce sont elles qui nous persuadent, à notre insu, que nous désirons une progéniture. La maternité leur étant physiologiquement nécessaire, elles ont trouvé ce moyen de retenir l'homme au foyer. Lorsque je vois des couillons pousser une voiture d'enfant, d'un air pénétré d'importance, dans les allées d'un parc, j'adresse en pensée un hommage à celle qui les a si bien trompés sur leur vocation !

— C'est monstrueux, ce que tu dis là ! murmura-t-elle.

— Ça y est ! Te voilà de nouveau ulcérée ! Tu reprends exactement le visage que tu avais lorsque je te parlais de ton suicide.

— Je ne vois pas le rapport !

— Il y en a un pourtant. Tu vis entourée de tabous : le mariage, les enfants, la religion, la mort, le devoir, l'honneur, les impôts, le drapeau... Il faut savoir, parfois, secouer les idées préconçues !

Il retourna dans la cuisine, en revint avec un verre de vin rouge, l'avala d'un trait, soupira et prit la photographie que Françoise avait posée, avec la lettre, sur un coin du divan.

— C'est tout à fait toi, dit-elle encore.

— Peut-être... Je ne m'en rends pas compte !... Mais quel est l'homme qui n'a pas un enfant naturel de par le monde ? C'est la loi de la reproduction aveugle. Si la semence libérée ne s'épanouissait que dans le mariage, où irions-nous ? Je t'assure que le jeune Nicolas se fout pas mal, à l'heure actuelle, de ce que nous pouvons penser et dire, toi et moi. Il est né avec un certain capital de chance et de malchance. Il fera sa vie avec ça. Le reste, c'est de la littérature ! Pourquoi cherches-tu à compliquer les situations les plus simples, ma petite Françoise ?

En disant ces mots, il déchira la photographie. Françoise éprouva cette lacération comme une blessure au fond d'elle-même. Elle baissa la tête. Il lui semblait que son sang était devenu lourd et circulait plus lentement dans ses veines. Alexandre ouvrit les doigts. Les morceaux de carton brillant tombèrent, noirs et blancs.

— Françoise !

La voix était grave, insinuante. Elle leva les yeux. Alexandre lui souriait, amical, sur un fond de mur jaune. Comment s'y prenait-il pour la réduire toujours à ses idées ?

— Si nous allions dîner dehors ? proposa-t-il. Ça pue la peinture, ici !

Elle s'écria que c'était absurde : ils avaient à peine de quoi finir le mois ! Et le jambon, la salade de pommes de terre qui attendaient dans le garde-manger ? D'un geste de la main, il balaya ces arguments spécieux.

— Ton jambon et ta salade de pommes de terre, tu peux te les accrocher ! dit-il en riant. Je t'emmène chez Paulo !

Elle allait protester encore, lorsque son regard revint au miroir posé contre la chaise. Ce fichu mal noué, ce visage sans poudre, cette vieille jupe, ces taches de peinture — la peur de déplaire à son mari la dressa, toute tremblante. Ivre de bonne volonté, elle se précipita dans la salle de bains pour se laver, se recoiffer et changer de robe.

Le petit restaurant de Paulo — prix fixe imbattable ! — était bondé. Alexandre connaissait le patron, la patronne, les serveuses et la plupart des clients. En entrant, il échangea des saluts à la ronde. Françoise était, elle aussi maintenant, une habituée de l'endroit. On mangeait au coude à coude dans une chaude odeur de pot-au-feu et de steack-frites. Une table se libéra. Alexandre fit asseoir sa femme et se rendit à la cuisine pour discuter avec Paulo. Françoise les voyait de loin, par la porte ouverte. Paulo, bedonnant et cramoisi, déambulait devant ses fourneaux. Alexandre le suivait pas à pas, lui parlait, lui tapait sur l'épaule. Il devait expliquer ses ennuis d'argent et demander, une fois de plus, qu'on lui fît crédit.

— Bonjour, Georgette, dit Françoise à la serveuse qui accourait.

La nappe, en papier gaufré, maculée de ronds violets et de giclures brunes, s'envola et fut remplacée aussitôt par une nappe propre. Le pot à moutarde, l'huilier, le panier à pain, la salière, le poivrier tombèrent du ciel sur cette plaine blanche. Dans la cuisine, Paulo et Alexandre parlementaient toujours. Paulo était dur à la détente. Françoise détourna la tête : elle ne voulait pas avoir l'air de les surveiller. En vérité, elle se fût volontiers passé de dîner, ce soir. Elle n'avait pas faim. Ce qu'elle venait d'apprendre changeait toutes les perspectives de sa vie. Alexandre avait, derrière lui, un passé lourd dont elle devait se résigner à ne connaître que des bribes. Il n'y aurait jamais entre eux d'accord parfait. Leurs routes se séparaient à l'instant même où elle les croyait confondues. De nouveau, elle glissa un coup d'œil vers la cuisine. Paulo, les deux mains sur le ventre, riait. Alexandre lui donna une bourrade et revint dans la salle, détendu, victorieux. L'affaire était réglée. Il s'assit en face de Françoise. Elle ne lui demanda pas ce qu'il avait dit à Paulo. Pour ne pas l'embarrasser, elle préférait feindre d'ignorer ses arrangements pécuniaires.

Ensemble, ils consultèrent le menu. Artichauts, escalope milanaise, fromage ou sorbet au citron, et un carafon de rouge.

— Le rouge, tu le sers tout de suite, Georgette ! dit Alexandre. On le prendra en apéritif.

Il but avec avidité ce vin fort et sombre. Ses yeux pétillaient de gaieté. Qu'était-ce donc qui le réjouissait tellement ? Le fait de sortir avec sa femme, ou de l'avoir aisément convaincue, ou de dîner à crédit ? Elle ne pouvait oublier l'enfant. Sa gêne prenait les dimensions d'un remords. Comme si elle eût aidé Alexandre à repousser son fils ; comme si elle eût été, autant que lui, coupable. Il la vit triste et l'obligea à trinquer. Elle leva son verre et le porta à ses lèvres. Ses doigts sentaient encore l'essence de térébenthine. Le goût du vin en était faussé. Pourquoi avait-elle repeint cette pièce ? Il n'y aurait pas plus de bonheur pour elle entre des murs jaunes qu'entre des murs bleus ou verts. Georgette apporta les artichauts. Les feuilles en étaient dures et noircies sur les bords. Dès le début du repas, Alexandre alluma une cigarette. Elle ouvrit les narines sur cet âcre parfum de fumée. Demain, ils étaient invités à dîner chez son père. Après-demain, chez sa mère. Ces petites économies n'étaient pas négligeables en fin de mois. Une fille passa entre les tables : belle, grande, blanche de peau, noire de cheveux. Elle se rendait aux toilettes. Alexandre la suivit du regard.

2

Peu de monde sur l'autoroute. Carole conduisait vite, le regard fixé sur la lumière de ses phares qui se diluait dans le crépuscule. A côté d'elle, paupières à demi closes, Olympe fumait. La radio de bord jouait en sourdine.

— Elle est charmante, cette petite Valérie, dit Olympe.

— Tout à fait charmante, dit Carole.

— J'aime surtout son nez. Il est ravissant. Très Fragonard !

— Oui.

— Jean-Marc la connaît depuis longtemps ?

— Depuis un an, je crois...

— Il est drôle, Jean-Marc ! Il joue le détachement suprême, mais je suis sûre qu'il est mordu à bloc !

— Peut-être, murmura Carole. Avec lui, on ne sait jamais !

L'effort qu'elle s'imposait pour paraître naturelle lui mettait les nerfs à vif. Olympe faisait-elle exprès de lui parler de Jean-Marc ? Non, c'était prêter à cette aimable idiote une rouerie dont elle était bien incapable. Carole ralentit, s'arrêta devant la cabine vitrée du poste de péage, tendit deux francs, prit un ticket et repartit en passant mal sa vitesse qui grinça. Une riche idée qu'elle avait eue d'emmener son amie Olympe à Bromeilles ! Elle comptait y passer un après-midi de détente. Mais, en arrivant à « la Ferraudière », vers quatre heures, elle était tombée sur Jean-Marc et Valérie, assis dans le jardin, sous un poirier fleuri. Leur air étonné en la voyant. Sûrement, avant de se prélasser dans l'herbe, ils avaient fait l'amour. Elle avait tout de suite flairé autour d'eux une atmosphère de complicité charnelle. A cause d'Olympe, il avait fallu jouer la comédie de la gentillesse. On avait pris le thé à quatre. Jean-Marc était crispé, silencieux, mais Valérie rayonnait d'une aisance insolente. Visiblement, elle était très fière d'avoir été surprise avec Jean-Marc et qu'aucun doute ne subsistât sur la nature de leurs rapports. Ils étaient venus dans sa voiture à elle, une petite Austin Cooper vert bouteille, et devaient repartir ensemble pour Paris. Carole avait pris les devants. Depuis quelques minutes, elle se sentait suivie. Les lumières d'une auto qui se rapprochait se reflétèrent dans son rétroviseur. Un appel de phares, deux appels de phares. Elle abaissa le miroir pour éviter d'être éblouie. Au premier coup d'œil, elle avait cru reconnaître l'Austin Cooper. C'était probablement Jean-Marc qui conduisait. Il gagnait du terrain. Bientôt ils roulèrent côte à côte. Oui, c'était bien lui ! Elle apercevait, à sa gauche, deux jeunes profils superposés comme sur une médaille. Valérie sourit, agita la main. Carole lui répondit. Jean-Marc accéléra. Elle accéléra aussi en riant et revint à sa hauteur. Les deux machines luttèrent de vitesse. L'air déchiré sifflait entre leurs trajectoires parallèles. Le moindre écart et ce serait le choc. Carole en éprouva le désir forcené dans son ventre. Olympe lui coula un regard inquiet.

— Ça marche bien, ces petites voitures, dit Carole.

Et elle ralentit, se laissa distancer. L'Austin Cooper bondit follement, prit du champ et ne fut plus bientôt qu'un feu rouge entouré de vapeur. « Petit salaud ! pensa Carole. Il doit crâner au volant devant cette gamine ! » Ce qui l'humiliait le plus, c'était que Jean-Marc eût choisi les lieux où il avait été heureux avec elle pour coucher avec Valérie. Il pouvait faire tout ce qu'il voulait avec cette fille, chez lui, rue d'Assas, mais pas à « la Ferraudière », pas dans cette maison pleine de souvenirs ! Il y avait là, de sa part, un manque de tact, une profanation. Par sa faute, elle se sentait doublement trahie, dans sa chair et dans sa mémoire. Elle le haïssait parce qu'il ne respectait même pas leur passé. Les mains crispées sur le volant, le regard dur, elle imaginait des baisers, la cigarette après l'amour, la fenêtre ouverte sur le jardin !... Et tout cela, c'était à elle qu'on le volait ! Tant qu'elle ne connaissait pas celle qui lui avait succédé, elle s'exaspérait dans le vide. Maintenant elle était en mesure de donner un visage précis à sa colère ! Cette fille était affreuse de suffisance, de sottise, de jeunesse ! Une petite pute mondaine ! Comment pouvait-il ?... Sa gorge battait. Il lui sembla que, même si Jean-Marc lui revenait, par miracle, elle préférerait se venger de lui plutôt que de le reprendre. Cette fois, il faisait nuit noire. La radio jouait du Chopin ou du Liszt, quelque chose de très romantique. Françoise et Alexandre dînaient à la maison. Elle arriverait en retard. Tant pis ! L'Austin Cooper avait disparu, rongée par des dizaines d'autres petits feux rouges. Des lucioles de sang. La circulation se compliquait.

— Ce que c'est beau ! dit Olympe.
— Quoi ?
— Cette musique ! Vraiment les modernes, à côté de ça !...

Si elle avait dû retrouver Jean-Marc à table, ce soir, elle ne l'eût pas supporté. Heureusement, il était pris. Chaque heure passée sans le voir représentait un repos pour elle. C'était bien le signe qu'elle ne l'aimait plus. A Capri, elle l'avait presque complètement oublié avec Manuel Selvosa.

Drôle de type, d'une distinction funèbre. Admirable sur un court de tennis, ennuyeux dans un salon, décevant dans un lit. Quinze jours, c'était suffisant. Allons, bon ! un embouteillage à la porte d'Orléans ! Tout se liguait contre elle.

— Tu me déposes à la maison ? demanda Olympe.

Carole dit : « Bien sûr ! » et serra les dents. Olympe habitait à l'opposé, avenue Niel. « Ça va me retarder d'une demi-heure au moins. Tant mieux. Ils m'attendront ! » Puisqu'elle était emmerdée, il fallait que tout le monde le fût !

Quand elle s'engagea dans la rue Bonaparte, il était neuf heures moins vingt-cinq. Le concierge l'aida à garer la voiture dans la cour.

Philippe, Françoise, Alexandre, Daniel étaient réunis dans le salon.

— Enfin ! Nous étions très inquiets ! s'écria Philippe.

Le temps de lancer une excuse, un bon mot, un sourire, de se changer, de se recoiffer, et Carole se précipita dans la cuisine pour donner ses ordres. Mercédès était en train de mettre son manteau.

— Que faites-vous ? dit Carole.

— Je m'en vais, répondit Mercédès d'un ton acide. J'avais prévenu Madame qu'aujourd'hui je devais partir un quart d'heure plus tôt.

— Qu'est-ce que c'est que cette histoire ?

— Madame a peut-être oublié, mais...

Suffoquée de colère, Carole l'interrompit durement :

— Vous allez me faire le plaisir de servir le dîner d'abord !

Le visage parcheminé, l'œil rond, la bouche en cul de poule, Mercédès proféra :

— Non, madame.
— Quoi ?
— Je dis, non, madame. J'ai le droit d'avoir ma vie, moi aussi. On n'est pas des chiens !
— Alors, fichez-moi le camp immédiatement ! A partir de cette minute, vous n'êtes plus à mon service ! glapit Carole.

Elle s'étonna du plaisir qu'elle éprouvait à renvoyer cette fille après avoir si longtemps refusé de s'en séparer. Terrifiée par l'orage, Agnès rentrait la tête dans les épaules.

— Bien, madame, dit Mercédès. Si vous voulez me faire mon compte...
— Je n'ai pas le temps. Revenez demain matin.
— C'est dimanche !
— Justement ! Monsieur sera à la maison. Il vous réglera.
— Madame préfère vraiment que ce soit Monsieur qui me règle ?
— Ah ! oui, alors !...
— Bien, bien...

Agnès tournait une cuillère en bois dans une casserole, pour se donner une contenance.

— Vous nous servirez, Agnès, lui dit Carole.

Et elle sortit dans un mouvement rapide. Même après cette exécution, sa fureur ne se calmait pas. Elle en avait des battements au creux de la poitrine.

En rentrant dans le salon, elle annonça :

— J'ai fichu Mercédès à la porte !

Daniel voulut plaisanter, mais l'œil noir de sa belle-mère l'en dissuada. Philippe conclut :

— Il y a longtemps que tu aurais dû le faire !

— Elle viendra te voir demain matin pour que tu la règles, dit Carole.

Et, tournée vers Alexandre, elle soupira :

— Ces gens sont impossibles !

Alexandre opina de la tête entre deux gorgées de whisky. Il avait l'air de compatir aux soucis domestiques de Carole. Mais Françoise savait de quelle hauteur goguenarde il jugeait ces histoires de maîtresses de maison lâchées par leurs bonniches. Depuis qu'elle l'avait épousé, elle vivait dans un autre monde, au confort mesuré, à l'argent difficile, où les joies et les peines étaient très différentes de celles qui avaient cours ici. Et elle se sentait fière, inexplicablement, d'avoir échappé au décor luxueux où s'était déroulée son enfance.

A table, elle fut subjuguée par Carole. La mauvaise humeur, qui eût enlaidi toute autre femme, n'ôtait rien au charme de celle-ci. C'était vers Alexandre, l'invité, qu'elle tournait naturellement la lumière de ses yeux, l'éclat de ses dents. Bientôt la conversation devint une escrime amusante entre eux deux. Françoise suivait cet échange de mots avec un mélange d'admiration et d'agacement. Ce besoin qu'avait Alexandre d'interroger et de taquiner les femmes, de provoquer leurs réactions pour mieux étudier leur caractère ! Sa curiosité n'allait pas plus avant, elle en était sûre. Alors pourquoi souffrait-elle ? Surtout ne pas tomber dans la mesquine jalousie bourgeoise. Vivre à un niveau supérieur. Regarder loin devant soi.

Agnès passait les plats. Alexandre reprit deux tranches de rôti. Carole cacha son irritation derrière un fin sourire. Il allait encore retarder le service, celui-là ! Elle avait hâte de sortir de table et de les renvoyer tous ! Evidemment Françoise et son étrange mari ne devaient pas toujours manger à leur faim. La pauvre fille s'était enfoncée de tout son poids dans la mouise intellectuelle. Engluée, asphyxiée, perdue. Et elle ne s'en rendait même pas compte. Un jour, elle appellerait au secours. Trop tard ! Si seulement on avait pu réserver un sort analogue à Jean-Marc ! Alexandre avait fini. Carole avança le pied sous la table et appuya sur la sonnette. Il y avait de la mousse au chocolat pour le dessert. Daniel en prit une montagne. Carole lui adressa un regard brillant de malice :

— Je l'ai fait faire pour toi !

Et elle sentit que la haine lui donnait du génie. Daniel mangeait rondement. Jeune cancre aux manières lourdes. Philippe, lui, ne touchait à rien.

Tout fier parce qu'il avait perdu cinq kilos en trois semaines ! Ça l'avait pris tout de suite après les vacances de Pâques. Un médecin de ses amis lui avait conseillé un régime amaigrissant. Maintenant il grignotait à peine, avalait des pilules roses, bleues, avant les repas, se pesait chaque matin. L'obsession du gramme. A son âge ! C'était grotesque ! Du reste, il était moins bien depuis qu'il avait maigri. Un nez en étrave, des cernes sous les yeux, des maxillaires saillants. Elle ne pouvait poser son regard sur lui sans avoir envie de lui dire que cet acharnement était stupide. Mais elle lui eût rendu service. Et il ne le fallait pas. Un tremblement la parcourut, comme tout à l'heure, sur la route. Elle avait la fièvre. Non, c'était le va-et-vient de ses pensées qui la secouait. Personne ne s'en doutait autour d'elle. Il lui suffisait de parler, de sourire pour tromper son monde. Rares délices du double jeu. Enfin les chaises repoussées, le café dans le salon, les bavardages effilochés du dernier quart d'heure.

Une fois seule, dans sa chambre, avec Philippe, elle lui trouva l'air encore plus fané et plus fatigué qu'à table. Il se contemplait dans la glace de la cheminée et passait une main sous son menton. Puis il remonta ses pantalons trop larges. Ce n'était certes pas pour lui plaire à elle qu'il voulait redevenir svelte ! Quelle jeune bécasse, nourrie de journaux de modes, lui avait mis cette idée en tête ? Il rentrait le ventre, tirait son veston en avant... Sûrement il allait dire : « Il faudra que je passe chez mon tailleur... » Avec décision, elle attaqua :

— Je suis allée à Bromeilles, cet après-midi. Jean-Marc y était avec une fille !

— Ah ? dit Philippe sans se retourner.

La mollesse de cette réaction indigna Carole. Elle haussa le ton :

— J'espère que tu sauras lui parler ! Je veux pouvoir me rendre à « la Ferraudière » quand ça me plaît, sans risquer de tomber sur ton fils en train de faire l'amour avec une souris quelconque !

— Tu as raison, dit Philippe. Il ne devrait pas y aller sans prévenir.

— Même en prévenant ! « La Ferraudière » n'est pas un bordel !

— N'exagère pas ! Il est normal qu'à son âge...

— Non, Philippe !

— Que tu es rigoriste soudain ! dit-il.

Elle lui décocha un regard en lame de couteau.

— Qui est cette fille ? demanda-t-il.

— Valérie de Charneray.

Il rit :

— J'en étais sûr !

Et, pivotant sur ses talons, il ajouta :

— Elle l'a cramponné ! Je ne serais pas surpris qu'un de ces jours il la demande en mariage !

Il se fit un grand vide à l'intérieur de Carole. Tout devint incolore. La peur monta invinciblement. Elle ne pouvait plus arrêter son imagination. Elle balbutia :

— Ce n'est pas possible !
— Pourquoi ?
— Il... il ne l'aime pas !
— Qu'en sais-tu ?
— De toute façon, ce serait une absurdité... une, une connerie !...

Elle lança ce mot avec force, à s'en écorcher la bouche.

— Je ne trouve pas ! marmonna Philippe pensivement.
— Comment peux-tu ?... Là alors, tu te contredis !
— Mais non !
— Tu lui as répété cent fois qu'un homme gâchait sa carrière en se mariant trop jeune !
— Ça dépend avec qui !
— Qu'a-t-elle de si exceptionnel, cette petite dinde ?
— Elle est la fille des Charneray : les laboratoires pharmaceutiques Charneray-Dupouilly, c'est quelque chose !
— Et ses études ?
— Il les continuera pour la beauté du geste. Mais s'il entre dans la famille Charneray, je doute qu'il ait besoin de sa licence en droit pour vivre !
— Tu me dégoûtes, murmura-t-elle.
— Et toi, tu m'étonnes. Tu n'avais rien trouvé à redire au mariage lamentable de Françoise, et,

lorsqu'on te parle d'un parti merveilleux pour Jean-Marc...

Elle se rebiffa :

— Jean-Marc est un homme... Un garçon de qualité... Il serait... il serait navrant qu'il se marie sur un coup de tête... Même si les parents de cette gamine sont riches... Surtout s'ils sont riches !... Au lieu de devoir sa réussite à sa valeur, il la devra à ses relations... Et, comme il est de caractère faible, il deviendra un raté, un raté mondain, un raté satisfait de lui, l'espèce la plus horrible !... Tu ne peux pas vouloir cela, si tu aimes ton fils !...

Il haussa les épaules :

— Si tu crois que j'ai la moindre influence sur lui !...

— Bien sûr que tu en as ! Il faut stopper cette affaire pendant qu'il en est temps encore ! Je les ai vus, tous les deux ! Ils jouent au petit couple légitime ! Elle surtout !... Une redoutable salope. Prétentieuse, hautaine. Coucheuse par calcul, comme toutes les garces de son âge. A peine jolie d'ailleurs. Un nez trop court, des genoux bombés...

Elle se tut, consciente de passer la mesure. Le souffle lui manquait. Elle retira son collier de perles et le posa sur la cheminée. Puis elle se mit à marcher dans la chambre, où une seule lampe allumée maintenait un éclairage soyeux.

— Ne te mets pas dans des états pareils ! dit

Philippe. Peut-être que Jean-Marc n'a aucunement l'intention de se marier.

— Oui ! Mais elle ?...
— Ça ne suffit pas !
— Si cette fille le désire vraiment !...
— Bon ! je parlerai à Jean-Marc.

Il arrêta Carole et voulut la prendre dans ses bras. Elle vit s'approcher d'elle un visage trop maigre, aux méplats inhabituels. Il avait deux rides au creux des joues. Son faux col bâillait sur son cou. Une horreur la saisit.

— Non, dit-elle.

Philippe la regarda bizarrement. Elle lut sur ce masque de vieux jeune homme la vexation du mâle repoussé. Pourquoi avait-il envie d'elle ? Parce qu'elle avait évoqué devant lui les coucheries de Jean-Marc ? Parce qu'il avait vu sa fille à table avec l'homme dont elle partageait le lit ? Ce fumet de jeunes amours le mettait en appétit soudain.

Il voulut essayer encore.

— Laisse-moi ! dit Carole. Je suis fatiguée...

Elle s'assit dans un fauteuil et porta une main lasse à son front. Un sourire méchant plissa la figure de Philippe. Il passa dans la salle de bains. Elle l'entendit qui se déshabillait. Puis il y eut un claquement sec : il était monté sur le plateau de la balance.

3

Philippe posa l'argent sur la table et tendit le bulletin de paye à Mercédès.

— Signez là, dit-il.

Elle chaussa son nez de lunettes à monture noire (elle n'en portait pas dans le service !) et se mit à éplucher ses comptes d'un air méfiant. « Quelle sale gueule ! » pensa Philippe. Il ne l'avait jamais regardée avec autant d'attention. Sans doute avait-elle espéré réveiller tout le monde en se présentant un dimanche, à huit heures et demie du matin. Mais Philippe était déjà levé. Le temps de passer une robe de chambre et il l'avait reçue dans le bureau. Elle restait debout devant lui, dans son imperméable aubergine serré à la taille, et lisait, lisait...

— Alors ? reprit-il avec impatience.

— Monsieur a oublié que j'ai droit à deux jours de congé payé par mois de présence, plus l'indemnité de logement et de nourriture ! dit-elle enfin d'un ton pointu.

— Tout cela est bloqué à la troisième ligne, rubrique suppléments divers, dit Philippe.

— Ce ne sont pas des suppléments divers...

— Ne jouez pas sur les mots.

— Si quelqu'un joue, ici, ce n'est certainement pas moi, monsieur, vu qu'il s'agit de mon gagne-pain. Le prud'homme me donnerait raison. Il me faut le détail...

Il reprit le bulletin de paye rageusement, le compléta en marge et le lui rendit. Elle tira un papier de son sac à main et compara ses propres calculs avec ceux de Philippe. Ses lèvres remuaient vite. Elle répétait les chiffres en espagnol. Au bout d'un moment, elle dit :

— Et les indemnités de transport ? Vous les avez oubliées ?

— C'est juste, dit-il. Combien ?

— Trente-sept francs soixante-quinze centimes.

Il rectifia le total et grommela :

— C'est tout ?

— Oui, monsieur.

— Alors, signez.

— Pourquoi ?

— Parce que je veux avoir la preuve que je vous ai bien payée aujourd'hui.

— Mais vous ne m'avez pas encore payée !

— Et ça ? dit-il en désignant l'argent sur la table.

— Il manque mes transports !

Il rajouta trente-sept francs soixante-quinze centimes. Elle compta l'argent longuement, le recompta, le rangea dans son sac à main, gribouilla un paraphe illisible sur le double de la fiche. Puis, se redressant, elle demanda :

— Et mon certificat, monsieur ?

Il avait oublié cette dernière formalité. Détachant une feuille de son bloc, il écrivit dessus, à la volée, que Mlle Mercédès Maretta avait travaillé chez lui de telle date à telle date comme femme de chambre et qu'elle le quittait libre de tout engagement. En lisant ce texte laconique, Mercédès esquissa un mince sourire.

— C'est tout ce que Monsieur a trouvé à mettre sur mon certificat ? dit-elle.

Du bout des doigts, elle agitait le papier devant elle comme un éventail.

— Oui, vraiment ! gronda Philippe. Et j'estime même que j'ai été très indulgent ! Si j'avais voulu dire toute ma pensée, j'aurais ajouté que vous êtes la personne la plus odieuse que j'aie jamais connue !

Le visage de Mercédès n'eut pas un tressaillement.

— Monsieur a eu à se plaindre de mes services ? dit-elle d'une voix mielleuse.

— Ah ! oui, alors ! s'écria-t-il. S'il n'avait dépendu que de moi, vous ne seriez pas restée quarante-huit heures à la maison !

— C'est Madame qui a voulu me garder ?
— Malheureusement, oui !
— Elle est si bonne, Madame ! C'est vrai, aussi,

qu'elle a intérêt à me ménager. Je sais tant de choses sur elle !

Philippe se leva derrière son bureau et montra la porte :

— Allez-vous-en !

— Ça n'intéresse pas Monsieur de savoir qu'il est cocu ?

Elle avait prononcé « cocou », à l'espagnole. Une jubilation diabolique brillait dans ses yeux.

— La méchanceté vous rend idiote, ma pauvre fille, dit Philippe en contenant sa colère. Sortez si vous ne voulez pas que je vous foute dehors !

— Vous vous figurez que j'invente, peut-être ? bégaya-t-elle. Il vous faut des précisions ? Et si je vous disais que Madame couche avec votre fils ?

C'en était trop ! Philippe serra les poings, contourna le bureau et marcha sur Mercédès.

— Ne me touchez pas ! grogna-t-elle. Ou alors je crie ! J'ameute la maison ! J'appelle la police !...

Il la saisit par le coude et la traîna hors du bureau.

— Vous êtes une ordure ! dit-il entre ses dents.

Une grimace de haine et de terreur disloqua la figure de Mercédès. Elle se débattait, trébuchait et suivait Philippe en vociférant :

— L'ordure, c'est Madame ! Je l'ai vue avec Monsieur Jean-Marc ! Ah ! c'était pas beau, je vous jure ! Elle a couché avec lui ici, puis dans sa chambre, rue d'Assas ! Si vous ne me croyez pas, demandez à Agnès qui va faire le ménage chez lui ? Elle a trouvé là-bas les affaires de Madame ! Des bas, des mouchoirs, des culottes...

Elle haletait en pataugeant dans ces détails sordides. Arrivé dans le vestibule, avec cette furie au bout de son bras, Philippe la jeta sur le palier, claqua la porte et resta étourdi. Il s'étonnait que les propos d'une bonniche pussent lui faire tant de mal.

— La salope ! murmura-t-il pour se soulager. La salope !...

Puis il rentra dans la chambre. Carole n'était plus dans son lit. De la salle de bains, venait un bruit d'eau remuée. La porte était demeurée ouverte. Mais Philippe ne franchit pas le seuil. Avait-il peur de surprendre Carole nue, dans sa baignoire ? Brusquement paralysé, il se laissa descendre dans un fauteuil, près du lit aux couvertures défaites.

— C'est toi, Philippe ? demanda la voix de Carole.

— Oui.

— Tout s'est bien passé avec Mercédès ?

— Oui, oui...

— J'en ai pour deux minutes ! Commande le petit déjeuner, veux-tu ?

Il se leva, tira deux fois le cordon de la sonnette qui pendait dans l'alcôve, se rassit. Le choc passé, la fureur tombée, il se découvrait affaibli, blessé, empoisonné. C'était comme s'il eût respiré des miasmes mortels dans cette chambre. Plus il réfléchissait, plus il aggravait son malaise. L'accusation lancée par Mercédès était tout à fait incroyable. Et pourtant comment expliquer la colère de Carole, hier soir, contre Jean-Marc ? N'avait-elle pas eu, en parlant de Valérie, les accents d'une femme jalouse ? « Mais non, je suis ridicule ! Carole et Jean-Marc ! Ça ne tient pas debout ! » Il promena ses regards sur les draps froissés, les oreillers jumeaux, la glace au cadre doré, la couverture de vigogne, les tableaux dans le goût sucré du xviiie, et ce décor féminin lui fit subitement horreur. On frappa. C'était Agnès, portant le plateau du petit déjeuner. Il la regarda comme s'il la voyait pour la première fois. Massive, opaque, inquiétante.

— Où dois-je poser le plateau, monsieur ? demanda-t-elle.

— Sur le lit. Merci, Agnès.

Elle se retira. Il se rappela qu'il avait un médicament à prendre le matin, à jeun, pour son régime : un diurétique. Le flacon était dans sa table de nuit. Deux pilules. Il les avala.

Carole parut, le corps enveloppé dans un peignoir de bain, une serviette rose nouée en turban sur les cheveux. Un parfum d'herbe coupée l'entourait. Son visage sans fards exprimait une fraîcheur de pensée, une gaieté à fleur de peau, indices de l'agrément qu'elle avait pris à sa toilette.

Elle se glissa dans le lit, attira le plateau sur ses genoux, se versa du café, du lait, mordit dans un toast en retroussant la lèvre, avec gourmandise.

Philippe, lui, ne prenait plus que du thé, le matin.

— Tu ne veux vraiment rien manger ? demanda-t-elle.

Il secoua la tête négativement : le régime ! Il tenait sa tasse à la main et regardait, l'œil lugubre, fondre, dans le liquide mordoré, une pastille de saccharine. La première gorgée de thé, fort et brûlant, le remit d'aplomb. Suffisait-il du retour de certains gestes quotidiens pour chasser les phantasmes ? Quand le corps retrouve ses habitudes, l'esprit n'est pas loin de retrouver son repos. Il observa Carole. Elle buvait son café au lait, la tasse serrée à dix doigts, comme une enfant. On ne voyait que ses yeux gris fumée, au-dessus de la porcelaine blanche. Le peignoir bâillait sur la naissance de ses seins. Elle était calme, naturelle, innocente. Le téléphone sonna.

— Prends la communication, dit-il.

— Non, dit Carole. Toi !

Il se leva et décrocha l'appareil.

— Allô !

— Allô, papa ? Comment vas-tu ?

C'était Jean-Marc. Philippe ressentit une légère crispation dans la poitrine et murmura :

— Ça va... Et toi ?

— Très bien. Je voulais te demander : tu ne

pourrais pas me prêter la voiture, aujourd'hui ?

— Pour quoi faire ?

— J'ai eu une panne, hier, avec l'Austin Cooper de Valérie. Le delco est foutu, je crois. Comme c'est dimanche, les garages sont fermés. C'est bête ! On avait projeté une balade avec des copains. Alors si tu pouvais...

— Attends, dit-il, je vais voir ça avec Carole.

Il appuya sa main sur le microphone et dit, tourné vers sa femme :

— Jean-Marc voudrait la voiture.

— Ah ! non ! s'écria-t-elle.

— Pourquoi ? Tu en as besoin ?

— Oui.

Philippe reprit l'appareil contre sa joue :

— Impossible, mon vieux. Carole en a besoin. Je regrette...

Après avoir raccroché, il se rassit, croisa les jambes et resta un moment silencieux. Carole finit son café au lait et posa le plateau à côté d'elle, sur le lit.

— Que comptes-tu faire aujourd'hui ? demanda-t-il.

— Rien.

— Alors pourquoi n'as-tu pas voulu que je prête la voiture à Jean-Marc ?

— Tu ne trouves pas que ça suffit, ces parties de jambes en l'air à Bromeilles ? dit-elle d'une voix blanche.

Il y avait une telle hargne dans son regard, que

Philippe eut l'impression d'une substitution de personne. Le changement s'était opéré à vue comme dans un théâtre d'illusion. Déjà Carole revenait à son premier rôle. Souriante, elle prit un journal de modes sur sa table de nuit, l'ouvrit et décréta :

— La mode d'été sera affreuse, cette année !

Philippe passa dans la salle de bains. Pendant qu'il se rasait, il entendit Agnès qui venait chercher le plateau du petit déjeuner. Dans la glace, son propre visage le surprit. Etait-ce bien lui, cet homme maigre, usé, dont le regard implorait une explication ? Vite, il acheva sa toilette, endossa le vieux costume de flanelle grise qu'il aimait porter le dimanche, et retourna dans la chambre où Carole lisait toujours. Elle ne leva même pas les yeux sur lui. Il sortit, traversa le salon et se dirigea vers la cuisine.

La vaisselle était lavée, rangée. Rien ne traînait. Agnès n'était plus là. Il ouvrit la porte et s'élança dans l'escalier de service. Un tire-bouchon de marches étroites s'élevait entre des murs sales. Arrivé au cinquième étage, Philippe s'arrêta pour souffler, puis s'engagea dans un couloir bas de plafond, éclairé, de loin en loin, par une fenêtre à tabatière. Les combles de la vieille maison étaient un labyrinthe aux coudes brusques, aux dénivellations inattendues. Un robinet mal vissé pleurait au-dessus d'une cuvette rouillée. Du W.-C. commun se dégageait une puissante odeur de choux.

Derrière des portes minces, des gens se disputaient, des marmots piaillaient, des radios jouaient à tue-tête. Plusieurs fois il avait été question, entre les copropriétaires, de nettoyer et de repeindre l'étage des domestiques. Mais jamais on n'avait pu réunir une majorité pour entreprendre les travaux.

Philippe ne savait même pas au juste où logeait Agnès. La chambre 27 était-elle à gauche ou à droite ? Il prit à gauche et tomba dessus. L'étrangeté de sa présence devant cette porte lui apparut soudain. Il hésita une seconde, puis frappa.

— Qu'est-ce que c'est ? demanda la voix d'Agnès.
— C'est Monsieur, dit Philippe.
— Ah ! Une seconde...

La porte s'ouvrit sur une petite chambre mansardée, au papier rose à rayures. Entre le lit de fer et la table de toilette, se tenait Agnès, toute de noir vêtue, avec, sur le crâne, un chapeau de paille violette. Derrière elle, sur le mur, il y avait un crucifix, une branche de buis et des images pieuses épinglées en quinconce.

— Vous sortez ? murmura Philippe.
— J'allais à la messe, monsieur.

Il n'avait jamais pensé que Agnès fût pieuse, ni, en général, que les domestiques eussent une vie en dehors de la maison.

— Je ne vous retiendrai pas longtemps, dit-il. Vous allez faire le ménage, deux fois par semaine, chez mon fils, rue d'Assas...

— Oui, monsieur, bredouilla-t-elle.
— Qu'est-ce que vous avez vu, là-bas ?
— Mais... rien...

Il pointa son index sur elle et la foudroya d'un regard inquisitorial :

— Si, Agnès !... Vous l'avez dit à Mercédès !... J'ai besoin que vous le répétiez devant moi !... Qu'est-ce que vous avez vu, là-bas ?...

Elle ne répondit pas. Sa lèvre inférieure frémissait telle une tranche de gélatine. Toutes les rides de son visage étaient en mouvement. Il se pencha sur elle et insista :

— Des vêtements de Madame ? Du linge de Madame ?

Un flot de larmes déborda les paupières d'Agnès. Elle baissa la tête et renifla :

— Oui, monsieur.
— Vous en êtes sûre ?
— Oui, monsieur... Mais il y a longtemps... L'année dernière... Oh ! monsieur... Je n'aurais pas dû !...

Elle sanglotait maintenant.

— Merci, Agnès, dit-il.

Et il s'en alla précipitamment. De nouveau, le labyrinthe. Des murs mi-partie chocolat, mi-partie beige, des recoins, des tournants. Où donc était la sortie ? Longtemps Philippe chemina dans un boyau mal éclairé, où les numéros des portes ne se suivaient pas. On n'entendait même plus de voix ni de musiques. Personne n'habitait là.

C'étaient des dépôts de meubles, des placards à chiffons, des réduits à rats, des repaires d'araignées. Sans doute était-il parti dans la mauvaise direction. Perdu à l'étage des bonnes ! Il revint en arrière et repassa devant la chambre d'Agnès. L'escalier. Bon. Les marches s'enfonçaient sous son poids. Il avait éprouvé autrefois la même sensation d'élasticité nauséeuse durant une traversée de l'Atlantique sur le paquebot *Queen Mary*, par gros temps.

Le palier du deuxième étage. Il poussa la porte, traversa tout l'appartement comme un somnambule et s'arrêta devant le lit où Carole feuilletait des journaux illustrés. Pour la première fois, il voyait en elle non plus une femme à aimer, à berner, mais une ennemie à abattre.

— Je te soupçonnais bien de t'envoyer en l'air avec n'importe qui, dit-il. Mais ce que je viens d'apprendre dépasse tout ce que j'avais imaginé. Comment as-tu pu être assez... assez dégueulasse pour t'attaquer à Jean-Marc, à mon fils?

Ce mot resta en travers de sa gorge. Un goût amer lui emplit la bouche. Si le chagrin se mêlait à sa colère, il était foutu. Avec violence, il banda ses muscles, serra ses mâchoires. Carole dressa sa jolie tête enrubannée et dit d'un petit ton méprisant :

— Qu'est-ce qui te prend? Tu divagues?

Tant de mauvaise foi acheva de le démonter.

— Ce n'est pas vrai, peut-être? cria-t-il.

Elle soutint son regard. Un moment, ils s'affrontèrent en silence. Puis il sentit que, de mensonge en mensonge, ils étaient arrivés à un point de rupture, qu'elle aussi était à bout, qu'elle ne pouvait plus nier. Tout à coup, elle rejeta les couvertures, se leva, se planta devant lui. Une lueur insensée traversa ses prunelles. Avec une sorte de soulagement mauvais, de haineuse douceur, elle proféra en remuant lentement les lèvres :

— Si, c'est vrai, Philippe ! Et je ne le regrette pas ! Tu es un tel salaud que tu n'as le droit de rien reprocher à personne ! Surtout pas à moi ! Tu m'as fait trop de mal, vois-tu, en me trompant pendant des années avec n'importe quelle poufiasse ! Mais je n'ai rien dit ! J'ai encaissé ! A toi d'encaisser maintenant ! Je te déteste ! Et ton fils aussi te déteste ! Nous nous sommes bien moqués de toi !...

Tête droite, dans son peignoir blanc, elle parlait, parlait, rabâchait ses griefs, essayait d'envenimer la blessure. Et il la laissait dire, assommé par la révélation. A présent il n'avait même plus la ressource du doute. Ecraser d'un coup de poing ce visage de petite femelle malfaisante ? A quoi bon ? Il la méprisait trop pour lui en vouloir réellement. Mais l'autre, mais Jean-Marc ? Ce fils dont il était si fier ! Comment avait-il pu ?... Philippe avait conscience vaguement d'être debout, dans une chambre vieux rose, où bourdonnait une voix que la méchanceté, parfois, rendait stridente. Son cœur pesait lourd, battait fort. Une douleur en fer de lance s'était logée entre ses côtes. Vite, s'évader de là, ne plus voir Carole, respirer l'air neutre de la ville. Sans dire un mot, il sortit.

Dans la rue Bonaparte, le bruit et le mouvement le soulevèrent, l'emportèrent. Il marchait sans but et pensait à Jean-Marc faisant l'amour avec Carole. La précision des images le glaçait. Un double de lui-même pénétrait le corps de sa femme. C'était affreux, intolérable ! Elle était assez vicieuse pour comparer les deux hommes. Sans doute même trouvait-elle plus de goût aux juvéniles assauts de son beau-fils qu'à ceux de son mari. Elle l'avait sûrement dit à Jean-Marc, qui en avait eu la tête tournée. Il se croyait un héros de tragédie grecque. Et il n'était qu'un petit salaud, prudent et veule. Un tireur de coups à la sauvette. Quelles singeries il avait multipliées devant son père pendant des mois ! Et c'était lui, Philippe, qui payait le loyer de la chambre. Il casquait pour que son fils pût baiser sa femme confortablement. On le prenait pour un con ! C'était ça, peut-être, le plus grave ! Le dégoût effaçait la souffrance. La colère submergeait le dépit. Roulé, berné, bafoué, il retrouvait toute sa force d'âme. Il appela un taxi qui passait, se jeta dedans et s'affala sur la banquette.

— Je vous conduis où ? demanda le chauffeur.

★

Jean-Marc enfila un vieux pull-over moutarde, noua un foulard vert foncé autour de son cou, lorgna sa montre et constata que, une fois de plus, il serait en retard. Il devait passer prendre Valérie chez elle à dix heures, et il était déjà dix heures vingt. Tant pis, elle avait l'habitude ! D'ailleurs, pour ce qu'ils feraient aujourd'hui, sans voiture... Il sortit de sa chambre et referma la porte. En arrivant au bout du couloir, il eut un haut-le-corps. Son père montait l'escalier à sa rencontre, lourdement, marche après marche, la main glissant sur la rampe.

— Qu'y a-t-il, papa ? demanda Jean-Marc inquiet.

Philippe atteignit le palier et se redressa. Il respirait par saccades. Son visage était grave.

— Rentre, dit-il. J'ai à te parler.

Jean-Marc retourna dans sa chambre, avec son père sur ses talons. Une fois la porte refermée, il sentit croître son angoisse. Un regard glacé l'atteignit en pleine tête. La face convulsée, Philippe cria soudain :

— Tu t'es bien foutu de moi avec Carole !

Au même instant, il leva le bras. La gifle, portée avec violence, retentit jusque dans le crâne de Jean-Marc. Il vacilla sous le choc. Un goût de fer emplit sa bouche. Sa joue gauche cuisait. Il recula vers le mur, les jambes inertes. Son père soufflait fort, devant lui, les traits crispés. Allait-il frapper encore ? Non, il se dominait, livide, pesant, immobile. Il n'y avait plus dans ses yeux cette étincelle meurtrière, mais un immense dégoût.

— Ne t'avise pas de remettre les pieds à la maison, dit-il d'une voix haletante. Je ne veux plus te voir... Je ne veux plus qu'on me parle de toi... Jamais, jamais !... Nous deux, c'est fini, tu entends ?... C'est fini !...

L'instant d'après, une porte claqua. Jean-Marc était seul, sans force, les oreilles bourdonnantes, comme au sortir d'une tornade. La rapidité et la brutalité de cette scène lui laissaient une impression irréelle. Et pourtant il ne pouvait douter que sa vie entière eût été gâchée en deux secondes. Il y avait quelque chose de maléfique dans cette vérité qui éclatait à retardement. Pourquoi fallait-il que la catastrophe qu'il avait redoutée tout au long de sa liaison avec Carole se produisît après qu'il eût rompu avec elle ? Il payait alors qu'il n'était plus fautif. Et il ne pouvait même pas invoquer l'excuse du temps passé. Il n'existait aucune prescription pour un crime de cette sorte. Il tomba à plat ventre sur son lit et jeta sa figure dans l'oreiller. Des larmes brûlaient ses yeux. Qui avait prévenu son père ? « Peu importe ! Comme il doit souffrir ! Comme il me méprise ! Comme il me hait ! » La conscience de son ignominie lui ôtait tout désir de se justifier, de lutter, de vivre. Il se retourna sur le dos, alluma une cigarette. La fumée avait une saveur légèrement salée. Qu'allait-il devenir ? Chassé de sa famille, honni, maudit !... Une craquelure au plafond. La tranquille laideur des meubles. Rien que du bois, du fer, du tissu, anonymes. « Je suis un salaud. » Il était un salaud comme d'autres étaient blonds ou bruns, arthritiques ou pédérastes. Il eut envie d'éteindre la cigarette sur sa main pour éprouver son courage ! Lentement, il approcha de sa paume le bout incandescent. Deux centimètres à franchir. Une crainte le hérissa. Il écrasa le mégot dans un cendrier. En même temps il pensa qu'il n'avait jamais eu réellement l'intention de se brûler avec cette cigarette, qu'il avait joué à se faire peur, que, dans les petites choses comme dans les grandes, il était un lâche. Maintenant il ne pleurait plus. Sa souffrance était trop profonde pour s'exprimer par des larmes. Les minutes passaient et il n'était pas tenté de regarder sa montre. Un tic-tac infime rongeait la veine de son poignet. Pour ce qu'il avait à faire de son temps !... Chaque fois qu'il essayait de secouer cette oppression écœurante, il revoyait un masque pâle, aux yeux injectés, il ressentait le feu d'une gifle sur sa joue. Il n'en finirait jamais d'être souffleté par son père ! Toute sa vie, jour après jour... Absorbé dans ses réflexions, il entendit à peine qu'on frappait à la porte. Une voix dit à travers le battant :

— Jean-Marc ! Tu es là ?

Il reconnut Valérie, se dressa avec ennui et alla ouvrir.

— Je t'ai attendu plus d'une heure, dit-elle en entrant. Que se passe-t-il ? T'en fais une tête ?

— Je suis salement emmerdé, dit-il.

— Pourquoi ?

— Oh ! rien...

— Mais si, dis-moi !

Il hésita, puis grommela à contrecœur :

— Je me suis engueulé avec mon père.

— A quel sujet ?

— Une histoire plutôt moche !

Elle sourit. Avait-elle deviné ? Elle en était bien capable ! Les filles ont de ces intuitions ! Non, elle ne savait pas. Elle faisait semblant. Pour le taquiner. Elle souriait toujours. « Et si je lui disais ? Au point où j'en suis !... » Cette tentation le terrifia, l'excita. La sale envie de glisser toujours plus bas, de voir jusqu'où il pouvait descendre.

— Quelle histoire moche ? dit-elle. Explique...

Il s'entendit murmurer :

— C'est à cause de Carole.

— Ta belle-mère ?

— Oui, j'ai couché avec elle. Mon père l'a appris. Je suis un beau salaud, hein ?

Il guettait la réaction de Valérie. Elle resta un moment silencieuse. Puis son sourire s'accentua, ses yeux se plissèrent et elle dit :

— Si tu te figures que je ne m'en étais pas

doutée ! Elle faisait une de ces gueules quand elle nous a trouvés à Bromeilles ! Elle est amoureuse de toi comme une vache, cette bonne femme !

Elle le regardait, la tête inclinée sur le côté, avec un air d'animation et de malice. « C'est tout l'effet que ça lui fait ! » pensa-t-il, déçu.

— Evidemment, reprit-elle, ton père n'a pas dû apprécier ! A son âge, c'est pas marrant !

— Non, comme tu dis, c'est pas marrant !

— Quelle salade ! Allez, n'y pense plus ! Ça va se tasser !...

Elle s'était rapprochée jusqu'à le toucher avec la pointe de ses seins. Il la prit dans ses bras. Impossible ! Son père était encore dans la chambre, son père voyait tout... Et bien ! raison de plus ! Il appuya sa bouche sur le velours des lèvres qui s'offraient. Brusquement alourdie, elle l'attira vers le lit. Il n'avait pas prévu ça. Mais n'était-ce pas une façon radicale de tout oublier ? La chute, la nuit, l'engloutissement... Il fit l'amour avec elle comme il eût assouvi une vengeance. Ensuite il se retrouva vide et abattu, plus dégoûté encore. Elle se lavait et se recoiffait derrière le paravent.

— J'ai une de ces faims ! dit-elle.

4

La sonnerie était-elle détraquée ? Il semblait à Daniel que le cours d'algèbre de Mérinasse durait depuis plus d'une heure. Par malchance, il avait oublié sa montre à la maison. Et Laurent Sauvelot, son voisin, qui aurait pu le renseigner, était absent depuis deux jours : une crise de foie, avait dit Danielle. Quand il se mettait à bouffer, celui-là ! Daniel se tourna à demi et chuchota par-dessus son épaule :

— T'as l'heure ?

Debuquer, assis derrière lui, répondit :

— Encore dix minutes !

Le terrible Mérinasse s'arrêta net d'écrire au tableau noir, laissa retomber son bras, ressembla, long, sec et vêtu de gris, à un poteau télégraphique, et proféra d'une voix cassante :

— Que venez-vous de dire, Eygletière ?

— J'ai demandé l'heure, monsieur.

— Vous êtes pressé ?

Une soudaine envie de farce et de bravade traversa l'esprit de Daniel. Il s'illumina et répondit :

— Oui, monsieur, j'ai un rancart.

Le plus fort, c'est que c'était vrai : Danielle l'attendait au Luxembourg. La salle pouffa de rire. Daniel se rengorgea. Le succès d'estime qu'il remportait auprès de ses camarades le consolait de ses mauvaises notes en composition. A un mois du bac, il avait maintenant la tranquille certitude qu'il n'éviterait pas l'échec.

— Vous serez consigné jeudi, décréta Mérinasse, ainsi que votre camarade Debuquer qui a eu la généreuse idée de vous répondre.

Nullement affecté, Daniel sacrifia cependant à la tradition des victimes gémissantes :

— Oh ! non, m'sieur !... C'est pas juste, m'sieur !... On a une compo de géo le vendredi, m'sieur !...

Et il pensa que le plus simple était encore de « se faire porter pâle », à partir du lendemain. Pour ce qu'il apprenait au lycée ! A la maison, il pourrait réviser les chapitres les plus importants du programme, avec, comme accompagnement, quelques bons disques de jazz. Son père, qui avait la tête ailleurs, signerait tous les billets d'excuse qu'il voulait.

— Reprenons, dit Mérinasse. Nous avons vu que, pour qu'il y ait une asymptote, il faut qu'il y ait une direction asymptotique. Si la direction asymptotique est portée par Oy, l'équation est...

Daniel se pencha sur son cahier, mais, au lieu

d'aligner des chiffres, sa plume traçait des profils de femmes au bas de la page. Certaines ressemblaient à des négresses. Il se dit qu'il avait passé une triste année, dans l'ensemble. Le temps lui avait manqué pour soigner son rapport à la Fondation Zellidja ; aussi, vraisemblablement, ne serait-il pas primé ; il ne devait même pas compter sur une bourse de second voyage ! Au reste qu'en eût-il fait dans sa situation ? Danielle l'avait supplié de s'arranger pour la rejoindre, cet été, sur la Côte d'Azur où elle passerait les vacances avec ses parents. Il ne pouvait rien lui refuser, maintenant qu'elle était sa maîtresse. Autre question épineuse : ses rapports avec Laurent Sauvelot. Coucher avec la sœur d'un copain posait pour lui un grave cas de conscience. Si Laurent apprenait la vérité, il deviendrait fou de rage, il voudrait casser la gueule à Daniel et, comme Daniel était le plus fort, ce serait Laurent qui, très injustement, dégusterait. Donc, il valait mieux ne rien lui dire. Mais ne rien lui dire revenait à le tromper. Et tromper un ami, c'est plus grave que tromper une femme ! Dans des moments pareils, on comprenait que le théâtre de Corneille n'était pas tout à fait du bidon !

La sonnerie de la délivrance dressa Daniel derrière son pupitre. En fonçant, il avait quelque chance d'attraper son frère à la sortie de l'ancienne Fac, où avaient lieu les cours de troisième année. C'était à deux pas du lycée Saint-Louis.

Le mercredi, Jean-Marc avait « civil » de quinze heures quinze à seize heures quinze. Daniel se rua, coudes au corps, devança ses camarades dans l'escalier, déboucha sur le boulevard Saint-Michel, tourna dans la rue Cujas et s'arrêta pile devant le flot mixte des étudiants qui s'écoulait avec lenteur hors de l'Ecole de Droit. La plupart avaient un air important et fatigué. Des groupes se formaient autour des filles. Daniel avisa son frère et Didier Coppelin qui descendaient les marches. Il les aborda avec un large sourire. Mais Jean-Marc fut à peine aimable.

— Qu'est-ce que tu veux ? dit-il brièvement.

Daniel devina qu'il tombait mal. Sans conviction, il demanda :

— Tu ne peux pas me refiler la clef de ta chambre ?

— Non, dit Jean-Marc. J'en ai besoin cet après-midi.

— Et demain ?
— Demain aussi.
— Tu sais, on ne resterait qu'une heure ou deux...

Jean-Marc secoua la tête de gauche à droite, avec décision. Daniel fit la grimace. Evidemment si son frère était en ménage avec une fille, la chambre ne serait plus jamais libre. Cette Valérie, quel pot de colle !

— Bon, dit-il. Eh bien ! alors, salut...

Il repartit d'un pas viril vers le jardin du Luxembourg.

Danielle l'attendait, assise sur une chaise, à l'endroit convenu, près du grand bassin.

— C'est loupé ! dit-il en la voyant.
— Quoi ?
— Pour la chambre. Mon frère en a besoin.

Etant femme, et par conséquent pudique, elle ne pouvait afficher une trop grande déception. Cependant un nuage de tristesse éteignit son regard. Elle sourit mélancoliquement :

— On est bien ici !

Il lui montra le ciel gris et prophétisa :

— Dans dix minutes, il va flotter.
— Y a qu'à aller dans un café, dit-elle.
— J'ai pas le rond.
— Alors, chez toi.
— Ah ! non ! c'est impossible !
— Pourquoi ?
— Carole n'est pas à prendre avec des pincettes en ce moment ! Je me demande ce qu'il y a eu entre mon père et elle ! Mais je te jure qu'ils ne rigolent plus. Chambre à part et gueules d'enterrement ! Si je t'amène et qu'elle est là, ça fera du vilain !

Il s'assit près de Danielle et soupira, accablé par le sentiment d'être un clochard de l'amour. Quel sort affreux pour un homme d'aller sur ses dix-huit ans, d'avoir trouvé la femme de sa vie et de ne pouvoir lui offrir un cadre digne de la passion qu'elle lui inspirait. Brusquement tous les problèmes du monde se ramenaient à ceci : un toit et quatre murs, pour être seul avec elle ! Il y avait tant de place perdue à Paris ! Des appartements de quinze pièces où végétaient deux ancêtres grelottants, des chambres de bonne vides, des bureaux inoccupés... L'esprit était saisi de vertige à l'idée de ce gâchis locatif. Le désir de Daniel se heurtait aux pierres de la ville, à l'égoïsme des parents, aux règles de la bienséance, à tout ce que les vieux avaient inventé pour empêcher les jeunes de jouir. Devant lui, blanches parmi les feuillages verdoyants, les statues s'accommodaient fort bien d'être nues en plein air. Il envia leur sang-gêne mythologique. Puis, entourant d'un bras fort les épaules de Danielle, il l'attira, lui baisa la joue, les lèvres. Elle se défendait mollement, dérangée par le va-et-vient des promeneurs. Mais nul ne les regardait. Il la serra de plus près, en murmurant :

— Dany, ma Dany !

Il l'appelait souvent ainsi depuis qu'ils avaient fait l'amour ensemble. Elle protesta :

— Non, pas Dany ! J'ai horreur de ça !

— T'as tort ! C'est autrement chouette que Danielle ! Dany ! Ça te va bien ! Ma petite Dany !

Des gouttes d'eau tombèrent. Il grogna :

— Ça y est, la flotte !

— J'ai une idée, dit Danielle. Je vais rentrer à la maison. Et toi tu t'amèneras dix minutes après, comme si tu venais voir Laurent. Il sera ravi, mes parents n'y verront que du feu...

Daniel fronça les sourcils. Il lui était pénible de penser que Laurent, malade, attribuerait sa visite à un élan d'amitié alors qu'il ne serait venu que pour Danielle.

— Pas très chic pour Laurent, ton truc, dit-il.
— Pourquoi ?
— Il va se figurer...
— Eh bien ! laisse-le !... Ça le rendra heureux !... Et moi aussi, par ricochet !...

Elle avait une gaieté innocente et perverse à la fois dans le regard. Daniel se sentit faiblir. Les ruses des femmes étaient effrayantes. Elles pliaient la morale à leurs desseins comme un vannier l'osier refendu.

— On y va ? demanda Danielle.
— On y va, dit Daniel d'un air ténébreux.

Et il songea à son frère qui, en ce moment, devait recevoir Valérie dans sa chambre ; lui, du moins, n'avait besoin de mentir à personne pour être heureux !

— Moi, je dis qu'on a une chance sur cinquante d'être reçus ! grommela Daniel.
— Et moi, une chance sur cent, renchérit Laurent.
— Vous n'êtes pas marrants ! dit Danielle.

Son frère la considéra avec sévérité :

— Tu trouves qu'il y a de quoi se marrer, toi ?

Il était assis au milieu de son lit, le pyjama ouvert sur une poitrine maigre, le teint jaunâtre, l'œil tragique.

— Dire que, si on avait fait philo, on passerait le bac les doigts dans le nez ! soupira Daniel. Je l'ai expliqué à mon père. Il n'a rien voulu savoir. Pour lui, il n'y a de salut que par les math élém.

— C'est comme le mien ! dit Laurent.

— Le tien, je comprends encore. C'est un ingénieur. Mais le mien, quoi ! il n'est pas foutu de distinguer un sinus d'un cosinus et il veut me pousser dans les sciences. Ça ne tient pas debout ! En tout cas, si c'est à recommencer, je ferai philo !

— Moi aussi.

— C'est bath, la philo !

Ils restèrent silencieux, le regard perdu dans un rêve métaphysique. Un disque tournait, libérant par saccades les sanglots d'une trompette bouchée.

— Et encore, reprit Daniel, on a fait surtout de la logique, en math élém. C'est le plus emmerdant !

— Il y a tout de même des choses intéressantes en logique, dit Laurent. Les différentes formes de raisonnement...

— Oui... Mais le pastis sur les syllogismes hypothétiques, disjonctifs, copulatifs... Très peu pour moi !

Accroupie par terre, au pied du lit, Danielle paraissait subjuguée par les connaissances des deux amis. Daniel trouvait étrange de la voir dans la chambre de son frère, entourée d'habitudes familiales et comme rendue à son état de pucelle. Etait-il possible que Laurent ne soupçonnât rien ? Combien de temps durerait ce jeu de cache-cache ? Soudain Daniel regretta d'être venu. Il sentait se réveiller en lui la méfiance ancestrale du garçon invité chez les parents d'une camarade. Toute maison où vivait une jolie fille ressemblait à un piège. Il préférait rencontrer « Dany » en terrain neutre.

— Tu comptes toujours faire du journalisme, plus tard ? demanda-t-il.

— Oui, dit Laurent.

— Eh bien ! moi aussi je voudrais faire du journalisme ! Mais du journalisme d'action, tu comprends ?

Danielle lui jeta un regard inquiet. Sans doute l'imaginait-elle déjà lancé sur les routes du monde et ne la voyant plus qu'entre deux reportages.

— Journaliste, ce n'est pas un métier, dit-elle.

Les deux amis se récrièrent d'indignation.

— Ce que tu peux déconner, ma vieille ! lui dit Laurent.

Cette exclamation choqua Daniel. Il refusait d'admettre que Dany fût aussi peu intéressante pour son frère que Françoise l'était pour lui. En vérité, si certaines filles n'étaient que sœurs, comme Françoise, d'autre, comme Dany, étaient femmes avant tout. Elle éclairait cette chambre garçonnière de son sourire. Empêché de lui dire son amour, il lui adressa un regard d'émotion intense. Au même moment, Laurent tourna les yeux vers lui. Avait-il intercepté le message ? Il se renfrogna. Daniel éprouva une brusque chaleur aux joues.

— S'il y avait un moyen d'acheter les sujets du bac, tu le ferais ? demanda Laurent.

Daniel se rasséréna : « Il n'a rien vu. » L'obligation de feindre l'épuisait. Il se sentait fautif, visqueux, et quelque peu félon.

— Non, dit-il. C'est moche !

— T'as une morale de plantigrade attardé ! dit Laurent. Il faut être pragmatique.

— Le pragmatisme, c'est pas ça !

— Ah ! pardon !...

Ils s'affrontèrent avec passion, entrechoquant les termes philosophiques comme des épées. Au milieu de la discussion, Danielle se leva, s'excusa et se glissa hors de la chambre. Quand elle eut disparu, le débat se ralentit. Privés de public, les deux adversaires avaient perdu leur ardeur combative.

— Je ne sais pas ce que j'ai mangé l'autre jour, dit Laurent, mais j'ai une de ces envies de dégueuler !

— Encore maintenant ? demanda Daniel.

— Oui, ou alors c'est parce que j'ai faim.

Il bâilla et gratta du bout des doigts ses pieds nus aux orteils en spatules. Daniel alluma une cigarette. La chambre de Laurent sentait le renfermé.

— Oui, ce doit être parce que tu as faim, dit Daniel. Quand penses-tu revenir à la boîte ?

— Après-demain. Qu'est-ce qu'il y a de nouveau, là-bas ?

— Oh ! rien... Debuquer a été premier en physique, premier en sciences nat...

— C'était couru !

Le silence retomba. Daniel se dit que, avant de connaître Dany, il ne s'ennuyait jamais avec Laurent. Etait-ce une conséquence normale de l'amour que de gâcher l'amitié ? Seul avec son copain, il trouvait le temps long, comme un dîneur qui s'impatiente entre les plats. Et puis il y avait cette sensation de duplicité, de trahison qui ne le quittait plus. Il rêvait d'une bonne action qui l'eût rafraîchi. Un aveugle à qui faire traverser la rue, une vieille femme à qui céder sa place dans le métro... Des souvenirs de scoutisme lui tournaient la tête. Absurde ! Il avait passé l'âge de ces gentillesses. « Si on ne devait jamais coucher avec les filles qui ont des frères, combien de types resteraient vierges ! » pensa-t-il avec mauvaise foi.

Dany revint, toute souriante.

— Maman demande si tu veux rester dîner à la maison, ce soir ! dit-elle à Daniel en s'arrêtant sur le seuil.

Interloqué, il balbutia :

— C'est très aimable de sa part... Je ne sais pas... Oui, je pense... Faut que je téléphone...

Elle lui tendit la main :

— Alors, viens !

— Tâche de te démerder, mon vieux ! dit Laurent. Ça sera chouette !

Il se laissa conduire jusqu'au téléphone, qui se trouvait dans l'entrée, sur une tablette. Debout à côté de lui, Dany lui chatouillait le creux de l'oreille avec son doigt recourbé.

— Laisse, dit-il, ou je ne me retiens plus !

Ce fut Carole qui répondit. Daniel prévoyait quelque difficulté de sa part. Mais elle dit sèchement : « C'est entendu », et raccrocha.

A peine eut-il reposé l'appareil à son tour que Dany lui appliqua un baiser agile en pleine bouche. Il eut peur et se retourna. Les deux portes donnant sur l'entrée étaient closes. Sans doute l'audace des filles était-elle plus grande dans la maison familiale dont elles connaissaient les moindres bruits.

— Je suis rudement contente que tu aies pu t'arranger ! dit-elle.

Il feignit de se réjouir lui aussi, mais ses scrupules augmentaient : après avoir abusé le frère, il allait abuser les parents !

Il retourna avec Dany dans la chambre où Laurent les attendait et, jusqu'à l'heure du dîner, souffrit de ne pouvoir accorder son plaisir de passer une soirée chez les Sauvelot avec son besoin d'honnêteté.

Mme Sauvelot, que ses enfants appelaient Marianne, vint prendre des nouvelles de son fils. Il affirma qu'il se sentait mieux et qu'il avait faim. Mais elle ne se laissa pas fléchir : il n'aurait qu'un bouillon de légumes et des biscottes. Elle était grande, massive, brune, avec des yeux clairs et un peu obliques, comme sa fille. Daniel, qui ne lui avait guère prêté attention lorsqu'il l'avait aperçue pour la première fois, l'année précédente, l'observait avec intensité maintenant qu'il voyait en elle la mère de sa maîtresse. Elle l'interrogea sur ses études, conseilla à Laurent de passer une robe de chambre et de se recoiffer s'il ne voulait pas indisposer son père, effleura d'un doigt léger la joue de Dany et entraîna tout le monde au salon.

M. Sauvelot, assis dans un fauteuil, à l'angle de la cheminée, lisait un roman policier. C'était un fumeur de pipe et un penseur. Ingénieur de son métier, il passait pour être souvent distrait. D'après Dany, toutes les décisions graves étaient prises dans la maison par Marianne. « Maman, c'est une locomotive ! » disait-elle. Et de fait, moulée dans une robe noire, le buste rebondi et le geste vif, cette femme évoquait une idée de vapeur, de puissance et de traction. Par contraste, M. Sauvelot, blond, mince, pâle, souriant, distingué, paraissait toujours en état de nonchalance et d'ironie. Daniel le trouvait sympathique mais intimidant. On ne servit pas de whisky comme chez les Eygletière. Le salon, plus petit et moins cossu que celui de la rue Bonaparte, était encombré de bons gros meubles confortables, de style anglais, à l'acajou luisant et aux coussins de cuir patiné. Une série de gravures de chasse alignait, sur un mur vert d'eau, des silhouettes de cavaliers aux vestes rouges et de chevaux bondissants. Par une baie ouverte sur la salle à manger, Daniel aperçut une table ronde, sous une suspension de cuivre à boules et à chaînettes. La bonne, toute jeunette et affairée, appela Madame pour la mettre au courant d'une difficulté culinaire.

Brusquement, Daniel se trouva assis au milieu de la famille Sauvelot, devant une assiette de potage. On ne prenait jamais de potage chez les Eygletière ; celui des Sauvelot avait un parfum exquis d'oseille et de crème aigre. Et quelle animation autour de la table ! Les parents n'étaient là que pour poser des questions, pour s'étonner et pour s'amuser. On parlait des études. Laurent était reparti à l'attaque contre les sciences exactes. Son père riait :

— Qu'est-ce que je prends ! Si tu n'aimes pas ça, n'en dégoûte pas les autres ! Je t'assure qu'il y a de la poésie, et même du mystère, derrière les calculs les plus ardus !...

— Et vous, Daniel, vous êtes aussi un littéraire, comme Laurent ? demanda Mme Sauvelot.

Sous ce regard bleu, posé sur lui, il se troubla :
— Littéraire, c'est un grand mot ! dit-il.
— Le rapport qu'il a écrit sur son voyage en Côte-d'Ivoire était for-mi-dable ! décréta Dany.

Daniel se défendit avec modestie : il n'avait fait que relater, au jour le jour, ses aventures. Mme Sauvelot lui demanda d'en raconter quelques-unes. Il hésita, puis, encouragé par les yeux brillants de la mère et de la fille, se lança fièrement dans l'évocation de son expérience africaine. Devenu le centre de l'attention, il ne savait plus au juste ce qu'il mangeait. La bonne changeait les assiettes, M. Sauvelot versait le vin dans les verres, et lui, parlait, sans chercher ses mots. Jamais il n'avait senti aussi nettement qu'il était un homme et même une forte personnalité. Cette famille simple et unie le mettait à l'aise. A croire que Dany lui était devenue plus proche, plus chère, depuis qu'il connaissait ses parents.

— Raconte aussi l'histoire de l'opération chirurgicale en pleine brousse ! dit-elle.

— Ce n'est peut-être pas le moment, dit-il. Je vais vous couper l'appétit !

M. et Mme Sauvelot protestèrent qu'ils avaient le cœur bien accroché. « Voilà des gens qui ont au moins quarante ans, et, malgré tout, avec eux, il n'y a pas de barrières », constata Daniel dans un élan d'enthousiasme. Et, laissant la macédoine de légumes refroidir dans son assiette, il commença :

— C'était aux environs de Bondoukou. Notre jeep s'est enlisée dans un marigot...

Tout en parlant, il observait son entourage. Il avait l'impression confuse, indéfinissable, que le père voyait en lui un ami de Laurent et la mère, un ami de Dany. Les femmes ont vraiment plus d'intuition que les hommes. Le regard de Mme Sauvelot ne le lâchait pas. Et il y avait dans ce regard une chaude et intelligente sympathie. Comme si elle se fût substituée à sa fille par la pensée et eût approuvé son choix. C'était à la fois très agréable et un peu gênant d'être ainsi décortiqué, évalué, adopté par une personne au physique aimable et à l'esprit mûr. A plusieurs reprises, il nota un coup d'œil de tendresse entre les deux femmes. Elles se comprenaient sans le secours des phrases. Il faillit trébucher dans son récit. Dany lui avait confié que sa mère la préférait à Laurent. Rien d'étonnant à cela : Laurent était une brute, aux idées courtes et aux traits ingrats, tandis que Dany !... « Je dîne avec elle, en famille », se répétait-il délicieusement. Et il lui sembla qu'il était déjà un habitué de cette maison où le potage avait un goût de jardin et où les meubles étaient faits pour servir et non pour être admirés. Comme dessert, des fruits rafraîchis. Juste ce qu'il aimait !

— Et vous comptez faire d'autres voyages ? demanda M. Sauvelot avec un intérêt que Daniel jugea très flatteur.

Aussitôt il devina toute l'angoisse de Dany jetée vers lui par-dessus la table. Elle s'insurgeait, faible femme, contre l'appel de l'aventure. C'était l'éternel combat des bâtisseuses de nids contre les avaleurs d'horizons.

— Peut-être ! dit Daniel. Ça dépendra de mes études, du métier que je choisirai...

— Oui, remarqua Mme Sauvelot, à votre âge les projets changent d'une année sur l'autre...

On eût dit qu'elle voulait rassurer son enfant. Cette alliance de mère à fille toucha Daniel : croyant être aimé d'une femme, il en avait séduit deux !

Le café fut servi au salon par Dany, petite divinité verseuse au profil innocent. Un sucre pour maman, deux sucres pour papa... Impossible de soupçonner qu'elle ne fût plus vierge. Et c'était lui le coupable, lui que ces infortunés parents comblaient de prévenances ! Il tournait la cuillère dans un breuvage aussi noir que son âme. Un sourire de Dany dissipa son remords. Elle s'était blottie sur un canapé de cuir, tout contre sa mère ; Laurent avait passé les jambes par-dessus un accoudoir de son siège et reposait ainsi, les genoux hauts et le derrière dans une cuvette ; M. Sauvelot, enfoncé dans un fauteuil-club, les pieds sur une table basse, fumait sa pipe, avec, de temps à autre, un sifflement engorgé. Daniel alluma une cigarette et prit une attitude désinvolte.

— Tu sais, papa, dit Laurent, on en a discuté tout à l'heure avec Daniel : le bac, pour nous deux, c'est cuit !

— Eh bien ! vous le repasserez en octobre ! dit M. Sauvelot.

— Il n'y a pas de session en octobre ! Ces salauds l'ont supprimée ! Ils ne savent plus ce qu'ils font ! Ça change tous les ans !

— Alors, vous redoublerez.

— Math élem ? Ah ! non ! Il faudrait être dingue ! Moi, il n'y a que la philo qui m'intéresse !

M. Sauvelot ne dit pas non. Il était d'une pâte fine et malléable. « Le modèle des pères », pensa Daniel en secouant sa cendre dans un cendrier de cristal.

— Et toi, Danielle ? murmura M. Sauvelot en se tournant vers sa fille. Ton bac, comment se présente-t-il ?

— Mais, papa, il n'y a plus de bac après la première !

— C'est vrai, j'oubliais. Enfin... tu crois que tu passeras dans... dans la classe supérieure...

— Non, dit-elle. Je n'aurai pas la moyenne.

— Pour une fille, ça n'a pas la même importance ! dit Mme Sauvelot avec vivacité.

Elle s'était interposée comme pour protéger Dany contre une éventuelle critique. Daniel remarqua, sur ce visage de mère, une expression de combativité ombrageuse, d'orgueilleuse admiration pour son enfant. M. Sauvelot eut un rire feutré :

— Loin de moi l'idée d'attaquer Danielle ! dit-il.

Un léger nuage de fumée sortit de sa pipe. Il plissait les yeux et regardait au loin. Daniel s'abandonnait à un bien-être engourdissant. Autour de lui, des chevaux anglais franchissaient des obstacles. Ce qui le séduisait ici, ce n'était pas ce qu'il voyait, mais quelque chose d'indéterminable, une harmonie entre les êtres et les objets, un laisser-aller où chacun avait sa place, une tendre et fraternelle anarchie... La conversation reprit, par moments toute proche et par moments lointaine, déformée. Daniel y participait de son mieux, traversé d'une chaude émotion lorsque le regard de Dany croisait le sien. S'il n'avait tenu qu'à lui, il fût resté jusqu'à l'aube. Cependant, M. Sauvelot donna des signes de fatigue et finit par dire :

— Vous êtes bien gentils, mais moi, demain, il faut absolument que je sois à huit heures et demie à mon travail !

Daniel prit congé à contrecœur de cette famille exemplaire. Sur le palier, Laurent lui serra la main à la broyer et Dany l'enflamma d'un regard de douce possession.

En rentrant à la maison, à minuit et demie, il fut étonné du silence de l'appartement et de la froide ordonnance des meubles.

5

Le plus ennuyeux, c'était la casquette. Elle serrait les tempes de Jean-Marc et lui rappelait qu'il était en service commandé. Certains clients n'exigeaient pas une tenue spéciale, alors que d'autres se seraient crus déshonorés d'être conduits par un homme tête nue. Depuis qu'il s'était inscrit à l' « Universal Transport » comme « chauffeur sans voiture », il n'avait fait encore que cinq sorties. On le payait quinze francs pour la demi-journée. C'était maigre, mais, son père lui ayant coupé les vivres, il était heureux d'avoir trouvé ce travail intermittent qui lui permettait de ne pas crever de faim. Chaque jour, il téléphonait au bureau à dix-huit heures pour savoir si on aurait besoin de lui le lendemain. La veille, il avait conduit la camionnette d'un libraire, chargée à craquer de livres et de paperasses, entre Paris et Vitry-le-François. Ce soir, au volant d'une Peugeot, il véhiculait un industriel français, M. Heurtier, qui faisait les honneurs de Paris à un couple mexicain, M. et Mme Alvarez. Les trois passagers s'étaient installés à l'étroit sur la banquette arrière. Jean-Marc les entendait discuter dans un sabir franco-espagnol, piqué de mots anglais. La femme — cinquante ans, harnachée de bijoux et parfumée à outrance — poussait de temps à autre une exclamation : « Et ça, qu'est-ce que c'est ? » On la renseignait : le Louvre, la statue de Jeanne d'Arc, le jardin des Tuileries, l'obélisque de la Concorde furent servis tout chauds par M. Heurtier à ses hôtes. La première station devait être un grand restaurant des Champs-Elysées. On y arriva, sans forcer l'allure, vers huit heures vingt. Jean-Marc descendit pour ouvrir la portière aux clients, comme on le lui avait recommandé à l'« Universal Transport ». Un géant, glabre, rubicond et galonné, le devança dans cette manœuvre et, casquette à la main, accueillit les nouveaux venus.

— Soyez là dans une heure et demie, dit M. Heurtier à Jean-Marc.

Jean-Marc s'inclina. Son patron d'un soir et le ménage mexicain s'engouffrèrent par une porte violemment éclairée.

— Si tu veux te garer, tu trouveras de la place rue du Cirque, lui dit le portier.

Jean-Marc le remercia et se rassit au volant. La rue du Cirque était un dortoir de voitures. Un groupe de chauffeurs bavardaient devant une Rolls. Il alluma la lampe intérieure de la Peugeot et tira de sa poche quelques feuillets polycopiés du cours de droit civil. Dans quinze jours, l'examen. Il y était mal préparé. Des morceaux entiers du programme (notamment en droit commercial et en international public) restaient pour lui terres inconnues. D'ailleurs, il ne pouvait plus étudier comme autrefois. La dispute avec son père l'avait désorienté : toute la charpente qui le maintenait en équilibre avait craqué d'un seul coup. Lui qui s'accommodait fort bien de vivre hors de sa famille tant qu'il avait conscience de pouvoir y rentrer, ne savait plus se passer d'elle à présent qu'il en était exclu sans espoir de retour. Il retira sa casquette et la posa à côté de lui, sur le siège. La marque d'un grand magasin était inscrite à l'intérieur, en lettres d'or. Le ruban de cuir était noirci par l'usage. Combien de types avaient porté cette casquette bleue avant lui ? Maintenant elle était là, renversée, la coiffe à l'air. Comme le chapeau d'un mendiant. Si Valérie le voyait !... Il lui avait dit, bien sûr, qu'il travaillait comme chauffeur sans voiture. D'abord elle avait trouvé ça marrant. Puis cette idée l'avait attendrie, excitée. D'un commun accord, ils voyageaient en seconde dans le métro, préféraient les promenades à pied aux séances de cinéma, évitaient d'acheter le journal et, quand ils avaient soif, choisissaient les bistrots où les consommations étaient les moins chères. Pour Valérie, il s'agissait d'un jeu. Pour lui aussi, dans une certaine mesure. L'obligation de se restreindre lui donnait meilleure conscience. C'était l'euphorie des petites privations. Il rêva d'une raie au beurre noir avec des câpres, d'un civet de lapin, d'un steack-pommes frites. La salive gonflait sa bouche. Combien de temps supporterait-il la demi-pauvreté, la demi-saleté, la demi-faim, la demi-culpabilité qui étaient maintenant son lot sur la terre ? De quelque côté qu'il se tournât, il ne distinguait pas de solution. « A défaut de publicité, les actes sont inopposables aux tiers, sauf dans les cas suivants... » Il avait revu tout le chapitre de la Publicité foncière avec Didier, la semaine précédente, et il ne s'en souvenait déjà plus. Au reste, Didier était encore moins en forme que lui, cette année. Jacqueline, « l'adorable Jacqueline » qu'il voulait épouser, venait de le plaquer pour un élève de l'Ecole des Ponts et Chaussées. Toutes des salopes ! C'était couru d'avance. Didier ne faisait pas le poids devant cette fille délurée et ambitieuse. Aujourd'hui, il se désespérait. Comme ce chagrin romantique paraissait dérisoire à Jean-Marc auprès de l'horreur morne où il se débattait lui-même. Et ces trois cochons qui s'en mettaient plein la panse au restaurant ! Lumières, courbettes, sauces fines. Il résolut de s'offrir un œuf dur et un bock.

Le bistrot où il pénétra était une caverne de plâtre vermiculé, de glaces roses et de nickel tubulaire. Il mangea et but au comptoir, en face de son propre reflet. Le jaune de l'œuf était verdâtre et sec, le blanc tirait sur le gris. Ou bien c'était un effet de transparence. Il écrasa les restes de la coquille sur la soucoupe. Des grains de sel brillaient sur la peau de ses doigts. Pour finir, un café très chaud, très sucré. Sa tête était lourde. Quelle touffeur dans cette salle où un « juke box » distribuait des musiques tonitruantes pour quatre consommateurs qui branlaient du chef ! L'œuf dur pesait comme une pierre sur son estomac. Il l'avait avalé trop vite. Un renvoi mourut sur ses lèvres. Et ses clients !...

Il paya, sortit en courant, remonta en voiture et arriva devant le restaurant au moment où M. Heurtier et les Alvarez repassaient la porte battante. Repus, contents, luisants, ils s'avançaient avec lenteur, comme respectueux des merveilles qu'ils portaient dans leur ventre. Etape suivante, « le Lido ». On n'y resterait guère. Le temps de vider une bouteille de champagne et d'admirer trente-six cuisses blanches ouvertes et refermées en ciseaux devant un public congestionné — déjà on repartait vers Montmartre. Cette fois, l'intimité entre M. Heurtier et les Alvarez s'étant affermie au fil des plats et des tableaux, on glissa vers une plus grande licence. Une boîte de striptease les avala, tout émoustillés.

Jean-Marc se gara, en double file, dans une rue adjacente et s'assoupit sur son siège. Parfois un visage de fille se penchait vers la portière à la vitre baissée. Il entrevoyait, à travers son mauvais sommeil, des yeux cernés de noir, de grosses lèvres vernies qui chuchotaient une proposition. Alors, détournant la tête, il cherchait à s'enfoncer plus loin dans l'oubli. Il s'éveilla tout à fait parce que M. Heurtier le secouait par l'épaule. Les Alvarez, insatiables, voulaient voir un spectacle plus corsé. On repartit. Encore deux boîtes de striptease, dont une clandestine « en étage ». Après quoi, blasée par ce déferlement de chairs poudrées et de cache-sexe en strass, toute la compagnie échoua dans un restaurant des Halles et se tapa une soupe à l'oignon.

Jean-Marc rentra chez lui à quatre heures du matin. Il vacillait de sommeil. Mais Heurtier lui avait refilé dix francs de pourboire. Il lava sa chemise de nylon dans le lavabo et la mit à sécher sur un cintre, au-dessus du receveur de douche. Pour bien faire, il eût fallu aussi laver les chaussettes, le slip : il n'en avait pas de propres pour le lendemain. Tant pis : ce travail supplémentaire excédait ses forces. Bonne journée, en somme. La nuit, le tarif était double. Trente plus dix — quarante. Il pourrait éviter le restaurant universitaire pendant trois jours. Echapper à cette cohue piétinante, à cette odeur de gargote, se donner l'illusion de l'aisance. Il ouvrit sa fenêtre, se glissa dans son lit, éteignit sa lampe de chevet. Le goût de l'œuf dur persistait sur sa langue. Derrière ses paupières fermées, clignaient des enseignes lumineuses. Des putains aux joues de plâtre, aux lèvres de sang, s'inclinaient au-dessus de lui. L'une d'elles ressemblait à Carole. Il s'éveilla en sursaut, trempé de sueur. Une faim nauséeuse lui tiraillait le ventre. Par la croisée ouverte, montait la rumeur sourde de la ville. Là-bas, au fond de la chambre, se balançait la silhouette flasque d'un pendu. Il reconnut la chemise de nylon, qu'un léger courant d'air berçait dans la pénombre. Pourquoi s'obstinait-il à vivre, puisque rien ne l'intéressait plus ? Tout ce qu'il avait su faire en une année, c'était de troquer une Carole contre une Valérie et la maison familiale contre une chambre de bonne. Formidable fiasco ! Il serra les dents, arrêta ses idées et souhaita n'être qu'une momie, un esquif d'os et de parchemin, livré au fleuve du temps.

★

Quelqu'un tapait du poing à la portière de l'auto. Une voix furieuse criait :

— Jean-Marc ! Jean-Marc !

Péniblement, il souleva les paupières. Autour de lui, il faisait grand jour. La voiture était garée au milieu de sa chambre. Une couverture lui ligotait les jambes. Son volant avait fondu entre ses mains. Sa chemise pendait dans la cabine de douches.

— Jean-Marc ! Tu es là ?

Il bondit hors du lit, rajusta son pyjama, ouvrit la porte à Daniel et grogna :

— Qu'est-ce que tu viens foutre ?

Puis il s'assit au bord du matelas, bâilla, se gratta le cuir chevelu à pleins ongles. Sans ce crétin, il aurait encore dormi deux heures : justement, il n'avait pas cours, ce matin !

Devant lui, Daniel restait debout, la face morte.

— Alors ? reprit Jean-Marc.

— Ben, voilà, dit Daniel, il vient de m'arriver un sale truc : Danielle est enceinte !

— Eh ! merde ! grommela Jean-Marc.

— Comme tu dis ! soupira Daniel.

Et, vidé de toute force par cet aveu, il se laissa descendre sur une chaise. Jean-Marc avait trop de soucis personnels pour s'attendrir sur la détresse des autres. Son premier mouvement ne fut pas de plaindre son frère, mais de s'irriter contre sa maladresse :

— ... Pouvais pas faire attention !

— Mais j'ai fait attention ! Tu penses, je connais la méthode ! Seulement, c'est Dany. Elle a dû se gourer dans ses calculs...

— C'est sûr ?

— Sûr. D'abord on a attendu... Puis on a fait le test, tu sais bien... Elle est enceinte, je te dis, tout ce qu'il y a de plus enceinte...

— Alors quoi ? Tu veux une adresse ?

— L'adresse, on l'a... C'est Debuquer qui me l'a refilée... Dany a même vu la sage-femme...

— Est-ce que c'est quelqu'un de sérieux ? Il ne faudrait pas que tu te fasses coincer !

— Non, non, de ce côté-là, y a pas de problème ! La sœur de Debuquer a été très contente !

— Ah ! bon, sinon j'aurais pu...

— Merci, mon vieux.

Ils se turent. Daniel se racla la gorge. Enfin, il dit :

— Je voulais surtout te demander... elle n'y va pas du dos de la cuillère, cette salope de sage-femme... Sept cent cinquante balles !... Tu penses que je n'ai pas ça sous la main !...

— Moi non plus, dit Jean-Marc.

— Je m'en doute ! Mais peut-être que tu pourrais me renflouer un peu, tout de même.

Jean-Marc lui montra son portefeuille ouvert sur la table de nuit.

— Soixante francs pour finir le mois, dit-il. Si tu veux, on partage !

— Je ne pensais pas que t'étais si ratiboisé, dit Daniel. Alors Françoise peut-être ?...

— Elle ne doit pas être au large non plus !

— Et Carole, si je lui en parlais ?

— Je ne te le conseille pas, dit Jean-Marc. Elle serait trop contente de prévenir papa !

— T'as raison. Elle est de mauvais poil, en ce moment. Chaque fois qu'elle ouvre la bouche, c'est pour m'engueuler ! Entre nous, t'as une sacrée veine de ne plus vivre à la maison. Si je pouvais me tailler, moi aussi...

— Et Madou, tu y as pensé ?

— Bien sûr !... Mais là aussi, ça m'ennuie... Elle

a des principes... Elle râlera... Enfin je vais voir... T'as pas dit que tu pouvais me prêter trente balles ?

— Si.

— C'est mieux que rien ! Trente balles par-ci, trente balles par-là...

Jean-Marc prit son portefeuille, en tira trente francs et les tendit à son frère. Dire qu'il avait travaillé pour ça, la nuit précédente ! Quelle couillonnade !

Daniel empocha l'argent, remercia et dit vaguement :

— Et toi, ça va ?

— Ça va, répondit Jean-Marc.

Puis ils restèrent court l'un devant l'autre. Daniel se répétait qu'il devait, par gentillesse, prolonger sa visite, mais il n'avait pas la tête à discuter dans le vide. Tant qu'il n'aurait pas trouvé l'argent, il ne connaîtrait pas de répit. Il quitta son frère sur une rude poignée de main, avec un sentiment d'ingratitude nécessaire. Une idée lui était venue entre-temps : vendre ses bouquins, ses bibelots, ses gris-gris, sa guitare... C'était bien le diable si, avec ça, il n'approchait pas les sept cent cinquante francs !

A la maison, il se cogna dans Carole qui sortait, puis dans Agnès qui, justement, faisait sa chambre. Il la mit à la porte en la poussant affectueusement par les épaules, alla chercher une valise et y empila d'abord quelques vieux manuels scolaires qui l'encombraient, puis des livres de voyage. A chaque volume qu'il prenait en main, une bouffée de tristesse remontait de son enfance. Mais plus il souffrait de ce dépouillement, plus il admirait la passion qui inspirait sa conduite. Son amour envers Dany s'accroissait de tout ce qu'il sacrifiait pour elle. Quand il en vint au poisson-lune, une hésitation le saisit. Même ça ? Eh ! oui, elle le méritait ! Bientôt, le monstre des mers, rond, translucide et piquant, fut détaché de son hameçon et une ampoule nue resta à sa place. Gris-gris, fers de lance, statuettes de bois taillé rejoignirent le poisson-lune dans un cabas. Privée de ses ornements, la case de l'explorateur était devenue la cellule d'un moine. Daniel accrocha sa guitare en bandoulière, empoigna le cabas d'une main, la valise de l'autre, et se hâta de sortir pour éviter le retour offensif des regrets. En cas de besoin, il bazarderait aussi son tourne-disque. Ce serait la dernière réserve, la cavalerie du désespoir.

Il avait bien prévu que les livres de classe et autres lui seraient rachetés pour trois fois rien, mais s'étonna du peu d'intérêt que les brocanteurs du quartier portaient aux objets d'art africains et au poisson-lune. Le marchand d'instruments de musique, auquel il s'adressa ensuite, fit la grimace devant sa guitare et lui en offrit, « à tout casser », cent francs. Indigné, Daniel s'écria qu'elle valait le quadruple. Alors l'homme, en se retournant, lui montra, au fond du magasin, six guitares d'occasion plus belles que la sienne, et lui jura que, depuis deux ans, elles ne trouvaient pas d'acquéreur. Daniel, consterné, baissa la tête et tendit la main. Il n'aurait jamais cru que ce qui avait tant de prix pour lui en eût si peu pour les autres. En allait-il de même dans le domaine de l'amour ? Peut-être Dany, qui lui paraissait irremplaçable, laissait-elle le reste du monde indifférent ? Peut-être n'y avait-il que lui qui la trouvât jolie ?

Total : cent quarante-sept francs cinquante. A supposer même qu'il liquidât le tourne-disque, il serait loin des sept cent cinquante balles réclamés par la sage-femme. La solution Madou était préférable. Il décida de se rendre à Touques, dimanche prochain. Mais il refusait d'y aller par le chemin de fer, et son vélomoteur ne valait pas tripette. A peine bonne pour des courses en ville, la mécanique risquait de le lâcher sur la route. Debuquer avait un vélomoteur plus costaud, presque une moto, en somme. Il le lui emprunterait. Déjà, il se voyait lancé à fond de train dans l'espace blanc et vert, avec le vent coulant sur l'arête de son nez, le vent au ras de ses oreilles, le vent au creux de sa chemise, tout un fleuve de vent et de bruit qui se déchirait dans le sens du fil. La vitesse vibrait dans ses poignets, dans ses mâchoires. A chaque inclinaison de son corps, la campagne penchait. Le plaisir qu'il se promettait était tel que, par intermittences, il oubliait les tristes motifs de cette randonnée. Il rentra chez lui dans une disposition d'esprit optimiste, bien que rien ne fût décidé pour Dany et qu'il eût abandonné à vil prix des objets auxquels il tenait beaucoup.

Durant tout le déjeuner, qui fut sinistre, entre un Philippe compassé, silencieux, et une Carole qui grignotait, il ne cessa de penser à son aventure. Il ne doutait pas que Madou, après avoir tempêté, lui prêterait l'argent dont il avait besoin. Et ensuite ? Dany saurait-elle, en cachette de ses parents, se rendre chez la sage-femme ? Aurait-elle le courage d'aller jusqu'au bout ?... Si l'affaire était découverte, quel scandale ! Il en avait le sang glacé par avance. Mais non, tout se passerait bien. « Deux mois, ce n'est rien encore. Pourvu qu'elle n'en reste pas moralement marquée ! » Tout de suite après, il l'entraînerait dans un tel tourbillon de joie qu'elle oublierait rapidement. Pourquoi ne pas l'emmener à Touques, sur la moto ? « Absurde ! Il faut que je sois seul pour parler à Madou ! D'ailleurs, si Dany m'accompagne, je ne pourrai pas rouler aussi vite ! On doit se taper facilement du quatre-vingts avec un engin pareil ! Attention ! trimbaler une femme enceinte sur une moto, c'est le meilleur moyen de provoquer une fausse couche ! La voilà, la solution rêvée ! Mais non, la route est trop bonne ! Un vrai billard. J'irai sans elle. Pleins gaz ! » De nouveau, l'ivresse motocycliste le prit aux cheveux. Le repas tirait à sa fin. Philippe consulta sa montre :

— Trois heures ! Tu ne vas pas être en retard au lycée ?

— Mais non, papa. C'est jeudi !

Philippe se renfrogna et sortit de table. La minute d'après, Carole avait disparu, elle aussi. Avaient-ils peur de se retrouver en tête-à-tête ? Daniel téléphona à Dany. Ils prirent rendez-vous au Luxembourg.

★

— Je suis sûr que Madou marchera ! dit Daniel. Dimanche soir, je reviens avec les sept cent cinquante balles. Et lundi... lundi, quoi ! on engrène sur le réel !

Il espérait un acquiescement chaleureux et s'étonna de voir que le visage de Dany tremblait et se déformait, tandis que ses yeux verts, obliques, s'emplissaient de larmes.

— Qu'est-ce que t'as ? murmura-t-il.

— Rien !

Il lui prit la main, la soupesa, la porta maladroitement à ses lèvres. Elle renifla et détourna la tête.

— Qu'est-ce que t'as ? reprit-il. Allez, accouche !

Aussitôt, conscient de sa bévue, il se rattrapa :

— Il y a quelque chose qui ne va pas, ma petite Dany ?

— Je veux... je veux garder cet enfant, balbutia-t-elle.

Il avait pensé à tout, sauf à ça ! Garder l'enfant ! Et pour quoi faire ? Evidemment, il ne pouvait être question de paraître étonné. Tombant des nues, il s'efforça de conserver un visage intelligent et amène.

— Ce n'est pas facile, dans notre situation, dit-il.

Les yeux de Dany se dilatèrent :
— Si, c'est facile !... C'est tout ce qu'il y a de plus facile !...

— Je ne pige pas ! Hier, tu étais d'accord. Tu m'as dit toi-même...

— Je ne t'ai rien dit ! Je t'ai laissé dire !... Et ça me faisait assez mal de t'entendre !... Et puis, cette nuit, j'ai senti que c'était impossible... Impos-sible, Daniel ! Tu ne peux pas me demander ça !... Je t'aime !... Je porte un enfant de toi !... Il faut que cet enfant naisse !...

Devant cette obstination femelle, tous les arguments de Daniel s'évanouirent. Le temps s'arrêta. Un silence s'établit, si lourd, si blanc, qu'il ressemblait à la mort. A deux pas de là, une Vénus offrait au soleil ses seins de pierre. Des enfants se poursuivaient en criant. Le jardin, écrasé de soleil, avait une odeur d'herbe sèche, de poussière et de gaufre. Dans un réflexe de défense, Daniel marmonna :

— Je comprends que tu veuilles le garder. Mais nous deux, alors ?

— Comment ça, nous deux ? Y a pas de problème. Nous allons nous marier, Daniel !

Il devinait, depuis un moment, la solution qu'elle avait en tête. Et pourtant, lorsqu'elle la formula d'une petite voix unie, il en fut étourdi. Une peur panique s'empara de lui. Il était happé par une courroie de transmission. Comment son père prendrait-il la chose ? Le temps d'un éclair, il s'imagina lui tenant tête. Des yeux d'acier, une voix tranchante. « Qu'est-ce que je vais dérouiller ! » pensa-t-il avec un tremblement solennel. Et il murmura :

— Tes parents ne voudront jamais !

— Ils n'ont rien à dire, mes parents ! Puisque Dieu nous a envoyé un enfant, leur devoir est de l'accepter !

Cette dernière phrase impressionna Daniel : « La resservir à mon père au moment de la grande explication ! »

— T'en as déjà parlé à ta mère ? demanda-t-il.

— Non. Mais, dans le fond, je suis sûre qu'elle sera ravie !

— Ravie, ravie... ça m'étonnerait ! J'ai dix-huit ans, je n'ai pas de situation...

— Comment, t'as pas de situation ? T'es étudiant ! C'est presque une situation, ça ! Après, tu gagneras ta vie comme tout le monde !

Il pensa à l'avenir qu'elle évoquait. Enfermé pour toute l'existence avec elle. Ce n'était pas désagréable. Mais son indépendance, sa carrière de journaliste, ses voyages ?... Bah ! il devait y avoir un moyen de concilier les obligations conjugales et l'esprit d'aventure. Autrement, on ne se marierait jamais. Quant à la question d'âge, elle était tout à fait accessoire. Pour se rassurer, il se récita la liste des types de sa connaissance qui avaient pris femme avant d'avoir fini de passer leurs examens. Les ménages d'étudiants étaient innombrables et heureux. Certes, il n'était pas encore étudiant lui-même. Mais à un an près !...

— Et comment ferons-nous pour le logement ? dit-il.

— Pour le logement, on s'arrangera toujours. Nous habiterons avec mes parents, pour commencer. J'ai une très belle chambre, tu sais...

Il hochait la tête, l'air à demi convaincu. En même temps, il se demandait s'il ne valait pas mieux passer par Carole pour prévenir son père. Non, de toute évidence Carole était trop bizarre en ce moment pour qu'on pût compter sur son appui. Jean-Marc ? « Il ne fera rien pour moi. » Françoise ? « Elle n'a aucune influence dans la maison. » Madou ? Il sauta sur cette idée. Lui téléphoner. Mieux : aller la voir !... Une fois de plus, il enfourchait la moto de Debuquer. Puis il s'arrêta. Fausse route : il suffisait que Madou dît blanc pour que son père dît noir. De quelque côté qu'il cherchât des alliés, il se retrouvait seul. C'était lui et personne d'autre qui devait affronter l'autorité suprême. Son angoisse prémonitoire augmentait à chaque battement de cœur. Une chose était certaine : il ne pouvait refuser d'épouser Dany après l'avoir mise enceinte. Une affaire d'honneur. Il la considéra avec un respect nouveau. Comment croire que, dans ce ventre plat et tendre, une vie fût en gestation ? Une vie qui était, en partie, sa vie à lui. « Je me prolonge. Je me dédouble. Je me mets au monde sous un autre visage ! » L'orgueil du créateur le pénétra. Soudain il se sentit à égalité avec l'auteur de ses jours. Devait-il craindre son père alors qu'il était père lui-même ? « Ce soir, après le dîner, je lui demanderai dix minutes d'entretien. D'homme à homme. Dans le bureau, de préférence. Et là, tout à trac, je lui dirai : c'est comme ça et comme ça, il n'y a pas à discuter... » Il s'échauffait dans le vide. Tout devenait facile, exaltant, presque gai. Il reprit la main de Dany et la pétrit fortement, comme pour sceller un pacte.

— On s'en sortira ! dit-il.

Elle lui dédia un regard de reconnaissance éperdue. En silence, elle le sacrait chef de famille. Il reçut cet hommage avec gravité. Comme ils allaient être heureux en ménage ! Plus besoin de se cacher. M. et Mme Daniel Eygletière. Et ce fils qui devait naître ! Ce fils ou cette fille ! Non, ce fils, ce fils ! Il bondit sur ses jambes. Le bonheur lui donnait la bougeotte.

— Je t'offre un verre, dit-il. Je suis plein aux

as ! C'est marrant, j'ai vendu mes bouquins, ma guitare, pour payer une saloperie et je vais employer cet argent à fêter notre mariage ! Tu crois qu'il naîtra quand ?

Sans hésiter, elle répondit :

— Fin janvier.
— Si tard ?
— Compte toi-même ! dit-elle. Mai, juin, juillet...

De mois en mois, la chose devenait plus sûre. Daniel grandissait dans sa propre estime en même temps que l'enfant dans le ventre de sa mère. En décembre, il se sentit prodigieusement solide, viril, noble et expérimenté.

— Oui, dit-il. Ce doit être ça !... Comment l'appellerons-nous ?
— Je n'y ai pas encore pensé !
— C'est vrai qu'on a le temps !

Son inconséquence le surprit : un quart d'heure plus tôt il envisageait de supprimer cet enfant, et maintenant il lui choisissait un prénom. A quoi tient le destin d'un être ! Elle s'était levée à son tour. Ils se dirigèrent vers la grille. Daniel la tenait par les épaules.

— Tu t'y prendras comment, avec ton père ? demanda-t-elle soudain.

Rappelé à l'ordre, il se raidit. Un frisson lui parcourut l'échine.

— T'en fais pas, dit-il. Ce soir, ce sera réglé ! J'ai mon idée.

★

Carole avait prévenu qu'elle ne dînerait pas à la maison. Etait-ce son absence qui assombrissait Philippe ? Jamais Daniel n'avait vu à son père un visage aussi dur. Assis l'un en face de l'autre, à la table familiale, ils étaient séparés par un désert blanc. Agnès officiait pour eux dans ce silence de chapelle. Parfois on entendait claquer une portière d'auto, dans la cour de l'immeuble. Daniel résolut d'attendre les fruits pour passer à l'attaque. Philippe prit une poire dans son assiette, la coupa en quatre et en pela lentement un morceau. Ses gestes étaient précis et son regard vague.

— Qu'as-tu fait cet après-midi ? demanda-t-il sans lever les yeux sur son fils.

— Rien, balbutia Daniel.

— Comment, rien ? Tu as avancé tes révisions, j'espère !

— Bien sûr !

— J'ai l'impression que tu prends ton bac par-dessus la jambe !

— Mais non, papa !

— En tout cas, arrange-toi pour ne pas faire marcher ton tourne-disque pendant que tu potasses tes cours ! Comment veux-tu retenir quelque chose avec ce boucan dans les oreilles ?

— C'est que, j'en ai besoin, papa. Je suis un audio-visuel !

Philippe haussa les épaules. Daniel s'en voulut de ces sages réponses. Tout à coup, il avait des culottes courtes. Pourtant, les phrases d'entrée étaient bien préparées dans sa tête : « Papa, je dois te mettre au courant d'une situation grave. J'aime une jeune fille : Danielle Sauvelot. Elle attend un enfant de moi. Dans ces conditions, je pense que tu seras d'accord... » A cet endroit, les mots se brouillaient. Même en esprit, il ne pouvait aller plus loin. Le couteau de son père glissait sur le quartier de poire et le dénudait avec élégance. Impossible d'interrompre ce travail d'art. « Plus tard, quand nous serons dans le salon... »

Ils passèrent au salon et Philippe alluma une cigarette. Daniel compta : un, deux, trois, aspira l'air profondément et dit :

— C'est drôle, tu ne fumes plus jamais la pipe, papa !

— Non, dit Philippe.

— Le père de Danielle Sauvelot, lui, fume la pipe.

— Ah !

— Danielle Sauvelot est la sœur de mon copain Laurent. Ils sont très gentils, tous les deux. Tu as dû les voir à la maison...

— Possible, je ne m'en souviens pas.

La conversation s'engageait mal. Daniel, épuisé, fit machine arrière. Son cœur battait vite. Valeureusement, il tenta un deuxième assaut :

— C'est chez les Sauvelot que j'ai dîné l'autre soir, quand je vous ai téléphoné... tu sais bien !...

— Oui.

— M. Sauvelot est ingénieur... La F.I.S.A.C., tu connais ?

— Non.

— Il paraît que c'est une très grosse boîte...

Silence. De ce côté-là non plus, ça n'accrochait pas ! Agnès apporta le café. Ils le burent à petites gorgées. La cuillère de Daniel tomba sur le tapis. « Je la ramasse et je dis tout ! » décida-t-il soudain. Il se baissa, prit la cuillère entre le pouce et l'index, se redressa lentement, rencontra le regard de son père et se tut, la gorge nouée.

— Tu vas travailler ? demanda Philippe.

— Oui, tout de suite.

— Alors, bonsoir. Moi, je sors.

Philippe se leva, laissant son fils interloqué. Quoi ? C'était déjà fini ? Empêtré dans ses plans de bataille, Daniel songea d'abord à le retenir. Mais il ne trouvait pas de prétexte. Ou plutôt il n'en cherchait pas, trop heureux que l'épreuve fût différée.

Il regarda partir son père avec un soulagement mêlé de rage. Sa lâcheté lui pesait sur le cœur. Toutefois, il devait convenir que le moment avait été mal choisi. Mieux valait attendre des circonstances plus propices que d'attaquer n'importe où et n'importe comment : c'était l'a b c de la stratégie. Demain soir, il retournerait à la charge. Et alors, pas de faux-fuyants. Droit au but. Que ça pète ou que ça casse !... On n'était pas à un jour près, tout de même ! Il croqua un sucre. Dans la lumière douce de la lampe, le salon dormait. Un mouchoir de Carole, en voile imprimé, traînait entre deux coussins. La cuillère avait laissé, en tombant, une petite tache sur la moquette. Evidemment Dany serait déçue. Il lui dirait que son père n'avait pas dîné à la maison. Premier mensonge conjugal. D'autres suivraient. Non, il voulait former avec elle un couple sans défaut. Mettre le bonheur en équation. Rien de plus facile quand on est de bonne foi l'un et l'autre. « Comme je l'aime ! Quelle chance j'ai de l'avoir rencontrée ! » se répétait-il pour se maintenir en état de grâce.

Il but encore deux tasses de café et retourna dans sa chambre. Murs nus, rayons à moitié vides, elle était méconnaissable. Les objets l'avaient abandonnée avant qu'il ne l'abandonnât lui-même. Tout ici lui parlait de son prochain départ. Il fit marcher le tourne-disque, s'assit à sa table et ouvrit son cahier de physique. « Le facteur de puissance d'un circuit alternatif est le rapport entre la puissance réelle évaluée en watts, donnée par un wattmètre, et la puissance apparente exprimée en volts-ampère. » Il ne comprenait rien à l'électricité. La lumière de l'ampoule dévoilée lui blessait les yeux. Le bac, puis le mariage. Louper le premier, réussir le second. Brusquement, il s'aperçut qu'il avait aussi peur de l'un que de l'autre. « Dans quel pétrin me suis-je fourré ? Mais non, c'est très bien ! Il faut que ce soit très bien ! Comment disait-elle ? Puisque Dieu nous a envoyé un enfant... » Il soupira. L'angoisse persistait. Le tourne-disque jouait un vieil air, *Stormy Weather*. Il saisit un crayon rouge et souligna quelques phrases au hasard, dans son cahier, pour se donner l'illusion d'apprendre.

6

Philippe appuya sur un bouton pour rembobiner le ruban magnétique, puis sur un autre pour passer à l'écoute. Hors du magnétophone, sa propre voix, déformée, rauque, presque méconnaissable, répéta, mot pour mot, la lettre qu'il venait de dicter. Demain, sa secrétaire taperait le texte à la machine et le présenterait à sa signature. Depuis quelque temps, il se rendait après le dîner à son bureau pour y travailler, à tête reposée, en l'absence du personnel. C'était même le meilleur moment de sa journée, celui où il retrouvait son équilibre, loin des visites, des parlotes et des appels de téléphone. L'affaire suivante maintenant : proposition de rachat par la « Société Maxwell et Hudson » des brevets exploités par la « Compagnie française des Cuirs bouillis ». Il réfléchit une minute, remit l'appareil en position d'enregistrement et, marchant de long en large, commença son exposé. D'habitude, ce genre de travail ne lui demandait aucun effort. Mais ce soir, il était fatigué, distrait, il ne savait comment articuler ses phrases l'une par rapport à l'autre. A cause de la machine, évidemment ! Au vrai, il préférait encore dicter à la brune Mlle Bigarros qui prenait tout en sténo, le dos rond, les pattes rapides et les ailes du nez luisantes. Il s'écouta parler. Sa voix tombait sans écho dans une mémoire mécanique. Ce perfectionnement technique aggravait l'impression de sa solitude. Il promenait les yeux sur les tentures beiges, la moquette marron, le téléphone aux multiples boutons, le magnétophone dont les deux bobines jumelées tournaient avec lenteur — et se découvrait seul être vivant au centre d'une architecture inhumaine. Une fois de plus, il avait dîné en tête-à-tête avec Daniel. Carole passait toutes ses soirées dehors. Elle avait sa vie, lui la sienne. C'était le résultat d'un pacte. Quand il avait parlé de divorce, elle avait aussitôt posé ses conditions. Non seulement elle exigeait une pension alimentaire exorbitante, mais encore, arguant du fait qu'ils étaient mariés sous le régime de la communauté, elle prétendait conserver la moitié de l'affaire. S'il voulait rester maître du Cabinet Eygletière, il devrait la dédommager. La valeur du fonds serait établie d'après le bilan moyen des trois derniers exercices. Sans doute avait-elle consulté des hommes de loi. Il ne pouvait acquiescer à sa demande sans se ruiner. Elle le tenait serré à lui couper le souffle. La plus grande bêtise qu'il avait commise dans sa vie, c'était de l'avoir épousée sans contrat. Mais elle paraissait si jeune, si insouciante, si vulnérable à cette époque-là, qu'il ne l'eût jamais supposée capable d'une arrière-pensée. Maintenant, force lui était d'accepter le *modus vivendi* qu'elle avait imaginé. Elle jouissait de tous les avantages de la femme mariée sans en supporter les inconvénients. Il devait même filer doux s'il ne voulait pas que, renversant les rôles, ce fût elle qui demandât le divorce. Car elle avait des preuves de ses infidélités, il en était sûr ! Elle était trop astucieuse pour n'avoir pas constitué, en temps opportun, son petit dossier ! Il s'aperçut que, depuis un long moment, il ne parlait plus. Le ruban magnétique, se déroulant toujours, n'avait enregistré que ses pas, ses soupirs, ses silences. Il acheva de dicter son rapport à la va-vite. Demain il le reverrait.

Minuit dix. Il rangea ses papiers, passa devant la salle des dactylos où les machines à écrire dormaient sous leurs housses, traversa le hall désert, coupa toutes les lumières et sortit dans la rue sombre. Il n'était pas pressé de rentrer chez lui. Qu'allait-il retrouver, rue Bonaparte ? Une maison froide, vide, sans âme. Après le renvoi de Mercédès, Carole avait engagé une femme de journée, à demi impotente, qui compliquait le travail d'Agnès au lieu de l'aider. Le ménage était mal fait, les heures des repas n'étaient plus respectées, tout partait à vau-l'eau. Cette désorganisation affligeait Philippe, mais il n'avait pas le courage de la combattre. Elle lui semblait le tranquille triomphe d'une force d'inertie et de décomposition, un abandon fatal, le complément indispensable de son dégoût.

Lorsqu'il pénétra dans l'appartement, une anxiété qu'il connaissait bien lui pinça le cœur : comme s'il se fût glissé dans une maison étrangère. Tout ici, murs et meubles, était imprégné de la présence de Carole. Marchant sur la pointe des pieds, il s'avança dans le salon et scruta l'obscurité devant lui. Pas le moindre rai lumineux sous la porte de la chambre à coucher. De deux choses l'une, ou Carole dormait, ou elle n'était pas encore rentrée. La seconde supposition paraissait la plus vraisemblable. Depuis leur dispute, ils ne se rencontraient qu'aux heures des repas et ne s'adressaient la parole qu'en cas de nécessité absolue. Debout au milieu de la pièce, il écouta encore. Puis, chassé par le silence, il rebroussa chemin.

A présent, il couchait dans son bureau, sur le divan adossé à une muraille de livres. Un lit de jeune homme, étroit et sec. Sur une petite table, à portée de sa main, une lampe à pied de cuivre, un cendrier, des journaux, un coupe-papiers, tout un confort de célibataire. Il s'assit lourdement au bord du matelas. Subitement, il éprouvait le poids des années sur ses reins. Il se rappela son collaborateur, Zurelli, qui avait eu un infarctus au début de l'année et qui, depuis, n'était plus le même homme, pâle, prudent, songeur, vivant à petit feu... Lui aussi, maintenant, était un malade. Le coup que lui avait porté Carole l'avait stupéfié, écœuré. Son énergie le fuyait par une invisible blessure.

Il se dressa, traversa le couloir et entra dans la minuscule salle de bains attenante à l'ancienne chambre de Jean-Marc. Son reflet s'inscrivit dans la glace du lavabo. Le bas de son visage avait épaissi. D'ici qu'il eût de nouveau un double menton !... Il n'avait plus le courage de suivre son régime. « Qu'est-ce que ça peut me foutre ? »

Il se déshabilla et passa sous la douche. L'eau giclait, tiède et vive, sur ses épaules, brouillait ses yeux, mouillait ses lèvres. Qui était l'amant de Carole à l'heure actuelle ? En avait-elle un seulement ? Bien sûr ! Elle était jeune encore, belle, libre ! Elle n'avait qu'à paraître pour séduire. Et lui ? Tous ses succès étaient à base d'argent. Aucune de ces femelles ne l'avait aimé pour lui-même. Il avait toujours plus ou moins casqué. Il se sécha avec une serviette éponge, enfila son pyjama bleu et se brossa les dents. Un goût de menthe lui emplit la bouche. La brosse, rudement maniée, écorchait ses gencives. Peut-être était-il trop âgé pour Carole ? En l'épousant, il s'était lancé dans une course qui n'était pas sa distance. Il manquait de souffle. Non ! Même un type de trente-cinq ans, de trente ans, aurait été roulé par elle. Cette garce avait l'instinct de la destruction. Sa joie n'était pas tant de plaire que de pourrir tout ce qu'elle approchait. Il se rinça la bouche et cracha violemment. Une eau rougeâtre coula dans le lavabo. Ce n'était pas parce qu'elle aimait Jean-Marc qu'elle avait couché avec lui, mais parce qu'elle avait trouvé là une occasion exceptionnelle de salir, de dégrader, de désespérer... Maintenant qu'elle avait réduit ce gamin à zéro, il ne l'intéressait plus, sans doute. Philippe reboucha le tube de pâte dentifrice. Une phrase d'Agnès lui revint en mémoire : « Mais, monsieur, c'était l'année dernière... »

Il retourna dans le bureau, se glissa dans le lit, prit le journal, essaya de lire. Les lignes se confondaient. A contrecœur, il chaussa ses lunettes. Il eût voulu éviter d'en porter le plus longtemps possible. Mais il n'y avait rien à faire contre la lente usure du corps. Il parcourut quelques titres. « Et Jean-Marc, où en est-il ? » Chaque fois qu'il pensait à son fils aîné, il se cognait à un mur blanc. Ni colère, ni tristesse, ni rancune, ni pitié. Rien. Le vide. Il rejeta le journal. La bibliothèque était prise dans la lumière jaune de la lampe comme dans un sirop. Tous ces bouquins dont il n'avait pas lu la moitié ! Il s'assit sur son oreiller, cueillit un livre, au hasard, sur un rayon : *Les Illuminés* de Gérard de Nerval. Qu'avait-il à faire de cette littérature élégante ? Ses yeux couraient d'une phrase à l'autre et son esprit ne suivait pas.

Il avait chaud. Il déboutonna son pyjama. Sa bouche était âcre. Il se releva, passa dans la cuisine et prit une bouteille d'eau minérale dans le réfrigérateur.

Pendant qu'il remplissait son verre, il entendit le battement sourd de la porte d'entrée. Carole ! D'où revenait-elle ? Il s'en foutait ! Il se foutait de tout ! Il vida son verre, le reposa, sortit. Dans le couloir, il se heurta à Daniel qui avançait à sa rencontre, furtif, des cahiers sous le bras. Un instant déconcerté, Philippe grommela :

— C'est à cette heure-ci que tu rentres, toi ?
— ... Pas tard ! balbutia Daniel.
— D'où viens-tu ?
— De chez les Sauvelot.
— Qu'est-ce que tu faisais, là-bas ?
— Je révisais mes maths avec Laurent.
— Quel Laurent ?
— Laurent Sauvelot, mon copain... Tu sais bien, papa...
— Ah ! oui, dit Philippe. Va te coucher...

Mais Daniel ne bougeait pas. Il observait son père avec un mélange d'audace et de crainte. Sa pomme d'Adam monta et descendit au passage d'une goulée de salive. Il marmonna :

— T'as pas une minute, papa ?
— Quand ?
— Maintenant. Je voudrais te parler. C'est important !

Philippe hésita, puis dit :

— Eh bien ! parle !

Le regard de Daniel parcourut l'alignement sinistre des portes de placards. Elles luisaient, toutes pareilles, grises, rectangulaires, laquées, dans la clarté dure de l'ampoule électrique.

— Ici ? murmura-t-il.

— Viens, dit Philippe.

Ils entrèrent dans le bureau. Philippe s'assit de biais, au bord de sa table de travail. Du coin de l'œil, il voyait, avec mécontentement, la tache blanche du lit contre la bibliothèque. Ces draps froissés, cet oreiller solitaire, quel aveu ! Mais Daniel semblait n'avoir rien remarqué. Il se tenait debout, raide, concentré, comme à l'extrémité d'un plongeoir. Soudain, il s'élança :

— Papa, il se passe une chose très grave. Danielle Sauvelot... la sœur de mon copain Laurent... elle... elle attend un enfant de moi... Je suis obligé de l'épouser...

Après le dernier mot, sa poitrine se dégonfla, ses épaules s'abaissèrent. Philippe prit le temps d'encaisser la nouvelle, de la retourner et de dompter son premier réflexe de colère. Face à Daniel terrorisé, il dit calmement :

— Tu es complètement idiot, mon pauvre vieux !

— Mais, papa... il n'y a rien d'autre à faire...

— Il y a toujours quelque chose d'autre à faire !

— Elle veut garder l'enfant !

— Ah ! dit Philippe en souriant. Je m'en doutais

un peu, figure-toi ! Elle te fait le coup du chantage ! L'enfant, l'enfant ! Est-il seulement de toi ?

Les yeux de Daniel s'arrondirent. Son étonnement était celui d'un croyant devant un blasphémateur.

— Oh ! papa ! gémit-il. Comment peux-tu ?... Danielle est une jeune fille très bien...

— Une jeune fille très bien qui s'est fait coller un gosse et qui essaie de te harponner !

— Je te jure !

— Qu'est-ce que tu me jures ? dit Philippe en haussant le ton. Tu ne sais rien ! Tu patauges dans un merdier ! Et maintenant, il faut que je me décarcasse pour t'en sortir ! On va la prendre par la peau du cou, ta gamine...

— Pourquoi ?

— Pour lui apprendre à vivre ! D'abord tu vas refuser de reconnaître que l'enfant est de toi ! Elle ira lui chercher un père ailleurs ! Ou alors elle fera comme les copines !

— C'est-à-dire, papa ?

— Elle se fera avorter !

— Jamais !

— Quoi ?

— Je dis : jamais ! bredouilla Daniel. Ce n'est pas seulement elle qui ne veut pas, c'est moi ! Nous aurons cet enfant ! Nous nous marierons, papa !...

Philippe n'avait même plus la force de s'indigner. La bêtise, la naïveté, l'entêtement de son fils décourageaient en lui toute velléité de persuasion. « Il est trop con ! » pensa-t-il avec lassitude. Il passa la main sur son visage, en appuyant sur le front, sur le nez qui plia un peu.

— Je suppose qu'elle en a déjà parlé à ses parents, dit-il.

— Non... Elle voulait que je t'en parle d'abord... Mais, avec ses parents à elle, y aura pas de problème... Ils m'ont vu, ils m'aiment bien... Si tu connaissais sa mère !... Elle est d'une douceur !... Et son père est si gentil !...

Assis sur la table, Philippe balançait la jambe mollement et songeait avec une délectation hargneuse : « Ça sait à peine aligner deux phrases sans commettre une faute de français, ça ne fout rien en classe, ça se croit quelqu'un parce que ça porte des cheveux longs, parce que ça fume, parce que ça se frotte aux filles, ça fabrique un gosse sans le vouloir, ça prétend se marier sans avoir le sou, ça compte sur les autres pour le faire vivre, ça n'a ni intelligence, ni envergure, ni goût du travail, et c'est avec ces couillons présomptueux, avec ces pâles loches de pluie qu'on espère construire la France de demain ! » Il s'échauffait, les nerfs crispés, la tête bouillonnante. Un petit muscle sautait au coin de sa paupière droite.

— Quel âge a-t-elle ? demanda-t-il sèchement.
— Deux mois de moins que moi, dit Daniel.
— Bravo ! Une fois marié, que feras-tu ?
— Je continuerai mes études.

— Evidemment ! Et où habiterez-vous ?

— Justement, on en a parlé avec Danielle. On vivra avec ses parents.

— A leurs crochets ?

Daniel redressa la tête, comme offensé :

— Pourquoi ? Elle vit bien chez ses parents maintenant ! Ce n'est pas une personne de plus qui changera beaucoup les choses. D'ailleurs nous leur verserons nos allocations.

— Quelles allocations ?

— Il y en a des tas ! dit Daniel. On s'est renseigné, tu penses !...

Il commença l'énumération d'un air pénétré, en levant un doigt après l'autre :

— Les allocations prénatales, les allocations de maternité, les primes d'allaitement, les allocations familiales... Ça finit par chiffrer, tu sais !

— Tu parles de tes allocations comme d'une situation d'avenir ! gronda Philippe. Ça ne te dégoûte pas un peu de partir dans l'existence avec ces aumônes de l'Etat aux pondeuses d'enfants ? A ta place, je serais écœuré de prendre une femme sans avoir de quoi la faire bouffer ! On n'est pas un homme tant qu'on ne gagne pas sa vie ! Et, quand on n'est pas un homme, on ne se marie pas !

— Ben oui, marmonna Daniel, t'as raison... Moi aussi, j'aurais préféré avoir fini mes études et tout... Mais puisque ça ne s'est pas trouvé comme ça !... On ne va pas se rendre malheureux pour des histoires de principes...

Devant ce visage alourdi par le refus de comprendre, Philippe capitula. Il n'avait rien de commun avec son fils. Chaque fois qu'il se retrouvait seul avec lui, à table, il avait l'impression que cette gueule de boy-scout serviable était la matérialisation de son infortune. Il n'en pouvait plus de le voir mastiquer en face de lui, à midi et le soir. Quel soulagement si Daniel quittait la maison ! Philippe se leva et dit :

— En tout cas, ne compte pas sur moi pour te verser, moi aussi, des allocations.

— Je n'y compte pas, dit Daniel.

Philippe boutonna le col de son pyjama. « Oui, oui, qu'il aille faire son bonheur ou son malheur autre part ! Qu'il débarrasse le plancher ! Il m'ennuie ! » Nerveusement, il prit une cigarette dans un paquet qui traînait sur un guéridon. Daniel craqua une allumette et la lui tendit.

— Puisque tu as fait le con en mettant cette fille enceinte et que tu as l'intention d'aller jusqu'au bout de ta connerie en l'épousant, je n'ai qu'à la boucler, dit Philippe en rejetant la fumée par les narines.

— Ça veut dire que t'es d'accord ?
— Exactement !
— Oh ! merci, papa ! dit Daniel.

Il souriait de toutes ses dents. Un comble ! Philippe, agacé, ouvrit la porte. Mais Daniel hésitait à sortir. Son sourire avait disparu. De nouveau, il avait cette lèvre pincée, cet œil obtus qui étaient, chez lui, les signes d'un grave débat intérieur. Il dit :

— Maintenant il faudrait que tu rencontres ses parents...

— Quoi ? s'écria Philippe.

— Pour qu'ils sachent à quoi s'en tenir, tu comprends !...

L'indignation de Philippe retomba aussi rapidement qu'elle était montée. Impossible de refuser. L'affaire pouvait être réglée en quelques mots. Il inclina la tête :

— C'est bon ! Je passerai les voir !

Le sourire revint sur le visage de Daniel. Il paraissait heureux jusqu'à l'ahurissement. Pressé de le voir partir, Philippe lui mit une main sur l'épaule et bougonna :

— Allez, file ! Bonne nuit !

— Bonne nuit, chuchota Daniel.

Et soudain, il ajouta :

— Je voulais te demander, papa... T'as l'air bizarre, depuis quelque temps... T'as des ennuis, je le sens bien !... Tu ne veux pas me dire ?...

— Je n'ai rien à te dire, répliqua Philippe rudement. Tout homme a de mauvais passages dans sa vie. Tu l'apprendras plus tard, malgré tes allocations familiales et autres !

Il le poussa dehors, se recoucha et reprit son livre. Les phrases harmonieuses de Gérard de

Nerval l'irritaient, il sautait des paragraphes, des pages entières. Un regard à sa montre de chevet : deux heures du matin. Il éteignit la lampe. Quelques minutes plus tard, dans le silence de l'appartement, il entendit de nouveau la porte d'entrée qui s'ouvrait. Cette fois, c'était bien Carole. Il resta les yeux ouverts, dans le noir. Un calme étrange l'envahissait : elle était rentrée.

7

On frappait à la porte. Carole se dressa à demi sur ses coudes. Il lui fallut un sursaut de mémoire afin de se rappeler qu'elle avait sonné Agnès pour lui demander du thé. Sans doute s'était-elle, entre-temps, rendormie. Un lourd sommeil matinal. Le seul vrai sommeil, peut-être, depuis qu'elle s'était plongée, hier soir, à bout de forces, dans son lit. Quelle nuit affreuse ! Les tempes serrées, la bouche mauvaise, l'estomac en feu ! Elle avait eu tort de manger du poulet au citron dans ce restaurant africain. La sauce était trop piquante. Mais Xavier insistait. Et tous les autres. On avait bu de l'eau-de-vie de figue. L'orchestre noir jouait fort. Ce martèlement de tam-tam, elle le ressentait encore dans ses veines. Toute sa peau se hérissait. La chambre flottait dans la pénombre.

— Entrez, dit Carole.

Agnès portait à deux mains le plateau du petit déjeuner.

— Quelle heure est-il ? demanda Carole.

— Dix heures, madame.

Comme chaque matin. Agnès posa le plateau sur le lit, ouvrit la fenêtre tout grand et tira les rideaux. Carole cligna des yeux dans la lumière. Le soleil et l'air frais l'étourdirent soudain.

— Les stores, Agnès !

Agnès baissa les stores et se retira. Carole se servit et porta la tasse à ses lèvres. Une chaude coulée de thé se répandit dans son corps, lavant tout, brûlant tout, purifiant tout sur son passage. L'odeur des toasts chatouilla ses narines. Elle résista à l'envie d'en grignoter un. Après les excès de la veille, il était sage de laisser l'organisme au repos. De la journée, elle n'avalerait que quelques fruits et trois verres d'eau minérale. Elle devait avoir une mine de déterrée. Avec appréhension, elle prit une glace à main sur la table de chevet. Eh bien ! non, c'était tout à fait honorable ! Le blanc de l'œil clair, les commissures des lèvres et des paupières à peine ombrées de petites rides... Décidément, cette crème de nuit lui réussissait bien. Elle aurait presque pu se passer de maquillage. Olympe lui avait souvent dit qu'elle la trouvait plus jolie au saut du lit qu'apprêtée pour sortir. Se méfier d'Olympe. Existe-t-il une amitié féminine exempte de perfidie ? Elle glissa la main sur son cou dont la peau, sous le menton, se relâchait un peu. « Il paraît qu'en avançant la mâchoire vingt fois chaque matin... Idiot ! » Puis ses doigts remontèrent dans ses cheveux, les soulevèrent, en distribuèrent les mèches selon un dessin longuement étudié. Elle se contemplait dans la glace, félicitait son reflet et regrettait d'avoir pris rendez-vous chez le coiffeur, cet après-midi. En toute sincérité, elle aurait pu attendre huit jours encore pour sa mise en plis. D'autant que, Harold n'étant pas là, ce serait probablement Raoul qui la coifferait. La dernière fois, Raoul l'avait défigurée ! Elle n'irait pas. Mais brusquement, sans la séance chez le coiffeur, son après-midi s'effondrait. Une suite d'heures vides, neutres. Jamais elle n'avait éprouvé un tel manque d'entrain devant la vie. C'était la soirée d'hier, ce repas trop lourd, ce bruit... Et puis Xavier n'était pas drôle ! Quelle idée de l'avoir emmenée là avec deux couples qu'elle connaissait à peine. Les hommes parlaient affaires (ils étaient tous dans le commerce des grains), les femmes n'avaient rien à se dire, l'orchestre se déchaînait sous un plafond de laque rouge, l'éclairage était si tamisé que le poulet paraissait mauve dans les assiettes, le service était assuré par de grands nègres nonchalants. Après le dîner, on avait dansé. Xavier serrait Carole de près. Il avait le sens du rythme. Ses moindres mouvements épousaient la musique. Elle n'avait pas encore fait l'amour avec lui. Ce serait pour demain ou après-demain. Quand elle voudrait. La simplicité toute animale de ce rapprochement était attristante. En la raccompagnant à la maison, il l'avait invitée à partir avec lui pour les Antilles. Une croisière de luxe sur un paquebot italien. Embarquement à Cannes dans huit jours. Durée du voyage, sept semaines, avec escales dans les îles les plus pittoresques. Elle n'avait dit ni oui ni non. Certes, Xavier ne l'excitait guère, avec son visage en mie de pain, sa gentillesse invariable, son absence totale d'humour, mais l'archipel l'attirait comme une sorte de gros dessert géographique. Quitter Paris. Aller n'importe où, vers le soleil. Elle en avait assez de cette ville bruyante, de ces gens, toujours les mêmes, qui se connaissaient tous entre eux, de ces encombrements, de ces intrigues, de ces dîners, de cette odeur d'essence... Elle rêva au déferlement de la mer sur une plage déserte. Le vent dans les cocotiers. Un jeune homme nu, debout, au sommet d'une vague, en équilibre sur une planche. Et l'océan le porte, de crête en crête, parmi un bouillonnement d'écume, jusqu'au rivage. Dans quel film avait-elle vu cela ? Ce jeune homme ressemblait à Jean-Marc. Elle coupa court. D'ailleurs on ne devait pas pratiquer le surfing aux Antilles. Xavier n'avait rien d'un sportif. Jean-Marc non plus !

Elle respira lentement et se mit à maquiller ses yeux. La brosse, chargée de cosmétique, glissait sur les cils, les alourdissait, les allongeait. Dans la glace, le regard de Carole gagnait en profondeur et en mystère. Elle n'avait rien résolu, ni pour le coiffeur ni pour les Antilles. Cette indécision lui était agréable comme la tiédeur des draps, l'élasticité du matelas, le mol enfoncement de l'oreiller sous la courbe de son dos. « Plus tard, on verra. J'ai le temps. Je suis fatiguée. C'est un jour ni chair ni poisson, voilà tout ! » Les yeux étaient « finis ». Elle ne maquillerait rien d'autre. Un peu cadavérique, mais intéressante. Un essai. A l'intention de qui ? La conscience de sa solitude la glaça. Il y eut autour d'elle une vibration, un élargissement d'ondes concentriques, comme autour d'un gong touché par un maillet. Sa tête était de plus en plus douloureuse. S'il avait fait moins clair, elle se fût volontiers rendormie. De nouveau, trois coups à la porte. Agnès revenait chercher le plateau du petit déjeuner. Lui demander de fermer les rideaux. Poser de légères compresses de toile bleue sur les paupières. Couper le téléphone. Jouer à être malade, très malade... Ce ne fut pas Agnès qui entra, mais Jeanne, la femme de ménage, rabougrie, noueuse, avec un nez bulbeux, strié de fibrilles violettes. Elle portait l'aspirateur au bout de son bras. Le tuyau de l'appareil pendait sur son cou, tel un gros reptile engourdi.

— Je peux faire la chambre, madame ?

— Vous voyez bien que non ! dit Carole avec humeur.

Jeanne cligna des paupières, comme souffletée par cette réplique, et battit en retraite, à petits pas. Mais, au moment de franchir la porte, elle s'arrêta et s'effaça en courbant l'échine. Philippe parut. Carole ne put réprimer un mouvement de surprise. « Encore heureux que j'aie eu le temps de me maquiller les yeux ! » pensa-t-elle rapidement. Jeanne s'éclipsa en cognant l'aspirateur au chambranle.

— Faites attention, voyons ! dit Carole.

Puis, s'adressant à Philippe, elle demanda :

— Tu n'es pas allé au bureau ?

— Non. J'ai un rendez-vous en ville, à onze heures, dit-il.

C'était la première fois qu'il se hasardait dans la chambre de sa femme depuis leur dispute. Que lui voulait-il ? Elle se tint sur ses gardes et ne l'invita pas à s'asseoir.

— Comment vas-tu ? dit-il au bout d'un moment.

— Pas très bien. Je suis rentrée tard. J'ai été malade toute la nuit.

— Tu aurais dû m'appeler !

Elle le fouetta d'un regard ironique :

— Ça aurait servi à quoi ?

Philippe ne répondit pas. Il avait de nouveau engraissé. Dans sa figure remplie et rose, les yeux manquaient d'expression. A le voir debout devant elle, les bras ballants, elle hésitait à croire qu'il pût en imposer à ses clients, à ses collaborateurs. Comment expliquer que la sûreté de jugement, l'habileté manœuvrière, l'élégance de style que chacun se plaisait à lui reconnaître en affaires lui fît si cruellement défaut dans la vie courante ? Depuis quelques jours, elle le devinait moins cynique, moins dur que par le passé. Profondément touché, il versait dans la mollesse sentimentale et le reproche silencieux. Il était bête avec elle, bête avec ses enfants. Elle le méprisait, mais elle n'avait même plus envie de lui faire mal. Il tourna le dos à la fenêtre. Elle le vit en ombre chinoise. Malgré le store à demi baissé, toute la lumière du jour était pour elle. Dans ce genre d'éclairage, les moindres imperfections de la figure sont dénoncées. Consciente de ses points faibles, elle se déplaça pour échapper à l'accusation du soleil.

— Moi aussi, j'ai mal dormi, dit-il. De mon bureau, on entend tous les bruits de la rue...

Voulait-il qu'elle le plaignît, qu'elle lui proposât de revenir coucher dans sa chambre, dont les fenêtres ouvraient sur le silence du jardin ? Cette seule supposition la jeta dans une colère joyeuse. Elle était la plus forte, elle ne le ménagerait pas, elle lui ferait payer les filles, Jean-Marc et tout le reste... Après cette flambée de férocité, elle retourna à une indifférence plus terrible que la haine. Comme elle se taisait, il reprit humblement :

— Tu étais avec qui, hier soir ?
— Avec des amis.
— Au théâtre, au concert ?
— Non, dans un restaurant africain.
— C'était bien ?

— Pas mal.

En vérité, la boîte était sans intérêt. Mais les Antilles, les Antilles... La mer phosphorescente, les danses indigènes, Xavier... Elle calcula que, si elle partait pour cette croisière, il lui faudrait de l'argent. Non pour payer le voyage (cela, Xavier s'en chargerait), mais pour les robes, pour les à-côtés, pour les frais imprévus... Un accord financier était intervenu entre elle et Philippe à la suite de leur rupture. Il lui avait ouvert un compte en banque et l'alimentait régulièrement sans jamais lui demander d'explications. De son côté, elle s'abstenait d'engager des dépenses excessives. Par dignité, par correction. Elle était *fair play*, comme disait Olympe. Un peu trop, sans doute. Après s'être limitée pendant des semaines, elle jugeait le moment venu d'accéder à une vie plus large. Mentalement, elle dressa une liste : « Deux tailleurs, quatre ou cinq chemisiers très chics, une robe d'après-midi... » Les chiffres montaient. Elle lança à Philippe un regard de contrôle. Il était à sa merci, il avalerait tout.

— Au fait, dit-elle, je ne sais pas où en est mon compte en banque, mais je vais avoir des dépenses importantes dans la semaine...

— Je ferai le nécessaire, dit-il.

Galant, héroïque, admirable, l'œil limpide et le portefeuille à la main. Pauvre type !

— Peux-tu me donner un ordre de grandeur ? reprit-il.

— Pas encore. Je compte partir pour les Antilles avec des amis. Alors, tu vois, il faut que je me renseigne...

— Pour les Antilles ? marmonna-t-il.

— C'est une bonne idée, non ?

— Très bonne... Tu ne seras pas restée longtemps à Paris, cette année... Capri en janvier, maintenant les Antilles...

Il avait l'air déçu, le front barré d'une ride, le nez en berne. Elle s'étonna de la promptitude avec laquelle s'était trouvé résolu le problème du voyage. Ce qui, la minute précédente, n'était que rêve, hésitation, lente pesée du pour et du contre, devenait, presque à son insu, une réalité immédiate. Elle était tout à coup très occupée, cent courses à faire aux quatre coins de Paris, le temps lui manquait, quelle heure était-il ?

— Quand comptes-tu partir ? demanda Philippe tristement.

— Dans huit jours.

— Ah !...

Un silence tomba entre eux. Philippe était sur un quai de gare. Il lui disait adieu. Il soupira :

— Eh bien ! moi, j'ai une nouvelle insensée à t'apprendre : Daniel va se marier.

— Avec la petite Sauvelot ?

— Oui. Tu t'en doutais ?

— Un peu...

— Il l'a mise enceinte !

— Elle est très bien, cette petite !

— Tout de même...

Elle l'écouta dévider la liste conventionnelle des objections. Il avait raison sur toute la ligne. Et c'était bien là ce qui la réjouissait. Elle exécrait cette famille. Plus les Eygletière s'embourberaient, plus elle serait heureuse. Qu'y avait-il donc dans l'air, ce matin, qui la ravigotait ? Après une nuit de nausées et de cauchemars, elle ressuscitait, neuve, fringante, égoïste, la peau nette, la dent dure, devant ce vaincu. Elle irait chez le coiffeur — bien sûr ! — puis chez sa couturière, puis dans cette boutique du faubourg Saint-Honoré, dont Olympe lui avait dit tant de bien ! Daniel marié et père de famille, le bouquet d'un feu d'artifice d'inepties !

— Je suis contente pour Daniel, dit-elle en souriant.

Philippe la regarda avec inquiétude. Elle étira les bras devant elle. Sa chemise était transparente. Il devait voir ses seins au travers.

— Maintenant, laisse-moi, dit-elle. Je suis en retard !

Il s'en alla.

8

— Madame est là ? demanda Madeleine en retirant son imperméable et en le tendant à Agnès.
— Oh ! non, dit Agnès. Elle est partie avant-hier.
— Partie ?
— Oui, en voyage. Une croisière qu'elle a dit. Elle ne rentrera pas avant deux mois !

Madeleine s'étonna que Philippe ne lui eût rien dit de ce départ, ce matin, au téléphone. Ils n'avaient parlé que du prochain mariage de Daniel. C'était par une lettre de Françoise que Madeleine avait appris l'événement. Aussitôt, elle avait appelé son frère. Il n'avait pu que confirmer les faits et déplorer de n'avoir pas su en arrêter le cours. Madeleine avait l'impression que, contre son habitude, il n'était pas mécontent qu'elle vînt à Paris. Elle regarda sa montre : sept heures dix.

— Monsieur ne va pas tarder, dit Agnès.
— Et monsieur Daniel ?
— Il passe ses examens aujourd'hui.

— C'est vrai ! dit Madeleine. Il doit être dans tous ses états !

— Vous pensez : le troisième jour !... Le plus dur, c'était hier, qu'il a dit !...

Madeleine entra dans le salon, son fennec sous le bras, et se laissa tomber sur les coussins du divan. Quelle chaleur ! Elle avait mangé salé, à midi. Sa langue était pâteuse. Pendant tout le voyage, sur la route corrodée de soleil, elle avait rêvé d'un verre de vin blanc, sec et frais.

— Agnès, dit-elle, j'ai une de ces soifs ! Ayez pitié de moi !...

— Du whisky et de la glace, madame ?

— Vous n'avez pas de vin blanc ?

— Non.

— Eh bien ! va pour le whisky, dit Madeleine à regret.

Agnès disparut. Madeleine alluma une cigarette : ce mariage, dans deux semaines, quelle imbécillité ! Evidemment, si la petite était enceinte... Après Françoise, Daniel ! Un vent de démence soufflait sur la famille. Philippe et Carole n'étaient pas de taille à imposer leur volonté dans la maison. « Il est vrai que la jeunesse, de nos jours, n'écoute plus personne. Elle fonce, elle se jette à l'eau... » Le soleil à son déclin nimbait le salon d'une poussière de cuivre. Fauteuils anciens, riches tentures, tapis précieux usés jusqu'à la trame... Madeleine se dit que certaines gens, de la race de son frère et de Carole, accumulaient les meubles, les bibelots, l'argent, les relations, comme pour se préparer une vie agréable et que, cette vie, ils ne la vivaient jamais. A croire que le plus important dans l'existence ce n'était pas l'existence elle-même, mais son décor. N'était-elle pas un peu dans leur cas ? Elle caressa son fennec. Agnès revint, poussant une table roulante avec des bouteilles et des verres. Madeleine se servit un whisky très allongé d'eau gazeuse, en but la moitié et demanda :

— Les enfants dîneront avec nous, ce soir ?

Agnès fit un œil de volaille effrayée :

— Oh ! non, madame ! Monsieur Daniel, mais pas les autres !

— Ah ! dit Madeleine. C'est dommage ! J'aurais aimé les voir !

— Et moi donc, madame ! gémit Agnès.

Elle porta le poing à sa bouche et ses yeux s'emplirent de larmes. Toute sa figure grimaçait.

— Qu'y a-t-il, Agnès ? demanda Madeleine. Vous avez des ennuis ?

Un hoquet secoua les épaules d'Agnès.

— Oh ! madame ! bafouilla-t-elle. Si vous saviez ! Y a la malédiction sur cette maison ! Et tout ça, c'est par ma faute ! Jamais Dieu ne me pardonnera !

— Qu'avez-vous fait de si grave ?

— C'est ce pauvre Monsieur !... Mercédès lui a dit que je savais... qu'il n'avait qu'à me demander !... Il m'a posé des tas de questions ! Comme un juge ! J'ai jamais pu mentir, moi ! J'y ai tout dit ! J'aurais pas dû et j'y ai tout dit ! Ah ! misère !...

— Qu'est-ce que vous lui avez dit ?

— Pour Madame et pour monsieur Jean-Marc !

Une inquiétude froide pénétra Madeleine comme une brume. Tout se glaça, se figea en elle.

— Et alors ? dit-elle brièvement.

— Je crois bien que Monsieur a maudit monsieur Jean-Marc ! En tout cas, monsieur Jean-Marc ne met plus les pieds ici, on ne parle plus de lui à table. Avec ça, monsieur dort dans son bureau. Oui ! Et Madame, je me demande si elle reviendra un jour de voyage, si elle n'est pas partie pour de bon ! Monsieur, lui, il a sa tête des mauvais jours. S'il n'avait pas été si chagrin, il n'aurait pas permis que monsieur Daniel se marie ! Vous croyez pas que c'est un malheur, ça aussi ? Tout se détraque. Un de ces quatre matins, c'est moi que Monsieur enverra promener ! Et je ne l'aurai pas volé, je vous le jure !

Elle se moucha jusqu'à rendre l'âme, dans un grand mouchoir. Madeleine, d'abord étonnée, sentit qu'un soulagement bizarre se mêlait à son désarroi. Une situation claire et terrible n'était-elle pas préférable à une confortable imposture ? Ce qui la poignait maintenant, c'était que Jean-Marc ne l'eût pas appelée au secours lorsque le scandale avait éclaté. Françoise non plus, qui cependant devait être au courant, n'avait pas jugé utile de la prévenir. Quant à Daniel, comment expliquer qu'il ne lui eût pas écrit un mot de ses intentions ? Avait-elle cessé de compter pour ses neveux ? Cette idée l'attrista sans la révolter. Un pareil détachement était dans l'ordre des choses. Agnès pleurnichait toujours. Madeleine n'avait plus envie de l'interroger. Elle la renvoya dans sa cuisine sur quelques paroles d'apaisement. Puis elle se versa un second whisky. Une lampée. L'alcool violent la remonta. Le fennec s'était assoupi sur ses genoux. Il dressa les oreilles. La porte d'entrée venait de se refermer avec bruit. Philippe ? Daniel ? C'était Philippe.

Il pénétra dans le salon d'un pas rapide. Dieu qu'il avait vieilli !

— Il y a longtemps que tu es là ? demanda-t-il.

— J'arrive à peine.

— Comment vas-tu ?

Il s'assit, se servit un verre de whisky et allongea les jambes devant lui avec volupté.

— Très bien, dit Madeleine. Et toi ?

— A merveille ! Enfin, aussi bien que peut aller un homme dont le fils est sur le point de commettre une connerie monumentale. J'ai tout essayé, tu sais, pour le faire changer d'avis. Mais comme Monsieur a eu l'intelligence de mettre la gamine enceinte et qu'il se veut chevaleresque jusqu'au bout...

— Tu as vu les parents ?

— Il a bien fallu ! Des gens plutôt sympathiques. Le père est ingénieur. Quant à la fille, elle est gentiment blondasse, potelée, pâlotte et gourdaillonne... Après tout, si ce genre lui plaît !...

Il fit tourner les glaçons dans son verre et but une gorgée d'alcool.

— Carole est partie ? demanda Madeleine.

— Oui. Pour une croisière aux Antilles.

— Et toi, que deviens-tu ?

— Je me crève. Jamais eu autant de travail ! Après-demain, je prends l'avion pour New York. J'y resterai trois semaines, un mois...

— Alors, tu n'assisteras pas au mariage ?

— Non ! Le voudrais-je que je ne le pourrais pas, d'ailleurs ! Une coïncidence. Mais dans notre situation ça vaut mieux, tu ne trouves pas ?

Il ricanait. Elle le regarda avec pitié :

— Non, je ne trouve pas, Philippe. C'est triste ! Très triste !

— Pourquoi ? Tu seras là, toi. Les enfants t'adorent !

— Je ne suis que leur tante !

— Et alors ? Tu crois qu'ils ont besoin de leur père ? Pour cracher au bassinet, c'est tout ! Ne fais donc pas de sentiment avec les jeunes ; ils n'en font pas avec nous ! Ce sont des lionceaux, durs, coriaces, cruels, égoïstes !... Ils ont faim, ils ont soif, ils sont pressés de vivre... Rien d'autre ne compte pour eux !...

— Daniel est mineur... Il lui faut ton consentement...

— Je le donnerai par écrit avant de partir.
— Quand aura lieu le mariage ?
— Au début de juillet. Ce sera très simple !
— Comme pour Françoise, j'imagine.
— Plus simple encore : il n'y aura pas de cérémonie religieuse !... Oui, c'est à mourir de rire !...

Il se pencha vers Madeleine, le visage animé, comme pour lui raconter une anecdote graveleuse et dit, à mi-voix :

— Figure-toi que Mme Sauvelot a si peu confiance en la solidité du futur petit ménage qu'elle a suggéré de ne pas faire bénir cette union par un prêtre. Comme ça, en cas de divorce, sa fille pourra se remarier — que dis-je ? se marier ! — à l'église. J'avais de la peine à garder mon sérieux pendant qu'elle essayait de m'expliquer son truc ! Le respect de la religion conduisant au refus du mariage religieux !...

Il éclata d'un rire sec et vida son verre d'un trait. Madeleine laissa passer une vague de silence. Plus elle observait son frère, plus elle lui trouvait l'air flétri et misérable. Avec une tendre préméditation, pesant ses mots, calculant le risque, elle murmura :

— Et Jean-Marc, que devient-il ?

Le visage de Philippe n'eut pas un tressaillement.

— Il y a longtemps que je ne l'ai pas vu, celui-là ! dit-il.
— Pourquoi ?

— Je ne sais pas... Il est très pris... Ses examens...
— Il les passe en ce moment ?
— Sans doute...
— Il sera sûrement reçu !
— Je le pense aussi.
— J'aurais aimé le voir, ce soir, à la maison !
— Eh bien ! tu ne le verras pas !

Madeleine fixa son regard dans les yeux de son frère, plongea de tout son poids dans cette eau sombre, miroitante, et dit doucement :

— Philippe, je sais pourquoi Jean-Marc ne vient plus ici !

Les traits de Philippe se tendirent. Son visage se dessécha. Il gronda, sans presque desserrer les mâchoires :

— Le petit salaud ! Il a fallu que le récit de ses prouesses d'alcôve fasse le tour de la famille ! C'est son titre de gloire maintenant ! Depuis quand sais-tu que mon fils a couché avec ma femme ? Je suppose que tu étais au courant bien avant moi !

— Oui, Philippe.
— Et tu ne m'as rien dit !
— Je ne pouvais pas ! Je n'avais pas le droit ! J'étais muselée !... Mais, Philippe, tu ne sais peut-être pas tout... Jean-Marc a des excuses, si Carole n'en a pas !... Il est très jeune, il s'est laissé entraîner, il a souffert plus que tu ne l'imagines... Et puis, enfin, c'est lui qui a rompu ; il a eu ce courage ! Des mois et des mois ont passé depuis !

Tout est terminé entre eux, je te le jure ! Tu ne pourras pas refuser indéfiniment de voir ton fils !...

Pour la première fois de sa vie, elle sentait que son frère avait besoin d'elle. Cette conviction la réchauffait, la soulevait. Déjà, elle croyait avoir gagné la partie. Mais il secoua la tête lourdement :

— Il y a des choses qui sont au-dessus de mes forces, Madeleine. Tu ne sais pas ce que représente pour un homme l'idée d'avoir été berné par son propre fils ! C'est ignoble ! C'est définitif ! Comme une amputation !

Des deux mains, il fit le geste de se trancher le corps à hauteur du bassin. Puis il dit d'une voix sourde, blessée :

— Ne me parle plus jamais de lui, veux-tu ?

Le crépuscule envahissait la pièce. Madeleine allongea le bras. La lumière jaillit de la lampe au gros abat-jour de soie, couleur banane.

— Il est rigolo, ton fennec, dit Philippe en touchant du bout des doigts le museau de l'animal.

Le fennec se rétracta, les yeux dilatés de peur, les oreilles pointées.

— Mais non, ma petite Julie ! dit Madeleine. Calme-toi ! C'est un ami ! Elle s'affole dès qu'elle voit un nouveau visage ! Et avec moi elle est si confiante, si douce ! Depuis que je l'ai, je me sens moins seule !

— Le fait est que Touques ne doit pas être bien gai, l'hiver !

— Non, ce n'est pas gai... C'est autre chose... Autre chose de très attachant...

Agnès vint demander si Monsieur voulait passer à table tout de suite ou s'il fallait attendre monsieur Daniel.

— Huit heures ! constata Philippe. Il se fout de nous ! Je lui ai pourtant dit que tu dînerais à la maison ! Sûrement il a dû se précipiter chez sa « Dany » en sortant de la salle d'examen. Hier et avant-hier, les résultats étaient désastreux. Aujourd'hui, ils le seront aussi, sans doute. Autrement, il nous aurait téléphoné. Vous pouvez servir, Agnès.

Assise dans la salle à manger, en face de son frère, Madeleine éprouva un léger vertige, comme si le temps eût coulé à l'envers. Elle se revoyait à cette même place, maîtresse de maison par intérim, après le divorce de Philippe. Mais les chaises des enfants étaient vides. Une lassitude la prit, le sentiment mélancolique d'une survivance. Elle ne savait plus que dire à Philippe. Au degré de franchise où ils étaient parvenus, chaque mot pouvait rouvrir une plaie. Soudain, Philippe demanda :

— Tu es descendue à l'hôtel Monet ?
— Non. Mais je vais y aller tout à l'heure.
— Tu ne trouves pas ça un peu ridicule ?
— Quoi ?
— De coucher à l'hôtel, alors que tu as ta chambre ici.
— Je l'ai toujours fait !

— Non, Madeleine, pas toujours. Si tu restais, ce soir ?

Elle le considéra avec une surprise émue. Il ne l'avait pas habituée à tant de prévenance. Elle murmura :

— Eh bien ! c'est entendu !

— Vous préparerez la chambre de ma sœur, dit Philippe à Agnès qui desservait.

La porte d'entrée claqua. Daniel entra en coup de vent. Il avait un visage rouge et coupable :

— Je suis désolé, Madou ! Cinq autobus sont passés complets sous mon nez ! J'ai fini par prendre le métro ! Mais il y a deux changements...

Il embrassa sa tante, son père, répéta : « Vraiment je suis désolé », et se laissa choir sur sa chaise.

— Alors ? demanda Philippe sèchement.

— Ça n'a pas été fort fort, dit Daniel.

Agnès lui servit deux tranches de rosbif et une montagne de pommes de terre rissolées. Philippe et Madeleine en étaient aux fruits.

— Qu'entends-tu par « pas fort fort » ? dit Philippe.

— En anglais, en histoire, en sciences nat, j'ai vasouillé.

— Oui, mais toutes ces matières n'ont pas un gros coefficient ! Tu m'as dit que les math avaient bien marché, hier !

— Bien marché si on veut ! Je n'ai traité que la première question...

— Quoi ?

— Ben oui... Je n'ai pas voulu t'inquiéter sur le moment... En math et en physique, tout était de la force de math spé... Ils ont été dégueulasses... D'ailleurs, je crois qu'il y avait une erreur dans l'énoncé du problème de math... Ça ne m'étonnerait pas qu'on en parle dans les journaux... Ça gueulait ferme... La grosse ambiance, quoi !

Il parlait en mangeant, ne mastiquait pas, avalait tout rond.

— D'ici qu'ils annulent l'épreuve... dit-il encore.

Madeleine admira cette propension des jeunes à s'entourer d'excuses jusqu'à être dupes de leurs propres inventions.

— En somme, dit Philippe, tu auras brillamment raté ton bac !

— Ah ! ça, cette année, je ne serai sûrement pas admis à l'oral de rattrapage !... Mais je t'avais prévenu, papa... Les programmes sont trop lourds... C'est pas comme avant...

— Evidemment, grommela Philippe. Avant, math élém, c'était l'équivalent des cours ménagers.

— Je ne dis pas ça, mais enfin, avec les progrès de la science, il est forcé qu'on en ait toujours plus à apprendre. Et moi, la physique, la chimie, l'algèbre, la trigo, je m'y perds comme dans un bois !

— Tu vas être obligé de redoubler, alors ? dit Madeleine.

— Pour être collé encore une fois ? Ah ! non ! Je vais faire philo ! Papa est d'accord !

Il avait dévoré la viande, les pommes rissolées, la salade, et attaquait le fromage.

— Laurent a séché comme moi, ajouta-t-il. Je suis sûr que, cette année, le pourcentage des recalés sera un record !

Madeleine glissa un coup d'œil à son frère. Il mangeait des cerises, crachait les noyaux dans sa main roulée en cornet, et, de temps à autre, posait sur son fils un regard de tristesse et d'inimitié. Visiblement, il n'avait même plus envie de se mettre en colère. Il consulta sa montre et dit :

— Tu m'excuseras, Madeleine, il faut absolument que je téléphone à New York.

Il sortit de la salle à manger. Daniel le regarda partir et chuchota :

— Il n'est pas commode, ces derniers temps !

— Il y a de quoi, non ? dit Madeleine.

— Oh ! faut pas pousser ! C'est pas parce que j'ai loupé mon bac...

— Je ne parle pas de ton bac, mais de ton mariage. Etre obligé de se marier, à dix-huit ans !...

— Je ne suis pas obligé !

— Ah ! non ? Tu aurais épousé Danielle si elle n'avait pas attendu un enfant de toi ?

— Peut-être bien que oui ! Seulement on n'aurait pas pu, à cause des parents. Le bébé, tu comprends, ça leur a forcé la main. Ils n'ont pas eu le temps de dire ouf que c'était emballé. Evidemment, tu es comme papa, tu crois que j'ai fait une connerie. Mais quand tu connaîtras Dany !... Alors, là, pardon !...

Il s'était redressé sur sa chaise. Son visage rayonnait. Sa main esquissa dans l'air une arabesque voluptueuse :

— Elle est for-mi-dable ! Toujours gentille, douce, comme on veut ! On se comprend sans rien se dire ! Quand je suis avec elle, il n'y a jamais de problème. Tous les coups durs, je les encaisse avec le sourire. Tiens, là, j'ai loupé mon bac. Je devrais être emmerdé. Eh bien ! parce qu'on s'aime, elle et moi, ça glisse...

Depuis un moment, Madeleine avait l'impression de se promener au bras de son neveu dans un jardin fleuri. Pour lui, tout était simple, beau, évident, arrondi, lumineux. Elle eût voulu partager son exaltation, mais elle était infirme. Pourquoi fallait-il que ce genre de songes fût interdit aux adultes ? Attendrie, elle demanda :

— Comment est-elle physiquement ?
— Tu connais Doris Brooks ?
— Non.
— Mais si ! L'actrice américaine !... T'as dû la voir cent fois au cinéma, en photo. Doris Brooks... Réfléchis...
— Oui, oui, peut-être...
— Eh bien ! Dany ressemble — en mieux ! —

à Doris Brooks. Les yeux, le nez, le sourire. Elle n'a pas assez de poitrine, mais après son bébé, tu verras ! C'est la femme, quoi ! la femme-femme ! Je ne peux pas mieux t'expliquer !... Papa lui-même la trouve au poil, je le sens bien ! Et il est difficile, papa !

Il enfourna une poignée de cerises dans sa bouche, rêva, la joue ronde comme une balle de tennis, mâcha, cracha les noyaux, et dit :

— Elles sont for-mi-dables ! Des bigarreaux ! C'est bête que papa ne puisse pas assister au mariage ! Et Carole qui va se trimbaler aux Antilles ! Je te demande un peu !... Elle n'aurait pas pu choisir un autre moment ? Heureusement que tu seras là, toi, avec Françoise et Jean-Marc. Tu les as vus ?

— Pas encore.

— Ça m'a l'air de tourner rond, pour eux. Françoise file le parfait amour, en russe, avec son prof. Quant à Jean-Marc, il est en plein boum ! C'est bien simple, il n'a même plus le temps de passer à la maison ! Il potasse ses examens et il travaille à côté pour gratter de l'argent de poche ! Ce que lui donne papa ne lui suffit plus. Il doit faire une de ces bringues avec sa Valérie !

La sonnerie du téléphone retentit.

— Ah ! il a eu New York ! dit Daniel.

Puis, se frappant le front, il demanda :

— Bon Dieu ! Et ton fennec ! Qu'est-ce que t'en as fait ?

— Il est dans le salon : je l'ai attaché au radiateur !

— Tu ne lui as pas donné à manger ?

— Si, dit-elle en souriant. Rassure-toi, c'est déjà fait ! Il a eu sa ration de viande dans la voiture !

Ils se levèrent de table. En revoyant sa maîtresse, le fennec poussa des cris gutturaux. Elle le détacha. Daniel le prit dans ses bras. Mais l'animal, épouvanté, lui échappa, sauta à terre et se réfugia contre les jambes de Madeleine.

— Tu ne me reconnais pas, Julie ? dit Daniel avec reproche. Ce que c'est ingrat, tout de même, ces petites bêtes ! Quand je pense que c'est moi qui t'ai amenée en France !...

— Au fait, dit Madeleine, et ton rapport à la Fondation Zellidja ?

— Echec complet, dit Daniel. Pas la moindre mention ! Entre nous, ce n'est que justice ! J'avais bâclé mon travail ! Mais je ne regrette rien ! Il ne faut jamais rien regretter dans l'existence ! Pas vrai, ma Julie ?

Il riait. Madeleine serra le fennec contre sa poitrine. Philippe revint. Il avait eu New York. Tout était en règle. Agnès servit le café. Daniel se tortillait dans un fauteuil. Il décocha un coup d'œil à droite, à gauche, et dit :

— Ça ne vous ennuie pas trop ?... Je suis obligé de ressortir...

— Pourquoi ? demanda Philippe.

— J'ai promis à Dany...

— Tu y étais tout à l'heure !

— J'y suis passé en coup de vent, mais on n'a presque pas eu le temps de parler... De toute façon, le bac est fini, j'ai plus rien à faire... Et puis, je ne rentrerai pas tard...

— C'est bon ! Vas-y ! soupira Philippe.

— Avant de partir, dit Madeleine, tu monteras ma valise. Elle est dans la voiture.

— Tu couches à la maison ? demanda Daniel.

— Oui.

— C'est chouette, ça ! Et tu restes combien de temps ?

— Deux ou trois jours, mais, sois tranquille, je reviendrai pour ton mariage !

Elle lui tendit les clefs de la 4 CV. Il partit, resta dix minutes absent et reparut, le visage enluminé.

— J'ai porté la valise dans ta chambre, dit-il. Mais ta voiture était mal garée... Je l'ai déplacée un peu. Tu verras...

Madeleine sourit : Daniel ne pouvait voir un volant sans avoir envie de le tripoter. Il souhaita une bonne nuit à son père, à sa tante et, de nouveau, s'éclipsa. Ce fut comme si une lampe venait de s'éteindre. Tête-à-tête avec son frère, Madeleine reprit le cours de sa rêverie. Il fumait, les yeux perdus dans le lointain. Derrière ce masque fatigué, elle vit poindre soudain le visage d'un enfant renfermé, douloureux, chamailleur. Elle était la sœur aînée. Il ne l'écoutait pas. Un cri venu de loin perça ses oreilles : « Phil, si tu ne laisses pas ce lézard, je dirai tout à maman !... » Puis le jardin ensoleillé s'abîma au fond de sa mémoire. Devant elle, Philippe, le front barré d'une ride, murmura :

— Si tu savais comme ça m'empoisonne de partir pour New York, après-demain !

9

Debout, tout nu, devant la glace du lavabo, Alexandre se rasait.

— Si tu te dépêchais un peu, nous pourrions y aller ensemble ! dit Françoise.

Il pivota d'un bloc. Elle fut saisie par sa tranquille indécence. Le sexe à l'air, le menton savonneux, il la regardait avec irritation. Il avait la peau mate, les muscles longs, le ventre creux, avec du poil sur la poitrine.

— Ce que tu peux être collante quand tu t'y mets ! dit-il.

Elle se sentit ridicule, avec sa robe beige et ses gants de filet blanc, devant cet animal velu. La cicatrice d'une opération de l'appendicite se voyait, pâle et nette, dans sa chair, au-dessus de l'aine. Ses cheveux descendaient trop bas sur sa nuque, sur ses tempes. Elle lui avait demandé de les faire couper plus court. Il avait refusé. Il se balançait imperceptiblement d'une hanche sur l'autre, en se rasant. Il avait de beaux pieds.

— Enfin, Alexandre, tu pourrais faire un effort !
C'est mon frère qui se marie ! Que vont-ils penser
si j'y vais toute seule ?

— Ils penseront ce qu'ils voudront ! Tu inventeras une histoire ! Est-ce qu'il y va, ton père ?
Non, n'est-ce pas ? Il est à New York. Il se balade !
Moi aussi, j'ai envie de me balader ! Sans aller
aussi loin, rassure-toi !

— Tu pourrais au moins me rejoindre après,
chez les Sauvelot...

— Ça m'emmerdera encore plus que la mairie !

— Où déjeuneras-tu, alors ?

— Si j'ai faim, j'irai chez Paulo.

— Sans moi ?

— Ce ne sera pas la première fois, non ?

Il était retourné au lavabo pour finir de se raser.
Elle voyait son dos, ses fesses.

— Tu n'as pas cours, cet après-midi ? dit-elle.
— Non.
— Tu vas travailler à ta traduction ?
— Peut-être... Mais il fait si chaud ! J'aime mieux
travailler la nuit...

Elle était découragée. Décidément, il n'y avait
aucune prise possible sur cet homme. « Je t'ai
sortie des rails », disait-il fièrement. Depuis, elle
cahotait. Dix heures et demie. Il était temps de
partir.

— Eh bien ! je m'en vais, dit-elle tristement.

Il la prit dans ses bras. Plaquée, en robe légère,

contre le relief de cette nudité masculine, elle résista. Il riait, il jouait...

— Non, laisse-moi ! dit-elle.

Il lui baisa la bouche profondément. Elle était furieuse qu'il eût refusé de l'accompagner. Dans un grand effort, elle se détacha de lui et se dirigea vers la porte.

La rue était dorée de soleil. Françoise choisit le côté de l'ombre et marcha vite, parce qu'elle était en retard.

En arrivant à la mairie du VIIe arrondissement, elle fut surprise de trouver la cour intérieure pleine de monde. Rangées contre le mur du fond, une demi-douzaine de voitures portaient, au bout de leur antenne de radio, un lambeau de tulle blanc. Six filles, en robe de mariée, formaient le centre de six cercles familiaux endimanchés et joyeux. Toutes étaient jeunes, pas une n'était jolie. Petit bouquet à la main, elles minaudaient sous leur voile, tandis qu'une mère à l'œil scrutateur surveillait le moindre pli de leur toilette. Des photographes professionnels, leur appareil en bandoulière, rôdaient avec des mines de squales parmi ce fretin. Çà et là se faufilaient des demoiselles d'honneur moites et empotées, des enfants d'honneur turbulents qu'il fallait rappeler à l'ordre. Tout cela, se dit Françoise, avait un air étrangement sage et provincial, au cœur de Paris. Alexandre avait raison lorsqu'il prétendait que, malgré leur « grande gueule », les Français étaient le petits bourgeois amis de la sécurité, de l'épargne et de la tradition. Daniel et Dany seraient-ils les seuls du lot à ne pas se marier à l'église ? Françoise les chercha des yeux, gravit les marches du perron et entra dans le hall de la mairie. Dorures, escalier monumental, dallage noir et blanc — ils se trouvaient là, nullement impressionnés, semblait-il, par ce faste républicain. L'absence de Philippe et de Carole avait facilité le regroupement des deux familles. Avec un pincement, Françoise nota que sa mère portait une robe turquoise et une toque de fleurs des champs qui ne la rajeunissaient pas. Yves Mercier, en costume gris perle, transpirait à grosses gouttes et s'éventait avec son chapeau. Cette élégance voyante rendait plus simple encore, par contraste, la toilette de M. et Mme Sauvelot qui avaient choisi des teintes sombres. Ils entouraient leur fille, souriante, en chapeau de paille blonde et robe rose buvard. Près d'elle, Daniel, dégingandé et grave, vêtu de bleu marine, était un premier communiant monté en graine. Il y avait là encore Jean-Marc, Madeleine, Agnès et quelques personnes, parentes des Sauvelot, que Françoise ne connaissait pas. Après les exclamations et les embrassades, Madeleine demanda :

— Et Alexandre ?

— Il a été retenu par son éditeur, marmonna Françoise. Il est désolé...

On piétina encore cinq minutes, puis un appariteur surgit, tout de noir habillé, avec une chaîne sur le ventre et des dossiers sous le bras. Aussitôt les familles qui attendaient dehors se précipitèrent. Le vestibule fut submergé par un afflux de visiteurs impatients. Pressées de toutes parts, les fiancées en blanc protégeaient leurs atours fragiles. L'appariteur, imperturbable, fit l'appel des noms. Comme on était un samedi, les mariages se célébraient à la chaîne. Daniel et Dany étaient de la première fournée. Conduits par l'appariteur, ils s'engouffrèrent dans une porte à deux battants. Toute la noce leur emboîta le pas. En franchissant le seuil, Françoise découvrit une salle abondamment dorée, au plafond à caissons et aux banquettes de velours bleu. Les « futurs » s'assirent dans deux fauteuils, face à un bureau surélevé. Leurs proches prirent place à côté d'eux et derrière eux. Les témoins étaient Madeleine et un oncle de la jeune fille.

— Serrez-vous, messieurs-dames, dit l'appariteur. J'ai encore deux mariages à caser.

En effet, suivant la noce Eygletière-Sauvelot, une autre noce arriva, et une autre encore. Les nouveaux venus s'installaient en chuchotant. Quoi de commun entre ces trois couples ? Tournant la tête, Françoise vit un gars rougeaud et rigolard, flanqué d'une grosse fille à lunettes. Elles les imagina, lui, garçon boucher, maniant le hachoir, elle, un sourire commercial aux lèvres, saluant les clientes et rendant la monnaie. Et là-bas, en dernière position, cette demoiselle anémique, couronnée de fleurs d'oranger, et ce jeune homme maigre et moustachu n'étaient-ils pas, tous deux, employés des Postes ? Quand elle-même s'était mariée, il y avait moins de monde. Et pourtant c'était également un samedi... Elle reporta les yeux sur son frère et sa future belle-sœur. Assise juste derrière eux, elle ne voyait que leurs têtes dépassant le dossier des fauteuils. Le chapeau de paille de Dany oscillait. Elle bavardait avec sa mère. « Quelle idée d'avoir renoncé à la cérémonie religieuse ! » pensa Françoise. Elle se rappela les paroles de Daniel : « Tu comprends, on veut voir d'abord si ça marche entre nous. Quand on sera sûr, on régularisera à l'église... » Ce n'était certainement pas lui qui s'était livré à ce bas calcul. La mode du mariage à l'essai était sur le point de passer dans les mœurs. Françoise avait même lu des articles à ce sujet dans les journaux. Combien de familles catholiques péchaient ainsi par excès de prudence ! Le maire ne se montrait toujours pas. Du haut de son socle, un buste de la République regardait avec sévérité, de ses yeux vides, ces couples insouciants. Françoise se sentit vieille, désabusée et comme durcie par l'expérience...

Brusquement, tout le monde se leva. Une femme forte, à l'air décidé, le poitrail ceint d'une écharpe tricolore, prit position sur l'estrade, derrière le bureau. Le maire étant absent, c'était une adjointe qui le remplaçait. Françoise se dit qu'elle n'eût pas aimé comparaître devant un officier municipal en jupe. Pourtant, à quoi lui avait servi d'être mariée par un vrai maire et un vrai prêtre ? Tout le monde se rassit. L'adjointe au maire prit la parole. Signe des temps, il se trouvait que les trois couples réunis devant elle étaient trop jeunes pour se marier sans le consentement de leurs parents. D'une voix douce et nette, elle leur décrivit l'abîme qui sépare les rêves adolescents des rudes réalités conjugales :

— La vie à deux n'est possible que dans un climat d'indulgence mutuelle. C'est en désirant le bonheur de l'autre que vous construirez votre propre bonheur...

Françoise revit Alexandre, se rasant, nu, devant le lavabo. Le bonheur de l'autre ! Il ne s'en souciait guère. Il n'avait pas modifié sa vie en se mariant. Simplement, il s'était assuré un nouveau public à domicile. Pas question de rendre des comptes à sa femme. De son côté, il ne lui en demandait pas. Chacun pour soi, on se rencontrait à table, dans le lit... Elle calcula qu'il devait avoir fini sa toilette. Sans doute flânait-il maintenant, le nez au vent, les mains dans les poches, sur les berges de la Seine. La solitude était sa passion. Comment se faisait-il que, malgré sa répugnance pour les horaires et les règles, il eût accepté de professer aux Langues O. ? Le désir de communiquer son amour du russe à ses élèves, le plaisir inconscient d'être mêlé à un groupe de jeunes ? Elle, en tout cas, avait abandonné ses cours et consacrait tout son temps aux travaux de dactylographie à domicile pour la maison « Top Copy ». Tant pis pour le diplôme. Il fallait bien vivre. Actuellement, elle gagnait autant que Alexandre. Par une transition habile, l'adjointe au maire, ayant loué l'ardeur de la jeunesse, évoquait le dénuement des vieillards et sollicitait les personnes présentes de participer aux œuvres charitables de l'arrondissement.

L'appariteur glissa entre les banquettes. Les sous tintèrent en tombant dans sa corbeille. La quête terminée, il enjoignit aux trois couples de se lever, à l'exclusion du reste de l'assistance. On se serait cru en classe, pendant une interrogation. Mais cette fois, c'était le maître qui récitait la leçon. L'adjointe au maire lisait des extraits du code civil : « ... Se doivent mutuellement fidélité, secours et assistance... chef de famille... il exerce cette fonction dans l'intérêt commun du ménage et des enfants... » Avant-hier, Alexandre était rentré à deux heures du matin. Elle avait tapé à la machine en l'attendant. Il était très gai, un peu éméché. Des copains l'avaient « entraîné », disait-il. N'avait-il pas plutôt été « entraîné » par une femme ? Elle ne lui avait même pas posé la question par crainte qu'il ne répondit : « Oui ! Et après ? » Velours bleu, lambris dorés ! Par la fenêtre, on voyait un jardin. « La femme concourt avec le mari à assurer la direction morale et matérielle de la famille, à pourvoir à son entretien, à élever les enfants, à préparer leur établissement... » Solennité de ces recommandations désuètes. Le bonheur laïc en formules. Et derrière, Alexandre, buvant sec, allant, venant, libre, cynique, rieur, insaisissable... L'aimait-elle encore seulement ? Oui, mais avec désespoir, avec inquiétude, d'une manière douloureuse, incomplète, mutilée. Depuis qu'elle le savait hostile à l'idée d'avoir un enfant, elle ne se faisait aucune illusion sur l'avenir de leur ménage. Il avait étouffé en elle tout rêve de communion profonde. Il l'avait subjuguée, pervertie, au point qu'elle ne recherchait plus dans ses bras qu'une jouissance physique violente et passagère. Au début, elle avait été choquée par certaines de ses exigences. Maintenant elle acceptait tout, elle goûtait tout, elle était parfois plus enragée que lui dans la poursuite du plaisir. Mais, les corps déliés, la respiration reprise, quelle tristesse refluait en elle, quelle honte !... Daniel dit « Oui » d'une voix ferme. Le chapeau de paille s'inclina avec un murmure de consentement. L'adjointe au maire proclama, au nom de la Loi, qu'ils étaient unis par les liens du mariage. C'était fini. L'absence de Dieu se faisait cruellement sentir. Pas une prière, pas un chant, pas un mot engageant la vie éternelle. Un éclair, deux éclairs — le photographe opérait.

— Veuillez approcher pour la signature, dit l'appariteur. Monsieur d'abord, puis Madame, puis les témoins.

La plume à la main, Daniel et Dany se penchèrent, en écoliers, sur de grands registres.

— Deuxième mariage, levez-vous et avancez, dit l'appariteur.

Le garçon boucher et sa fiancée à lunettes escaladèrent les banquettes de velours et vinrent, avec toute leur smala, prendre la place, chaude encore, du mariage précédent. Le couple de fonctionnaires progressa, lui aussi, de deux rangées. Derechef, la voix de l'adjointe au maire retentit, posant les questions rituelles. Cette fabrication en série des ménages n'avait pas affligé Françoise lorsqu'il s'était agi d'elle-même et d'Alexandre. Pourquoi en souffrait-elle maintenant ? Daniel et Dany avaient l'air si heureux ! Pendant que la cérémonie recommençait dans leur dos, ils se dirigèrent vers la sortie. Dans le hall, les deux familles les entourèrent. Comme Françoise le redoutait, sa mère y alla d'une larme. Laurent et Daniel rigolaient :

— On était copains, maintenant on est beaux-frères ! dit Laurent. C'est marrant, non ?

Soudain Françoise reçut dans ses bras sa belle-sœur, molle, rose et radieuse. Elles s'embrassèrent sur les deux joues. La paille du chapeau érafla le front de Françoise. « Elle est enceinte », pensa-t-elle. Et il y eut un trébuchement, une chute libre dans sa poitrine.

Dans la cour, Jean-Marc prit le bras de sa sœur.

— Elle est gentille, cette petite Dany, dit-elle.

Jean-Marc se contenta de marmonner : « Oui, oui... » Visiblement, il tenait ce mariage pour un défi au bon sens. Ou plutôt, il se désintéressait de tout. Il vivait loin des autres, au-dessus des autres, parmi un nuage de fumée. Même le fait d'avoir été reçu à son examen de droit ne suffisait pas à le réjouir ! Pourtant il ne s'attendait pas à ce succès. Drôle de garçon, toujours sombre, distant, hésitant, inquiet...

Dernière pose pour les photographes, sur le perron. Les mariés seuls, puis avec leurs parents, puis avec leurs amis :

— Tu viens, Françoise ?...

Elle ne put refuser. Le soleil dans les yeux, à côté de son frère. Une grimace conventionnelle. La noce du garçon boucher arrivait juste derrière. On leur céda les marches pour la photo-souvenir. Des messieurs s'affairaient autour des voitures.

— Qui monte avec moi ? J'ai deux places !
— Laurent ! Où est Laurent ?

Jean-Marc disparut dans l'auto de M. Sauvelot. Madeleine entraîna Françoise dans la rue et arrêta un taxi qui passait.

— Eh bien ! voilà, soupira-t-elle en s'affalant sur la banquette à côté de sa nièce. On l'a marié aussi, celui-là ! Quelle histoire ! Mais dis-moi, tu ne m'as pas écrit souvent, toi !

— J'ai eu beaucoup à faire, ces temps-ci, balbutia Françoise.

— Es-tu heureuse au moins ?

Françoise dressa la tête, comme rappelée à l'ordre :

— Follement heureuse, Madou ! Alexandre est un être merveilleux de délicatesse, de prévenance, d'intelligence. Nous nous entendons très bien...

Elle parlait avec volubilité, en surveillant son visage. Mais, sous le regard pénétrant de Madeleine, elle perdit le goût de feindre. Si elle voulait être crue, elle ne devait pas en rajouter. Elle marmonna :

— Oh ! il nous arrive aussi de nous disputer !...

— C'est parce que vous vous êtes disputés qu'il n'est pas venu à la mairie ?

— Absolument pas ! s'écria Françoise. Il était vraiment pris. Tout ce qu'il y a de plus pris !...

— Et pour le déjeuner aussi ?

— Mais oui, dit Françoise.

Un agacement la gagnait contre sa tante trop perspicace et trop bien intentionnée. Quelle manie avait Madou de se mêler de la vie des autres ! Les glaces du taxi étaient baissées. La ville soufflait un air chaud et vicié dans la voiture. Françoise se rencoigna et tourna furieusement la tête vers les maisons qui défilaient.

★

Seize personnes réunies à l'étroit dans la salle à manger des Sauvelot. On avait retiré le couvert d'Alexandre. La petite bonne de la maison, bousculée par deux serveuses de métier engagées « en extra », courait dans tous les sens, s'affolait, se trompait en changeant les assiettes. Quatre ou cinq conversations s'entrecroisaient par-dessus la table. Les femmes haussaient le ton pour se faire entendre. Assourdie par ce caquetage, Françoise s'efforçait en vain de paraître enjouée. En face d'elle, Daniel mangeait, riait, simple, rond et heureux, auprès de sa jeune épouse toute pâle. Brusquement, Dany dut quitter la table. Sa mère la suivit d'un regard attristé. Elle revint peu après, confuse et soulagée. Daniel lui chuchota quelques mots à l'oreille. Ils échangèrent un rapide baiser. Yves Mercier et M. Sauvelot critiquaient la politique financière du gouvernement. Jean-Marc fumait, les yeux au loin. Françoise lui demanda ce qu'il comptait faire pour les vacances.

— J'irai sans doute chez les Charneray, en Sologne, dit-il. Et toi ?

— Je n'en ai pas encore parlé avec Alexandre. Il est possible que nous restions à Paris...

Dans un silence déférent, apparut le dessert : un « Vacherin » gigantesque. Avant de l'avoir goûté, Françoise en éprouva la saveur écœurante sur la langue. Les parts tombaient, triangulaires, molles et grumeleuses, dans les assiettes. Un bras, armé d'une bouteille, traversa la table. Champagne obligatoire. Yves Mercier tapota le bord de son verre avec un couteau et se leva. « Oh ! non ! il ne faut pas !... » pensa Françoise. Mais, déjà, il avait pris la parole. Heureusement il n'était pas en verve. Après trois phrases banales, il se rassit sous les applaudissements. Lucie, plantée au bord de sa chaise, le couvait des yeux, avec une tendresse chavirée. Françoise envia l'adoration un peu ridicule de sa mère pour cet homme. Toutes les femmes mariées, ici présentes, avaient leur époux à portée de regard : nécessaire, pratique, transportable, comme leur sac à main. Propriétaires dans l'âme, elles affichaient un orgueil de parvenues. Elle seule faisait figure de délaissée. Oui, mais Alexandre échappait à la règle commune. Le champagne moussait dans les flûtes. On but à la santé du jeune ménage. Puis Dany voulut montrer comment elle avait transformé sa chambre de jeune fille en chambre conjugale. Elle entraîna Françoise au fond de l'appartement. Un grand lit-divan dans une caverne de papier rose, des étagères supportant une famille de poupées, un cendrier métallique à tige, une coiffeuse drapée de plumetis blanc.

— Pas mal, hein ? dit Daniel à Françoise. C'est elle qui a tout arrangé !

Ils retournèrent au salon dont les fenêtres ouvraient sur l'avenue de La Bourdonnais. Pendant qu'on prenait le café, sous les gravures de chasse à courre, la bonne apporta un télégramme pour

M. et Mme Daniel Eygletière. Ils le décachetèrent avec impatience et lurent, têtes rapprochées : « Pense à vous. Vœux de bonheur. Tendresse. Philippe. » La dépêche venait de New York.

— Ça me fait rudement plaisir ! dit Daniel.

Son exclamation resta sans écho. Lucie s'approcha de Madeleine et murmura :

— Il aurait tout de même pu remettre son voyage à plus tard, vous ne trouvez pas ?

— Oui, dit Madeleine, c'est absurde !

Il y avait longtemps qu'elle ne s'était trouvée en présence de son ex-belle-sœur. La confrontation avec ce visage qui appartenait au passé la déroutait soudain. Debout devant cette femme et la regardant de près, elle la jugeait fanée, commune et anormalement remuante.

— Vous n'avez pas changé ! lui dit Lucie avec un sourire aimable.

De petites rides jouaient sous son fond de teint. Elle portait une couche de bleu argent sur les paupières. Madeleine n'avait rien contre elle, personnellement, et cependant des griefs de plus en plus nombreux remontaient du fond de sa mémoire : l'abandon des enfants, la rupture du ménage de son frère...

— Oh ! si, dit-elle, j'ai changé ! L'âge, les kilos...

— Ça vous va très bien d'être un peu plus forte ! affirma Lucie.

Et, après un instant de réflexion, elle ajouta :

— Je regrette tellement que nous ne nous voyions plus !

Que répondre ? Madeleine, embarrassée, gardait le silence.

— La vie est bête ! reprit Lucie.

Et, sur une grimace de fillette triste, elle s'écarta. Madeleine la vit évoluer entre ses enfants. Elle allait de l'un à l'autre, prenait le bras de Jean-Marc, courait chuchoter quelque chose à l'oreille de Françoise, s'accrochait à Daniel et lui passait la main dans les cheveux. On eût dit qu'elle était en représentation chez les Sauvelot. L'absence de Philippe lui permettait de jouer sans contrainte son rôle de mère. Alors pourquoi se plaignait-elle qu'il fût loin ? Ayant fait le tour de sa nichée sans oublier Danielle (« J'ai une deuxième fille maintenant ! Vous voulez bien que je vous appelle Dany, moi aussi ? ») elle s'assit sur un canapé à côté de Mme Sauvelot. Genou à genou, les deux femmes devaient échanger des considérations douces et amères sur les enfants qui grandissent, découvrent le monde et quittent le cercle familial pour fonder leur propre foyer. Daniel fit signe à Danielle et ils s'éclipsèrent. Sans doute allaient-ils boucler leurs valises. Ils étaient convenus de passer leur nuit de noces dans une « hostellerie » des environs de Paris : petit voyage offert par les Sauvelot.

— Vraiment, ils sont adorables ! piaula Lucie.

Ce cri blessa les oreilles de Madeleine comme

une dissonance. Décidément, elle préférait Carole, avec tous ses défauts. La petite bonne repassa le café. Un mouvement brusque. La tasse de Yves Mercier glissa de la soucoupe. Il la rattrapa au vol. Heureusement, elle était vide. Quelqu'un dit :

— Bravo ! Vous êtes d'une adresse !...

Il jubilait, modeste. La pratique des sports, n'est-ce pas ? Lucie s'appuya tendrement à l'épaule de son mari. Madeleine sentit que, de plus en plus, elle prenait le parti de Philippe. Elle était sœur aînée jusqu'à la moelle. Elle avait divorcé de Lucie en même temps que son frère. C'était comique ! Daniel et Danielle reparurent. Roses et béats, ils venaient prendre congé. Lucie avait des yeux pleins d'amour maternel et une lèvre inférieure tremblante : la sincérité instantanée de certaines femmes qui s'affligent, soupirent, pleurent comme elles iraient au petit coin, et ensuite on n'y pense plus.

— Alors, c'est promis ? Dès votre retour, vous venez à la maison ! dit Yves Mercier.

Au même moment, la porte du salon s'ouvrit et Madeleine, étonnée, vit entrer Alexandre. Il avait une veste de grosse flanelle grise, une chemise à petits carreaux, des souliers poussiéreux.

— Je suis navré, je n'ai pas pu me libérer plus tôt, dit-il en s'inclinant sur la main de Mme Sauvelot.

« Il est tout de même venu, pensa Françoise. A cause de moi ! » Aussitôt les reproches qu'elle lui avait adressés mentalement tombèrent. Elle s'en voulut de l'avoir condamné trop vite. Mais quel plaisir éprouvait-il à faire le contraire de ce qu'il annonçait, à surgir là où on ne l'attendait pas, à la prendre toujours et partout à contre-pied ? Elle rayonnait dans son bonheur conjugal retrouvé. Il félicita les jeunes mariés, accepta une tasse de café, un verre de fine. Tout à coup, Madeleine eut une impression de vide : Daniel et Dany n'étaient plus là. Elle ne les avait pas vus partir. Alexandre et Françoise l'encadrèrent.

— Comment va votre jambe ? dit-il.
— Je n'y pense même plus !
— Tu es venue en voiture ? demanda Françoise.
— Non, cette fois, par le train. J'étais un peu fatiguée. C'est aussi rapide et plus confortable.

Ils s'assirent près d'une fenêtre. La conversation coulait mollement et Madeleine observait le couple du même œil qu'elle eût étudié un objet précieux pour y déceler la faille, l'écornure, la restauration maladroite. Mais non, tout avait l'air solide, soudé, unifié par l'amour, l'habitude et la concession du plus faible au plus fort. Alexandre avait subjugué et soumis Françoise. Il l'avait transmuée. Il en avait fait sa substance. Elle n'existait plus en tant que créature distincte mais en tant que complément d'un homme. Si elle pouvait se contenter de ça...

— Tu restes quelques jours ? demanda Françoise.

— Non. Je voudrais repartir ce soir, dit Madeleine. Je ne peux pas laisser le magasin plus longtemps, en pleine saison. C'est le dimanche que je fais mes meilleures ventes !

Au vrai, rien ne la forçait à rentrer si vite. Mais qu'eût-elle fait à Paris ? Si elle restait, Françoise se croirait obligée de l'inviter à dîner, comme l'autre fois, et ce ne serait agréable pour personne.

— Dommage ! dit Françoise. On aurait pu dîner ensemble... Pas ce soir, nous devons aller chez des amis d'Alexandre... Mais demain...

— Je reviendrai bientôt...

— Pour le mariage de Jean-Marc ? dit Alexandre.

Il souriait, la bouche tirée d'un côté, les yeux brillants comme des barrettes de jais, entre les paupières rapprochées. Cette moquerie ne fut pas du goût de Madeleine. Elle craignait que Jean-Marc ne l'eût entendue. Il se tenait à deux pas de là et discutait avec Laurent.

— Pourquoi dis-tu ça, Alexandre ? balbutia Françoise avec reproche.

— Et pourquoi ne le dirais-je pas ? C'est dans le domaine des choses possibles. Je suis sûr que, si je lui en parlais...

Il appela :

— Jean-Marc !

Françoise lui saisit le bras :

— Alexandre, tais-toi, je t'en prie ! Tu sais comme il est susceptible...

Jean-Marc vint à eux, le regard interrogateur. Il y eut un silence. Madeleine lança à Alexandre un coup d'œil tout ensemble vindicatif et suppliant. Il avait le visage du gamin qui mijote une farce.

— Votre tante nous annonce qu'elle repart ce soir, dit-il. Ne pourriez-vous insister auprès d'elle pour qu'elle reste un jour de plus ?

Madeleine, soulagée, entra dans le jeu :

— Non, c'est impossible. D'ailleurs, il faut que je file. Sinon, je vais manquer mon train. Le temps de faire ma valise...

— Je t'accompagne, dit Jean-Marc.

Fondue de gratitude, elle protesta :

— C'est ridicule !

— Puisque ça me fait plaisir !

Tout à coup, elle se sentit exaucée, comblée et comme mariée à son tour. Jean-Marc s'avança avec elle vers les Sauvelot. « Au revoir !... Vous partez déjà ?... C'était charmant !... Merci !... » Il l'emmenait, il l'enlevait !

Dans la rue, il lui prit le bras. Elle marchait d'un grand pas garçonnier, à côté de lui, fière et heureuse.

— Tu es très pressée ? dit-il.

Elle rit :

— Penses-tu ! Mon train n'est qu'à huit heures et quelques !

— Alors on a le temps de rentrer à pied ! Il fait si beau !

Elle n'osa pas lui dire que, depuis son accident, elle se fatiguait vite, et acquiesça de la tête.

Jusqu'à l'esplanade des Invalides, tout alla bien ; ensuite elle traîna la jambe. Mais Jean-Marc ne s'en apercevait pas : il décrivait les péripéties de son examen avec une abondance de détails qui la surprit de la part d'un garçon habituellement si renfermé. Elle croyait entendre Daniel lancé dans un de ces récits dont il était invariablement le héros. Soudain, elle comprit : Jean-Marc parlait des épreuves de droit pour éviter qu'elle l'interrogeât sur autre chose. Ce qu'elle avait pris pour une complaisance juvénile à se raconter était en réalité une manœuvre défensive. Elle se garda de l'interrompre, tandis qu'il se dérobait derrière cet écran de fumée. Du reste, elle était trop lasse pour poser des questions. Chaque pas retentissait douloureusement dans son genou, dans sa hanche. Elle se mit à boiter. Le soleil, haut dans le ciel, cuisait la peau de son visage, de ses mains. Le boulevard Saint-Germain, la foule sur les trottoirs, les voitures pare-choc à pare-choc, les bistrots bruyants, les librairies pleines de livres neufs aux titres d'encre et de sang, la vitrine d'un naturaliste avec des animaux figés, à l'œil de verre et au poil mort, des meubles « haute-époque » à côté d'une galerie de sculptures en fils de fer, l'église, massive et lointaine, avec, en face, un magasin lugubre, solennel, voué aux coupes d'argent et aux croix de la Légion d'honneur...

Rue Bonaparte, Jean-Marc s'arrêta devant l'hôtel Monet et s'effaça pour laisser passer Madeleine. Elle secoua la tête :

— Ce n'est pas ici que je suis descendue, Jean-Marc.

— Et où ?

— Chez ton père.

Il desserra les lèvres et ses yeux s'agrandirent.

— Ah ? marmonna-t-il. Alors, je vais te laisser...

— Tu ne montes pas avec moi ?

— Non.

— Pourquoi ?

— Je préfère...

— Ton père et Carole sont partis : je suis seule dans l'appartement.

Il hésitait encore.

— Allez, viens ! reprit-elle. Ne fais pas l'idiot !

Il la regarda longuement, intensément, et proféra à voix basse :

— Tu sais, n'est-ce pas ?

— Oui.

— Qui te l'a dit ?

— Peu importe.

— Papa ?

— Oui. Viens, Jean-Marc...

— S'il apprend que tu m'as amené à la maison...

— Et puis après ? Il faudra bien que tu y retournes un jour ! Viens, je t'en prie !

Elle se remit en marche. Il la suivit. Elle avait l'impression de traîner un veau, lourd et mou, au bout d'une corde. Le concierge prenait le frais devant sa loge. Il les salua. Jean-Marc était blême. Quand elle sonna à la porte de l'appartement, il cligna nerveusement des paupières. Le battant s'ouvrit.

— Monsieur Jean-Marc ! s'écria Agnès.

Elle paraissait à la fois heureuse et effrayée. Ils passèrent devant elle rapidement. Le salon baignait dans le soleil. Madeleine s'affala au creux d'un fauteuil. Jean-Marc restait debout et regardait autour de lui d'un air attentif, douloureux et inquiet. Sans que personne lui eût rien commandé, Agnès apporta du vin blanc pour Madeleine, du whisky et de l'eau gazeuse pour Jean-Marc. Madeleine but une lampée de vin et alla chercher le fennec qu'elle avait laissé dans sa chambre. Quand elle revint, tenant Julie sur ses bras, Jean-Marc n'avait pas bougé. Le regard vague, il semblait livré tout entier à l'assaut des souvenirs. Sa main caressait le dossier d'un fauteuil. Puis il toucha une statuette en porcelaine de Saxe sur un guéridon. Un sourire parut sur ses lèvres.

— J'ai horreur de cette petite chose, dit-il. Et pourtant je serais très triste si quelqu'un la cassait !

— N'as-tu besoin de rien ? demanda Madeleine.

— A quel point de vue ?

— Je suppose que ton père ne t'aide plus...

— Non, mais je me débrouille assez bien par ailleurs... Tu es gentille... Merci...
— Et Valérie ?
— Quoi ?
— Tu es toujours avec elle ?
— Oui.
— Tu l'aimes ?
— Non.
— Pourquoi restes-tu avec elle si tu ne l'aimes pas ?...

Il la considéra avec étonnement et ne répondit pas. Elle convint à part soi que sa réflexion était ridicule. Quand donc sortirait-elle des romans roses et bleus de son adolescence ? Jean-Marc avait baissé la tête. Une ride barrait son front. Brusquement, il se redressa. Elle vit luire dans ses yeux un égarement, une prière. Ses lèvres se tordirent ; il chuchota :

— Il y a une chose terrible, Madou : je ne peux pas oublier Carole. Je ne veux pas la revoir, je la déteste, et, chaque fois que j'essaye de me guérir d'elle avec une autre, c'est un tel ratage !...

— Parce que tu n'as pas encore rencontré la femme qui...

Il ne la laissa pas achever :

— « La femme qui », « la femme que » !... Non, la vérité, c'est que je suis foutu !

— Qu'est-ce que tu racontes ?

— Tu n'y crois pas, toi, à la marque qu'un être laisse sur un autre pour la vie ?

— J'y croyais quand j'avais ton âge. Ça m'a passé. Ça te passera...

Il lui jeta un regard de rancune, comme lorsqu'il était enfant et qu'elle lui confisquait un livre d'aventures pour l'obliger à faire ses devoirs.

— Je l'aime, dit-il d'une voix sourde. Personne ne peut rien contre ça. Même pas moi !

Il se versa un verre de whisky, l'avala, tourna la tête. Son regard parcourut la pièce en s'arrêtant sur chaque meuble. Il suivait les allées et venues d'une ombre. Il voyait, il humait Carole.

— Viens dans ma chambre, dit Madeleine. Il faut que je fasse ma valise.

Elle l'emmena, ennuyé et distrait. Il n'était plus avec elle. Quand elle lui parlait, il répondait avec une seconde de retard. Pourtant il voulut absolument l'accompagner à la gare.

— Ça va te couper ta soirée, dit-elle. Tu n'avais rien prévu ?

— Si. Je dois voir Valérie à huit heures et demie. Elle attendra.

— Ce n'est pas très gentil...

— Pourquoi ? Les filles adorent attendre ! Plus on les traite par-dessus la jambe, plus elles sont ravies !...

Madeleine devina qu'en raillant ainsi les jeunes filles de sa génération, il rendait encore indirectement hommage à Carole.

A la gare Saint-Lazare, une foule sombre, épaisse et silencieuse s'écoulait par les portillons. Madeleine trouva une place assise, en première. Jean-Marc lui installa sa valise dans le porte-bagages et se tint sur le quai jusqu'au départ.

Quand le convoi s'ébranla, il leva la main. Son sourire, crispé, entrevu, là-bas, entre deux visages anonymes, poigna le cœur de Madeleine. La menace qu'elle avait cru écartée se reformait derrière elle. Au fond de la souffrance de Jean-Marc il y avait, pensait-elle, l'obscur espoir d'un recommencement. Il ne pouvait se résoudre à l'idée que tout était fini, que Carole ne lui serait pas rendue à la faveur de quelque cataclysme. Ce double mouvement, de résistance indignée et d'abandon honteux, le secouait encore alors même qu'il se défendait de souhaiter l'impossible. Malgré ses protestations, il n'existait que dans l'attente sournoise d'une rechute. Pour lui, il n'y aurait jamais de dénouement. A moins que, l'âge venant, Carole ne perdît, à ses yeux, tout pouvoir. Mais non, il ne verrait même pas ses rides ! Il aimerait en elle la beauté et la grâce qu'elle n'aurait plus pour les autres. Il serait de ces fous qui refusent le temps.

Les cahots du train la berçaient. Autour d'elle, des inconnus étaient assis, graves et muets, couvant leurs soucis comme des poules leurs œufs. Derrière la vitre, le soir s'appesantissait sur une campagne endormie. Et tout cela, le bruit monotone des roues, les ombres violettes du ciel épousant la terre noire, les lointaines lumières soufflées par le vent de la course, accentuaient l'angoisse de Madeleine. Son fennec sur les genoux, elle roulait vers une nuit toujours plus profonde. Une phrase de son frère lui revint en mémoire : « Tu ne sais pas ce que représente pour un homme l'idée d'avoir été berné par son propre fils... » Si Carole voulait, si Jean-Marc cédait, si Philippe... Elle s'arrêta, oppressée, et regarda ses voisins, comme si elle eût parlé à haute voix. Mais nul ne paraissait surpris. Une vieille femme, assise en face d'elle, lui sourit, se pencha en avant et demanda :

— C'est un petit fennec, n'est-ce pas ?
— Oui, madame.
— Est-ce facile à élever ?
— Très facile !
— Moi, je ne pourrais pas en avoir. J'ai déjà deux chiens et deux chats...

Une impression de paix envahit Madeleine : il y avait donc, de par le monde, des visages simples, des vies sans histoires.

Le wagon tressauta en passant un aiguillage.

10

Encore une faute de frappe ! Françoise gomma le mot estropié sur les cinq exemplaires, rectifia l'erreur en tapant les touches d'un doigt sec et continua de dactylographier plus lentement. Toujours en fin de journée, son attention se relâchait, ses mains énervées manquaient de sûreté dans l'attaque. Le texte qu'elle avait à copier aujourd'hui était particulièrement ennuyeux : « Compte rendu d'un colloque tenu à Aix-les-Bains sur les questions de la propriété industrielle et notamment du droit des dessins, modèles et marques de fabrique. » Deux cent cinquante pages. Elle n'en avait abattu que cent dix. Et elle devait livrer le tout après-demain soir. Arrivée à la vingt-sixième ligne, elle tira les cinq feuilles, les sépara des papiers carbone intercalaires, les classa. La sonnette de la porte d'entrée la dressa sur ses jambes. Elle regarda sa montre : sept heures vingt. Ce ne pouvait être que Alexandre : souvent il oubliait sa clef. Elle passa dans l'antichambre, ouvrit la porte et se trouva, étonnée, devant un jeune homme vêtu d'un « polo » rouge grenat et d'un pantalon collant en velours côtelé, marron clair.

— Je suis chez M. Kozlov ? dit-il.
— Oui.
— Je voudrais le voir.
— M. Kozlov n'est pas là.
— Il est en voyage ?
— Non.
— Alors il va rentrer bientôt ?
— Sans doute...

Le jeune homme marqua un temps d'hésitation. Il était grand, maigre, noiraud, avec une large bouche et des yeux bruns luisants comme des châtaignes fraîchement débarrassées de leur bogue. Il pouvait avoir seize ans, dix-sept ans...

— Si je reviens dans une heure, une heure et demie ? dit-il.

— Vous le trouverez, je pense, dit Françoise. Mais qui êtes-vous, monsieur ?

— Nicolas Vernet.

En déclinant son nom, il regarda Françoise dans les yeux avec une sorte de défi. Comme elle ne bronchait pas, il reprit :

— Nicolas Kozlov, si vous aimez mieux.

Françoise tressaillit. En fait, dès le premier coup d'œil, elle avait su inconsciemment qui il était. Il ne ressemblait pas trait pour trait à son père. Mais c'était bien le regard d'Alexandre qui brillait, exigeant, insolent, dans ce visage juvénile. Machinalement, elle répéta :

— Nicolas Kozlov...

— Oui, dit-il. Et vous, qui êtes-vous ?

— Mme Kozlov.

Il eut un sourire étroit qui s'acheva en grimace.

— Bon, dit-il. Alors, à tout à l'heure...

Un élan intérieur souleva Françoise ; elle n'avait pas le droit de laisser partir ce garçon ; elle murmura :

— Vous ne préférez pas l'attendre ici ?

— Je veux bien.

Il se baissa et prit une petite valise en fibre, avachie, écornée, qu'il avait posée à terre. Françoise ne l'avait pas remarquée d'abord. Elle s'écarta pour le laisser entrer et lui montra une chaise. Il s'assit. Elle retourna à sa machine et, pour se donner une contenance, tapa encore quelques lignes. Ses mains étaient maladroites, son esprit distrait. Elle accumulait les fautes. Pourtant elle ne voulait pas s'arrêter. Chaque fois qu'elle levait le nez de son clavier, elle voyait Nicolas, assis, les bras croisés, devant elle. Il inspectait la pièce d'un regard aigu, qui jaillissait au ras de l'arcade sourcilière. Au bout d'un moment, il avala une gorgée de salive et soupira.

— Voulez-vous boire quelque chose ? dit Françoise.

— Vous avez du Coca-Cola ?

— Non.

— Alors donnez-moi de l'eau...

Elle se rendit dans la cuisine, emplit un verre au robinet et le lui apporta. Il le vida et dit :

— Merci. Elle était fraîche...
— Vous habitez Paris ? demanda Françoise.
— Non. Je viens de Toulouse.
— Que faisiez-vous à Toulouse ?
— Ben, j'y vivais, quoi.
— Depuis longtemps ?
— Depuis toujours.
— Vous voulez dire que vous n'avez jamais bougé de cette ville ?
— Non, jamais...

Elle recouvrit la machine à écrire d'une housse, rangea les papiers dans un tiroir. Ainsi Alexandre lui avait menti en racontant que la mère de Nicolas s'était mariée et avait quitté la France pour le Chili, avec son fils ! « Pourquoi a-t-il fait ça ? pensa-t-elle. Pour couper court à mes questions ? Pour endormir mes scrupules ? Il faudra que je le lui demande, quand nous serons seuls. Mais je le connais : il ne sera pas en peine de me fournir une explication. Et je me retrouverai ridicule avec mes soupçons, ma rancune. Alors à quoi bon ? Je ne saurai jamais la vérité avec lui. »

— C'est votre premier voyage à Paris ? dit-elle.
— Oui.
— Et votre mère est restée à Toulouse ?
— Ma mère est morte à l'hôpital, il y a huit jours, dit Nicolas.

L'angoisse de Françoise augmenta et prit possession de toute sa tête. Le visage de Nicolas était inerte. On eût dit qu'il pensait à autre chose.

— Je vous demande pardon ! balbutia-t-elle. C'est bien triste !

— Oui, c'est triste, dit-il. Surtout qu'elle a souffert beaucoup. Un cancer. Elle avait mal au ventre. Ils l'ont emmenée et elle est morte.

Il rêva un instant, puis reprit d'une voix enrouée :

— Mon père vous a parlé de moi ?
— Très peu, dit Françoise.
— Ça ne m'étonne pas. Il n'a même jamais voulu me voir. Qu'est-ce qu'il fait comme métier ?
— Votre mère ne vous l'a pas dit ?
— Non. Vous savez, il y a un bout de temps qu'il l'a laissée choir !
— Il est professeur à l'Ecole des Langues Orientales.
— Prof ? C'est marrant !

Il dodelinait de la tête. Il dit encore :

— C'est joli, chez vous ! Oh ! et ça, qu'est-ce que c'est ?

Du doigt, il montrait la grande tête noire en bois de fer.

— Une sculpture nègre, dit Françoise. Elle vient de Côte-d'Ivoire.
— Vous l'avez achetée ?
— Mon frère l'a rapportée de là-bas.

— Il est explorateur ?
— Non.
— J'aime bien ce genre de machins, dit-il.

Elle le trouvait moins fin, moins mystérieux que son père, avec pourtant le même charme inquiétant dans le regard. Mal dégrossi, mais sympathique. Et si misérable dans sa solitude ! Cette petite valise éculée, près de la chaise...

— Quel âge avez-vous, Nicolas ? dit-elle.
— Je vais avoir dix-sept ans dans neuf mois. Et vous ?

L'insolence de la question la fit sourire :
— Vingt ans.
— Sans blague ? Je vous croyais plus âgée !
— Eh bien ! vous voyez...
— Mais alors, mon père... Ça fait une sacrée différence entre vous deux...

Il s'animait. L'œil vif, le museau plissé, il ressemblait au fennec de tante Madou. Une gaieté insolite visita Françoise. La porte claqua. Alexandre entra dans la pièce. Il était trempé.

— Tiens ! Il pleut ? dit-elle.
— Et comment ! dit Alexandre.

Il retira son veston mouillé, le jeta sur une chaise et regarda le garçon qui s'était levé à son approche. Nicolas avait glissé les deux mains dans les poches arrière de son pantalon et se tenait ainsi, le ventre creux, les jambes écartées, dans une pose fourchue de cow-boy de cinéma.

— Qui êtes-vous ? dit Alexandre.
— Nicolas Vernet.
Les sourcils d'Alexandre se réunirent. Toute sa figure parut se tendre sur une charpente d'acier.
— Ah ! dit-il.
— Sa mère est morte, il y a huit jours, dit Françoise. Il est venu ici parce qu'il ne savait plus où aller...
Elle s'était jetée en avant avec chaleur pour éviter un affrontement entre les deux hommes. Mais Alexandre semblait maître de ses nerfs. Il examinait son fils de la tête aux pieds avec froideur et précision. Après un long silence, il dit :
— Qui t'a conseillé de venir me voir ?
— Personne. Ma mère m'avait laissé votre adresse...
— Elle ne t'a rien laissé d'autre ?
— Si, des dettes.
— Je vois, grommela Alexandre en roulant les manches de sa chemise.
Il prit un verre dans le placard, le remplit d'eau, l'avala d'un trait. Elle nota que le père et le fils avaient la même façon, rude et goulue, de boire, le verre tenu à pleine main, la pomme d'Adam mobile, le menton tendu. Il s'assit au bord du divan, sous le paysage russe que dominait un ciel de Côte d'Azur.
— Alors, que comptes-tu faire ? dit-il en passant le verre vide d'une main dans l'autre à la manière d'un escamoteur.

— Ben justement, dit Nicolas, ça dépend un peu de vous...

— De moi ?

— Oui... Comme je suis dans le cirage, j'ai pensé que vous pourriez peut-être m'aider, les premiers temps...

— Tu tombes mal, mon vieux. Si ta mère avait des dettes, moi aussi, j'en ai. Et plus qu'elle, sans doute !

— C'est pas forcément une question d'argent...

— Mais si, c'est ça ! C'est uniquement ça !

— Vous n'allez tout de même pas me laisser tomber ? dit Nicolas.

Une crainte panique allongea son visage. Françoise s'approcha de son mari. Il réfléchissait. Le verre sauta de sa main droite dans sa main gauche.

— Nous devons faire quelque chose pour lui, Alexandre, chuchota-t-elle. Il est ton fils !

— Mon fils ! Mon fils ! C'est facile à dire ! Il tombe dans ma vie, un beau jour, avec ses malheurs et ses exigences ! Qu'est-ce que tu veux que j'en foute ?

— Ça va, dit Nicolas, j'ai compris ! Je mets les voiles !

Il prit sa valise et se dirigea vers la porte, les semelles molles, les épaules balancées.

— Non ! dit Françoise. Je vous demande de rester !

Alexandre posa son verre et la considéra avec surprise :

— Tu ne voudrais tout de même pas qu'il vive avec nous ?

— Si, dit-elle.

Le garçon s'était arrêté, plein d'un espoir de dernière minute.

— Sa place est ici maintenant, reprit Françoise.

Le visage hostile d'Alexandre s'ouvrit tout à coup par le milieu, rayonna, pouffa, éclata d'un rire énorme :

— Mais oui ! Tu as raison ! Sa place est ici ! Entre nous deux ! Heureusement que, si j'oublie mes devoirs de père, tu as, toi, la tripe maternelle développée !

Son passage de la contrariété à l'allégresse avait été si rapide que Françoise l'observa avec méfiance. Mais non, il était sincère. Il avait toujours aimé les revirements brusques, les sautes d'humeur, les mises hasardeuses sur un toquard, tout ce qui rompait la monotonie de l'existence. La grave décision qu'elle venait de prendre ne représentait pour lui qu'un pari amusant. Il appliqua une tape sur l'épaule de Nicolas et conclut :

— Tu as entendu ? Débarrasse-toi de ton barda ! On te garde !

Nicolas reposa sa valise et murmura :

— Merci.

Une expression enfantine avait adouci sa figure. Son regard fuyait, humide et humble.

— Tu as quel âge maintenant ? demanda Alexandre.

— Dix-sept ans... Enfin presque...
— Déjà ? Et qu'as-tu fait comme études ?
— J'ai mon certificat !
— Et puis ?
— J'ai pas pu aller plus loin : très vite il a fallu que je travaille. Ma mère était première vendeuse aux « Draperies de France ». Elle m'a fait entrer dans la boîte comme garçon de courses, puis je suis passé manutentionnaire. Elle connaissait bien le gérant, je crois... Un salaud... Quand elle est tombée malade, il m'a balancé... Il avait le fils d'un copain à caser...

En parlant, il était revenu au milieu de la pièce. Françoise se demanda où elle allait le coucher. Dans l'antichambre, bien sûr ! Il y avait là toute la place nécessaire. Elle se sentait étrangement active, comme si la nouveauté de la situation l'eût réjouie, elle aussi. Et pourtant, derrière la satisfaction d'être en règle avec sa conscience, une crainte persistait, grise, éparse, indéfinissable.

— On dîne bientôt ? demanda Alexandre.

Et, prenant Nicolas par le bras, il ajouta :

— Toi, tu vas m'aider à mettre le couvert !

Réfugiée dans la minuscule cuisine, Françoise surveillait les deux hommes qui allaient et venaient autour de la table. Tout à coup elle eut l'illusion d'une famille normale : le père et le fils, vivant ensemble depuis de nombreuses années, des habitudes d'amitié virile, une tradition, la chaleur d'un foyer... Elle n'avait acheté que du jambon pour ce soir. Quatre tranches. Ce n'était pas assez pour trois. Mais il lui restait des œufs. Elle prépara une omelette.

Assise à table, entre Alexandre et Nicolas, elle les regardait, émue, manger, parler, si semblables malgré leur différence d'âge, si proches bien qu'ils se connussent à peine ! Comme toujours, Alexandre ne voyait même pas ce qu'il avait dans son assiette. Il maniait la fourchette avec célérité et indifférence, il se nourrissait rapidement et copieusement, il versait le vin dans les verres à ras bord. Autant pour lui que pour son fils. Après le café, ils fumèrent. Elle les envoya chercher un matelas dans un débarras, au sixième étage. Ils le rapportèrent en riant : ils avaient failli se rompre le cou dans l'escalier étroit et raide.

— Ce que je serai bien, là ! dit le garçon en inspectant l'antichambre d'un œil admiratif.

Françoise fit poser le matelas à même le plancher et tira du placard deux draps propres et un plaid qui pouvait servir de couverture. Une fois dressé, le lit de fortune barra l'entrée. Il fallait l'enjamber pour accéder à la porte. Comme table de nuit, un cageot recouvert d'une serviette rouge. Le fil de la lampe de chevet aboutissait à une prise de courant dans la pièce principale.

— Couche-toi, pour voir, dit Alexandre.

Nicolas s'étendit, tout habillé, sur le matelas et dit :
— Formidable !
Il regardait de bas en haut, l'air étonné : des parents se penchaient sur lui.
— Formidable ! répéta-t-il.

Les principaux personnages de ce roman, dont la plupart figuraient déjà dans le tome I :

LES EYGLETIERE

se retrouvent dans le troisième et dernier tome de ce cycle romanesque :

LA MALANDRE

également paru dans la collection J'ai Lu.

Littérature

extrait du catalogue

Cette collection est d'abord marquée par sa diversité : classiques, grands romans contemporains ou même des livres d'auteurs réputés plus difficiles, comme Borges, Soupault, Goes. En fait, c'est tout le roman qui est proposé ici, Henri Troyat, Bernard Clavel, Guy des Cars, Alain Robbe-Grillet, mais aussi des écrivains étrangers tels que Moravia, Colleen McCullough ou Konsalik.

Les classiques tels que Stendhal, Maupassant, Flaubert, Zola, Balzac, etc. sont publiés en texte intégral au prix le plus bas de toute l'édition. Chaque volume est complété par un cahier photos illustrant la biographie de l'auteur.

ADAMS Richard	Les garennes de Watership Down 2078******
AKÉ LOBA	Kocoumbo, l'étudiant noir 1511***
ALLEY Robert	La mort aux enchères 1461**
ANDREWS Virginia C.	Fleurs captives :
	- Fleurs captives 1165****
	- Pétales au vent 1237****
	- Bouquet d'épines 1350****
	- Les racines du passé 1818****
	Ma douce Audrina 1578****
APOLLINAIRE Guillaume	Les onze mille verges 704*
	Les exploits d'un jeune don Juan 875*
AUEL Jean M.	Ayla, l'enfant de la terre 1383****
AVRIL Nicole	Monsieur de Lyon 1049***
	La disgrâce 1344***
	Jeanne 1879***
	L'été de la Saint-Valentin 2038**
BACH Richard	Jonathan Livingston le goéland 1562* illustré
BALZAC Honoré de	Le père Goriot 1988**
BARBER Noël	Tanamera 1804**** & 1805****
BAUDELAIRE Charles	Les fleurs du mal 1939**
BAUM Frank L.	Le magicien d'Oz 1652**
BELMONT Véra	Rouge Baiser 2014***

Littérature

BLOND Georges	Moi, Laffite, dernier roi des flibustiers 2096★★★★ (déc. 86)
BOLT Robert	La Mission 2092★★★
BORGES & BIOY CASARES	Nouveaux contes de Bustos Domecq 1908★★★
BOVE Emmanuel	Mes amis 1973★★★
BRADFORD Sarah	Grace 2002★★★★
BREILLAT Catherine	Police 2021★★★
BRENNAN Peter	Razorback 1834★★★★
BRISKIN Jacqueline	Les sentiers de l'aube 1399★★★★ & 1400★★★★
BROCHIER Jean-Jacques	Odette Genonceau 1111★
	Villa Marguerite 1556★★
	Un cauchemar 2046★★
BURON Nicole de	Vas-y maman 1031★★
	Dix-jours-de-rêve 1481★★★
	Qui c'est, ce garçon ? 2043★★★
CALDWELL Erskine	Le bâtard 1757★★
CARS Guy des	La brute 47★★★
	Le château de la juive 97★★★★
	La tricheuse 125★★★
	L'impure 173★★★★
	La corruptrice 229★★★
	La demoiselle d'Opéra 246★★★
	Les filles de joie 265★★★
	La dame du cirque 295★★
	Cette étrange tendresse 303★★★
	La cathédrale de haine 322★★★
	L'officier sans nom 331★★
	Les sept femmes 347★★★★
	La maudite 361★★★
	L'habitude d'amour 376★★
	Sang d'Afrique 399★★ & 400★★
	Le Grand Monde 447★★★★ & 448★★★★
	La révoltée 492★★★★
	Amour de ma vie 516★★★
	Le faussaire 548★★★★
	La vipère 615★★★★
	L'entremetteuse 639★★★★
	Une certaine dame 696★★★★
	L'insolence de sa beauté 736★★★

Littérature

CARS Guy des (suite)	L'amour s'en va-t-en guerre 765★★
	Le donneur 809★★
	J'ose 858★★
	De cape et de plume 926★★★ & 927★★★
	Le mage et le pendule 990★
	Le mage et les lignes de la main... et la bonne aventure... et la graphologie 1094★★★★
	La justicière 1163★★
	La vie secrète de Dorothée Gindt 1236★★
	La femme qui en savait trop 1293★★
	Le château du clown 1357★★★★
	La femme sans frontières 1518★★★
	Le boulevard des illusions 1710★★★
	Les reines de cœur 1783★★★
	La coupable 1880★★★
	L'envoûteuse 2016★★★★★
	Le faiseur de morts 2063★★★
CARS Jean des	Sleeping Story 832★★★★
	Haussmann, la gloire du 2nd Empire 1055★★★★
	Louis II de Bavière 1633★★★
	Elisabeth d'Autriche (Sissi) 1692★★★★
CASTELOT André	Les battements de cœur de l'Histoire 1620★★★★
	Belles et tragiques amours de l'Histoire-1 1956★★★★
	Belles et tragiques amours de l'Histoire-2 1957★★★★
CASTILLO Michel del	Les Louves de l'Escurial 1725★★★★
CASTRIES Duc de	La Pompadour 1651★★★★
	Madame Récamier 1835★★★★
CATO Nancy	L'Australienne 1969★★★★ & 1970★★★★
CESBRON Gilbert	Chiens perdus sans collier 6★★
	C'est Mozart qu'on assassine 379★★★
	La ville couronnée d'épines 979★★
	Huit paroles pour l'éternité 1377★★★★
CHARDIGNY Louis	Les maréchaux de Napoléon 1621★★★★
CHASTENET Geneviève	Marie-Louise 2024★★★★★
CHAVELET Élisabeth & DANNE Jacques de	Avenue Foch 1949★★★
CHEDID Andrée	La maison sans racines 2065★★
CHOUCHON Lionel	Le papanoïaque 1540★★

Littérature

CHOW CHING LIE	Le palanquin des larmes 859★★★
	Concerto du fleuve Jaune 1202★★★
CLANCIER Georges-Emmanuel	Le pain noir 651★★★
CLAVEL Bernard	Le tonnerre de Dieu 290★
	Le voyage du père 300★
	L'Espagnol 309★★★★
	Malataverne 324★
	L'hercule sur la place 333★★★
	Le tambour du bief 457★★
	Le massacre des innocents 474★
	L'espion aux yeux verts 499★★★
	La grande patience :
	1 - La maison des autres 522★★★★
	2 - Celui qui voulait voir la mer 523★★★★
	3 - Le cœur des vivants 524★★★★
	4 - Les fruits de l'hiver 525★★★★
	Le Seigneur du Fleuve 590★★★
	Victoire au Mans 611★★
	Pirates du Rhône 658★★
	Le silence des armes 742★★★
	Écrit sur la neige 916★★★
	Tiennot 1099★★
	La bourrelle - L'Iroquoise 1164★★
	Les colonnes du ciel :
	1 - La saison des loups 1235★★★
	2 - La lumière du lac 1306★★★★
	3 - La femme de guerre 1356★★★
	4 - Marie Bon Pain 1422★★★
	5 - Compagnons du Nouveau Monde 1503★★★
	L'homme du Labrador 1566★★
	Terres de mémoire 1729★★
	Bernard Clavel, qui êtes-vous ? 1895★★
COLETTE	Le blé en herbe 2★
CORMAN Avery	Kramer contre Kramer 1044★★★
COUSSE Raymond	Stratégie pour deux jambons 1840★★
CURTIS Jean-Louis	L'horizon dérobé :
	1 - L'horizon dérobé 1217★★★★
	2 - La moitié du chemin 1253★★★★
	3 - Le battement de mon cœur 1299★★★

Littérature

DANA Jacqueline	L'été du diable 2064★★★
DAUDET Alphonse	Tartarin de Tarascon 34★
	Lettres de mon moulin 844★
DECAUX Alain	Les grands mystères du passé 1724★★★★
DÉCURÉ Danielle	Vous avez vu le pilote ? c'est une femme ! 1466★★★ illustré
DÉON Michel	Louis XIV par lui-même 1693★★★
DHÔTEL André	Le pays où l'on n'arrive jamais 61★★
DIDEROT	Jacques le fataliste 2023★★★
DJIAN Philippe	37,2° le matin 1951★★★★
	Bleu comme l'enfer 1971★★★★
	Zone érogène 2062★★★★
DORIN Françoise	Les lits à une place 1369★★★★
	Les miroirs truqués 1519★★★★
	Les jupes-culottes 1893★★★★
DOS PASSOS John	Les trois femmes de Jed Morris 1867★★★★
DUMAS Alexandre	La dame de Monsoreau 1841★★★★★
DUTOURD Jean	Henri ou l'éducation nationale 1679★★★
DZAGOYAN René	Le système Aristote 1817★★★★
EXMELIN A.O.	Histoire des Frères de la côte 1695★★★★
FERRIÈRE Jean-Pierre	Jamais plus comme avant 1241★★★
	Le diable ne fait pas crédit 1339★★
FEUILLÈRE Edwige	Moi, la Clairon 1802★★
FIELDING Joy	La femme piégée 1750★★★
FLAUBERT Gustave	Madame Bovary 103★★★
FRANCIS Richard	Révolution 1947★★★
FRANCOS Ania	Sauve-toi, Lola ! 1678★★★★
	Il était des femmes dans la Résistance... 1836★★★★
FRISON-ROCHE	La peau de bison 715★★
	Carnets sahariens 866★★★
	Premier de cordée 936★★★
	La grande crevasse 951★★★
	Retour à la montagne 960★★★
	La piste oubliée 1054★★★
	La Montagne aux Écritures 1064★★★
	Le rendez-vous d'Essendilène 1078★★★
	Le rapt 1181★★★★

Littérature

	Djebel Amour 1225★★★★
	La dernière migration 1243★★★★
	Peuples chasseurs de l'Arctique 1327★★★★
	Les montagnards de la nuit 1442★★★★
	Le versant du soleil 1451★★★★ & 1452★★★★
	Nahanni 1579★★★
GALLO Max	La baie des Anges :
	1 - La baie des Anges 860★★★★
	2 - Le palais des Fêtes 861★★★★
	3 - La promenade des Anglais 862★★★★
GEDGE Pauline	La dame du Nil 1223★★★ & 1224★★★
	Les seigneurs de la lande 1345★★★★ & 1346★★★★
GERBER Alain	Une rumeur d'éléphant 1948★★★★★
GOES Albrecht	Jusqu'à l'aube 1940★★★
GRAY Martin	Le livre de la vie 839★★
	Les forces de la vie 840★★
	Le nouveau livre 1295★★★
GRÉGOIRE Menie	Tournelune 1654★★★
GROULT Flora	Maxime ou la déchirure 518★★
	Un seul ennui, les jours raccourcissent 897★★
	Ni tout à fait la même, ni tout à fait une autre 1174★★★
	Une vie n'est pas assez 1450★★★
	Mémoires de moi 1567★★
	Le passé infini 1801★★
GUERDAN René	François Ier 1852★★★★
GURGAND Marguerite	Les demoiselles de Beaumoreau 1282★★★
GUTCHEON Beth	Une si longue attente 1670★★★★
HALÉVY Ludovic	L'abbé Constantin 1928★★
HALEY Alex	Racines 968★★★★ & 969★★★★
HAYDEN Torey L.	L'enfant qui ne pleurait pas 1606★★★
	Kevin le révolté 1711★★★★
HAYS Lee	Il était une fois en Amérique 1698★★★
HÉBRARD Frédérique	Un mari, c'est un mari 823★★
	La vie reprendra au printemps 1131★★
	La chambre de Goethe 1398★★★
	Un visage 1505★★
	La Citoyenne 2003★★★